科学怪人

FRANKENSTEIN

[英]玛丽·雪莱 / 著
[西]艾琳娜·奥德里奥佐拉 / 绘
孙法理 / 译

中国经济出版社
CHINA ECONOMIC PUBLISHING HOUSE
·北 京·

图书在版编目（CIP）数据

科学怪人/（英）玛丽·雪莱著；（西）艾琳娜·奥德里奥佐拉绘；孙法理译．--北京：中国经济出版社，2024.4

（银河少年科幻名著金奖美绘系列）

书名原文：Frankenstein

ISBN 978-7-5136-7628-1

Ⅰ.①科… Ⅱ.①玛… ②艾… ③孙… Ⅲ.①儿童故事-图画故事-西班牙-现代 Ⅳ.①I551.85

中国国家版本馆 CIP 数据核字（2024）第 015964 号

责任编辑　龚风光　陶栎宇

责任印制　马小宾

封面设计　平　平

出版发行　中国经济出版社

印 刷 者　北京艾普海德印刷有限公司

经 销 者　各地新华书店

开　　本　710mm×1000mm　1/16

印　　张　20

字　　数　199 千字

版　　次　2024 年 4 月第 1 版

印　　次　2024 年 4 月第 1 次

定　　价　88.00 元

广告经营许可证　京西工商广字第 8179 号

中国经济出版社 **网址** www.economyph.com **社址** 北京市东城区安定门外大街 58 号 **邮编** 100011

本版图书如存在印装质量问题，请与本社销售中心联系调换（联系电话：010-57512564）

推荐序

幻海泛起智慧之光

王晋康

在地球的每个角落，都不乏喜爱科幻、奇幻文学的读者，尤其是青少年读者。对于这类作品的喜爱，或许源于人们仰望星空或纵览山川湖海时产生的对世间万物的向往与好奇，那神秘的未知世界，无时不激发着人类浪漫的想象力或理性的求知欲。回溯以往，仰视漫天璀璨星斗，是否点亮了初民对世界最初的思考？毕竟，智慧往往诞生于人类向外观察宇宙、向内审视自身的刹那间。

而现代人从外太空观察地球又是怎样的感受？2022 年 10 月，意大利女航天员萨曼莎·克里斯托福雷蒂从国际空间站遥望地球时，引用中国古代书法家王羲之《兰亭集序》中的名句“仰观宇宙之大，俯察品类之盛，所以游目骋怀，足以极视听之娱，信可乐也”，引发了全球网友的热议，人们惊叹距今 1600 余年的先贤那超越时空的眼界与胸怀，也“刷新”了当代人对科学技术和人文学科相结合的认知——科学与文化的发展，如同人类文明的两翼，共同支撑起现代文明的坚实根基。

科技与人文的结合，也是“银河少年科幻 / 奇幻名著金奖美绘”丛书的出版初衷。丛书囊括了科幻小说、动物小说、冒险故事、童话和寓言，内容处处不离一个“幻”。——不论是科幻经典还是奇幻经典，都有着超越时代、常读常新的理性精神与艺术价值。

其中，科幻系列包括“科幻小说之母”玛丽·雪莱和“科幻小说之父”凡尔纳的名作：《科学怪人》《从地球到月球》《海底两万里》。作为科幻文学的开山之作，《科学怪人》以弗兰肯斯坦博士制造巨人为主线探索生命科学，以诗性的语言、充满戏剧张力的矛盾冲突，对科学发展与社会伦理作出振聋发聩的预言。同样是科幻文学的奠基之作，凡尔纳的《从地球到月球》《海底两万里》把视线投向了神秘的太空与深海，畅想了天文学、弹道学、力学、化学、材料学、海洋学、生物学等诸多学科在工业领域的应用。作品深刻影响了“火箭之父”冯·布劳恩、现代航天学和火箭理论奠基人康斯坦丁·齐奥尔科夫斯基、美国天文学家埃德温·哈勃、第一个进入太空的人加加林，也包括我与刘慈欣等科幻作家，虽然其中的一些细节已被时代所超越，但蕴含的开创意义和探索精神，至今熠熠生辉。

奇幻系列则包括情节更加奇特、浪漫的《变形记》《野性的呼唤》《出卖影子的人》《想当国王的人》，作者分别是文学大师卡夫卡、杰克·伦敦、沙米索和诺贝尔文学奖得主吉卜林。这些作品倾向于人文精神的启蒙，以讲述人与人的关系、人与世界的关系、人与自身的关系、人与梦想的博弈的四个寓言，对人性发出了终极的考问。

好故事离不开优秀的译本，精彩的插画则会为读者带来身临其境的感受。相信这套集“名著、名译、名绘”于一体的丛书的出版，会为少年读者带来充满艺术气息、人文理想气息和经典气息的不同凡响的阅读体验，也希望每一代孩子都在科学熏陶和人文情怀下获得茁壮成长！

目录
CONTENTS

序言

《标准小说》的出版人把我的《科学怪人》纳入了他们的一套系列丛书，并希望我谈谈写作这本书的缘起。我乐意满足他们的要求，因为我可以借此作个全面的回答——常常有人问我：“你那时还是个年轻姑娘，怎么会产生那么恐怖的念头，而且演绎（yì）成了作品呢？”事实上我很不愿以印刷品的方式表达自己的想法，我的叙述只以我已出版的作品的附言形式出现，而且只限于有关我的作者身份的话题。这样，我就用不着责备自己可能侵犯谁的权利了。

我很小就渴望写作。这并不奇怪，因为我是一对文学造诣（yì）极高的名流夫妇的女儿。我从小就喜欢乱写，老把给我消遣的时间用来“写故事”。我还有个更大的兴趣：虚构空中楼阁，沉浸在白日梦和随之而来的种种奇思异想里——其主题就是构思一连串情节。我的白日梦往往比我笔下写出的东西离奇得多，也可爱得多——我写下的东西往往是依样画葫芦，一种呆板的模仿。我还不知道如何写出心里的幻想。我的作品至少给一个人看过：一个我少年时代的游伴和朋友。但我的梦想却完全属于自己，对谁都秘而不宣，它是我烦恼时的避风港，闲暇时的自乐园。

事实上，我在小姑娘的年纪时主要住在乡下——大体在苏格兰[1]，尽管偶尔也去游览些风景名胜。我常住的地方在泰河北岸，靠近邓迪[2]，是个没有树木的荒凉地区。回忆时我总说那地方荒凉，光秃秃的，可我当时的感觉并不如此。那地方令我很快活，那是我自由幽居的地方，我可以在那里跟自己所幻想的人物恣（zì）意往来，不引起任何人注意。那时我也曾把我的人物写下来，但总嫌风格平庸——住宅院子场地的树下或附近荒凉的坡上是我真正写出东西的地点。在那里，我总能联翩产生丰富的想象。我并不把自己写成故事的女主角，总觉得自己的生活太平庸，无法想象浪漫的灾祸或奇妙的情节能成为我的命运。但我也没有把自己局限在个人的小圈子里，而是创造了很多文学形象。按我当时的年龄，我觉得这些形象比我自己的实际生活有趣多了。

那以后我的生活又忙碌了些。现实代替了创作。可我的丈夫[3]却一直迫切希望我写出能获得荣誉的、无愧于我父母的佳作来。他一直在鼓励我获得文学声誉——就连我自己那时也兴致勃勃，虽然那以后我又冷淡了下来。那时他希望我写作，倒不是认为我可以创作出什么值得注意的作品，而是想判断我以后能否写出更好的东西。可我仍然没有写出作品来——旅行和烦琐的家务占用了我太多的时间，而为了与他那比我深沉得多的心灵交流，为了阅读和思想上的进步，我还是把时间全放在了能引起我兴趣的文学作品上。

一八一六年夏天，我们到瑞士旅行，和拜伦[4]勋爵比邻而居。开始

---

[1] 苏格兰，英国的一部分。位于大不列颠岛北部，人口主要是苏格兰人，首府爱丁堡。——编者注（以下注释若无说明，均为编者注）

[2] 邓迪，苏格兰的一座城市，以日照充足而闻名。

[3] 我的丈夫，即雪莱，英国浪漫主义诗人。全名珀西·比希·雪莱（1792—1822），出身贵族，因参加爱尔兰民族独立运动被迫离开英国，与拜伦成为好友。1822 年因覆舟溺死海中。

[4] 拜伦，英国诗人，出身贵族。深受启蒙思想影响，其诗歌对欧洲浪漫主义文学有较大影响。

时我们总在湖上往来或湖岸漫步，用以消磨我们的快乐时光。那时拜伦勋爵正在写《恰尔德·哈洛尔德游记》的第三章。他是我们之中唯一把思想放在书上的人。他不断向我们讲述那些笼罩在光芒与和谐里的诗篇，仿佛在为皇天后土的荣誉打上神圣的标记，和我们共享诗篇的魅力。

但是，那年夏天过得并不愉快。老下雨，很潮湿，我们一连好多天都被关在屋里——那时我们得到了几本从德语译成法语的鬼怪小说，其中有一本叫《负心汉的故事》。在那负心汉想拥抱他发誓要深爱的新娘时，却发现自己拥抱的是个灰白的幽灵：被他遗弃的女友。书中还有创建那个民族的祖先的故事——这不幸的民族注定绝灭，他不得不在家族幼子刚长到有希望的年龄时用死亡之吻带走他们。他那阴森森的高大身影往往随着月光的出没，半夜在阴暗的道路上蹀躞（dié xiè），其服饰正如《哈姆雷特》[1]里的幽灵：全身铠甲，面甲掀开。那形象在城堡高墙的阴影里消失后，脚步声传来，大门就敞开了，幽灵向酣睡在健康的梦里的花季少男少女踅（xué）去。向他们俯下身去，亲吻着他们的前额时，他脸上露出了永恒的忧伤。少男少女们随即枯萎了，像被掐断了茎的花朵。从那以后我就没有见过那类故事了，但那个情节在我心里却总是活灵活现，仿佛昨天才读到似的。

“我们每个人都来写个鬼怪故事吧。”拜伦勋爵说。我们接受了他的建议。我们一共是四个人。勋爵写了一个故事，其中的片段被他纳入了他的诗《玛吉帕》里发表了。更善于以辉煌的形象和优美的曲调表达思想感情、装饰语言，却不擅长发明故事的雪莱，描述了一个在他早年的经历里出现的情节。可怜的波利多里有一个恐怖的念头：一个长着骷

[1]《哈姆雷特》，英国剧作家莎士比亚创作的一部悲剧。写的是丹麦王子哈姆雷特对谋杀其父、骗娶其母并篡夺了王位的叔父进行复仇的故事，体现了作者的人文主义理想。

髅（kū lóu）脑袋的女人。那女人因为在锁孔里偷看（偷看什么我忘了，当然是不该看的、非常可怕的东西），受到了惩罚。但是，等到她被置于比考文垂[1]那臭名昭著的汤姆更糟糕的环境里时，他却不知道拿她怎么办了，只好把她送进了卡普莱特家族的陵墓里——适合她去的地方也只有那里。两位辉煌的诗人都觉得平淡的散文无聊，很快就放弃了那乏味的工作。

可我还在忙着编造故事。我想编一个值得让我们开始这个任务的故事，一个能刺激我们天性里的神秘恐惧、使我们毛骨悚(sǒng)然的故事，一个使读者读得血液凝固、心跳加速、不敢向周围看的故事。如果我不能达到这样的目的，我的故事就不能称为幽灵故事了。我搜索枯肠，却毫无用处，只感到自己的创作能力枯竭了。我苦苦追求，得到的回答却只是个闷沉沉的“没有”，那是从事写作的人最大的痛苦。每天早晨他们都要问我：“你想出一个故事没有？”我都只好用一个难堪的“没有”回答。

用堂吉诃德[2]的跟班桑丘·潘沙的话说，“凡事总得有个开头”。而开了头的东西又总牵连到更早的事物。印度教徒为了驮住世界，创造了一头象，却又不得不让象站到一只乌龟背上。我们只好规规矩矩地承认，创作并非无中生有，它既然是从混沌（dùn）里萌生的，就首先得由混沌来提供材料。创作可以给模糊的无形的黑乎乎的物质以形象，却无法制造出材料来。一切发现和发明的问题（即使是靠想象产生的材料）都不断令我们联想到哥伦布和他那鸡蛋的故事。发明是把捉事物各种可能性的本领，表现为对所提出的事物的糅（róu）合

[1] 考文垂，英国英格兰中部城市。

[2] 堂吉诃德，西班牙作家塞万提斯小说《堂吉诃德》的主人公，描写穷乡绅堂吉诃德阅读骑士小说入迷，带领侍从桑丘·潘沙出门“行侠”的故事，讽刺了欧洲骑士文学和骑士制度。

与加工的能力。

拜伦勋爵和雪莱谈过许多话，时间很长，我听得很专心，几乎从不插嘴。在一次谈话里，他们涉及了不同的哲学学说，其中有关于生命本质和原理的学说。他们就那些理论是否可能实现交流了意见。他们还谈到达尔文博士的一些实验（我说的并非博士确实做过或提起过的实验，而是人们传说中他做过的某些实验）。据说博士在一个玻璃容器里保存了一点意大利面条，由于某种特殊的措施，那面条竟自己动弹起来。生命毕竟不可能像这样获得，否则死尸也许就可以复活了。只有电击显示过类似的可能性。说不定可以分别制造出某种生物的组成部分，然后拼合到一起，再赋予它生命所需的温度。

夜随着谈话而逐渐深沉，我们回房休息时已过午夜。我把脑袋放在枕头上，却没有睡着，虽然也不能说还在思考。种种形象不断出现，支配了我，引导着我，给了我一种活力，使我浮想联翩，远远超越了寻常的白日梦的界限。我虽然闭着眼睛，脑海里却有一种鲜明的视觉。我望见一个懂得邪术的苍白的学生跪在自己拼合成的东西面前。我看见一个人狰狞的幻影展开，然后，因为某种强大的机械作用，显露出生命的迹象，僵硬地、半死不活地、不安地震动起来。那一定是非常恐怖的，因为人类要想模仿造物主那神奇的技能，创出生命，肯定会异常恐怖。那艺术家的成功有可能吓坏了他自己，使他逃离那可憎（zēng）的工作。那艺术家也可能希望：只要把那东西扔下，他所注入的那点生命的火花就会熄灭，接受了那点生命的东西就会死去，他也就可以安心入睡了，就可以相信坟墓的寂静将永远熄灭那恐怖的尸体所表现出的短暂的生命迹象了——他曾相信那是生命的摇篮。他睡着了，但是又醒了过来，睁开了眼睛，却看见那恐怖的东西拉开床帘站在他的床边，用湿漉漉的黄眼睛呆望着他，若有所思。

我吓坏了，睁开了眼睛。那念头紧紧地攫（jué）住了我的心。恐怖穿透了我。我不希望那恐怖的幻想影响到我身边的现实：我的卧室，黑暗的正厅，筛进月光的关闭的百叶窗，还有我心里意识到的远处的明镜般的大湖和险峻的白皑皑的阿尔卑斯山。可我仍然看见那东西。我无法摆脱那个令我心惊胆战的幻影。它总在我身边游荡、出没。我一定要努力想出点别的东西。我又想起了我的鬼故事！啊！但愿我能构思出一个可以吓坏读者的幽灵故事，就像那晚吓坏了我自己的那类东西！

突然，一个念头像光一样迅疾地闪过我的脑海，令我欢欣鼓舞。“我找到了！能让我恐惧的东西也就能让别人恐惧。我只需要写出那个在我梦中半夜出没的幽灵就行。”第二天早晨我就宣布，我找到我的故事了。我是以下面的话开始那一天的：“那是十一月的一个阴森森的夜晚。”我只草草记录了我那幻梦里的种种恐怖情景。

开始时我只想写几页，写一个短小的故事。但雪莱却鼓励我发展那念头，写长一些。我的丈夫没有给我提供任何情节或建议，但是，如果没有他的启发，我这个故事是绝不会以现在这样子呈献于世界的。不过，我得把他的序言除外。因为回忆起来，全部的序言都出自他的笔下。

现在，我再次向我这阴森森的作品告别，并祝它好运。我对它感情很深，因为它是我幸福时期的产儿——那时死亡和忧伤只是两个在我心里引不起任何真正共鸣的词语。书里有几页谈到几次步行、车行和谈话，那游伴就是那位我已无法再在这世上见到的人。那时我完全不孤独。但这只是我个人的感受。这类联想与读者没有关系。

对于我所作的修改，我只须补充一句话：修改主要是为了风格，并没有改变故事的任何部分，也没有引进新的思想或情景。我改掉了一些太枯燥的不利于故事叙述的话。这些修改几乎全在第一卷的开头，不仅没有例外，而且完全局限在故事的附属部分里，不接触故事的核心和实质。

玛丽·雪莱

一八三一年十月十五日于伦敦

P.B. 雪莱序言

在达尔文博士和德国的某些生理学家看来，这本小说所根据的情节并非完全没有可能出现。可也不能因此就说我[1]对于这样的想象具有非常大的信心——我一点信心也没有。我假定它可以作为幻想作品的基础，却并不认为自己是在纯粹编造一些超自然的恐怖情节。故事的趣味所依靠的情节与鬼怪或邪术没有丝毫关系。我是以情节发展的离奇吸引读者的，尽管这并不是一个真实事件，它对描绘人类各种情绪的想象力倒是提供了一种能使之更加全面和动人的视角，而那是依靠现实事件间的普通关系无法做到的。

像这样，我努力保存了人性的基本原则，毫不犹豫地把它们组合起来，并加以提升。希腊的悲剧史诗《伊利亚特》、写作《暴风雨》和《仲夏夜之梦》时的莎士比亚，特别是写《失乐园》[2]时的弥尔顿，都是按照这个规律写作的。要想以自己的作品给人消遣或自我消遣，即便是最

[1]这里的“我”并不是指写序的 P.B. 雪莱，而是指玛丽 · 伍 · 雪莱。——译者注

[2]《失乐园》，英国诗人弥尔顿创作的长诗。取材于《圣经》。描述的是撒旦和一群天使反抗上帝，失败后堕入地狱。撒旦为了复仇，潜入伊甸园，引诱人类始祖亚当与夏娃偷食禁果，触怒上帝，亚当、夏娃被逐出乐园的故事。作者借此歌颂资产阶级革命者反抗封建专制的精神。——编者注

卑微的小说家，也会老老实实地给予自己的小说以某种自由，甚至法则，这种自由可以把人类情感的许多优美的组合转化为最精美的诗篇。

我的故事的素材是在随意的谈话里出现的，开始时一部分是为了好玩儿，一部分是作为对心灵机制的一种检验，在小说创作中又混杂了一些别的动机。我对各种情绪或性格里所存在的可以影响读者道德倾向的东西，并非没有注意。但是，我在这方面主要关心的还是对亲情之温馨和普世道德优越性的展示。还有，就是如何避免目前小说日益削弱的感染力。从小说主角的性格和处境所产生的论断不能被看作我固有的信念，也不能从下面的章节里引申出针对任何哲学学说的偏见。

有一个问题作者也感到很有趣：这个故事是在一个景色壮丽的地方开始的。它的主要场景在那里，而且与此相关的朋友也令人难忘。我是在日内瓦附近度过一八一六年的夏天的。那是个寒冷多雨的季节。晚上我们挤在熊熊的炉火边，以偶然落到我们手里的德国魔鬼故事消遣。这些故事激发了我们游戏的情绪，很想依样画一画葫芦。另外还有两个朋友（其中一人笔下的故事受公众欢迎的程度远超过我希望能写出的任何东西）也和我一起同意各写一个以超自然情节为基础的故事。

不过，天气突然和煦（xù）起来，两个朋友离开我到阿尔卑斯山旅行去了，而他们一进入那壮美景色里就把魔鬼故事忘光了。下面是唯一写作完成的故事。

一八一七年九月于马洛

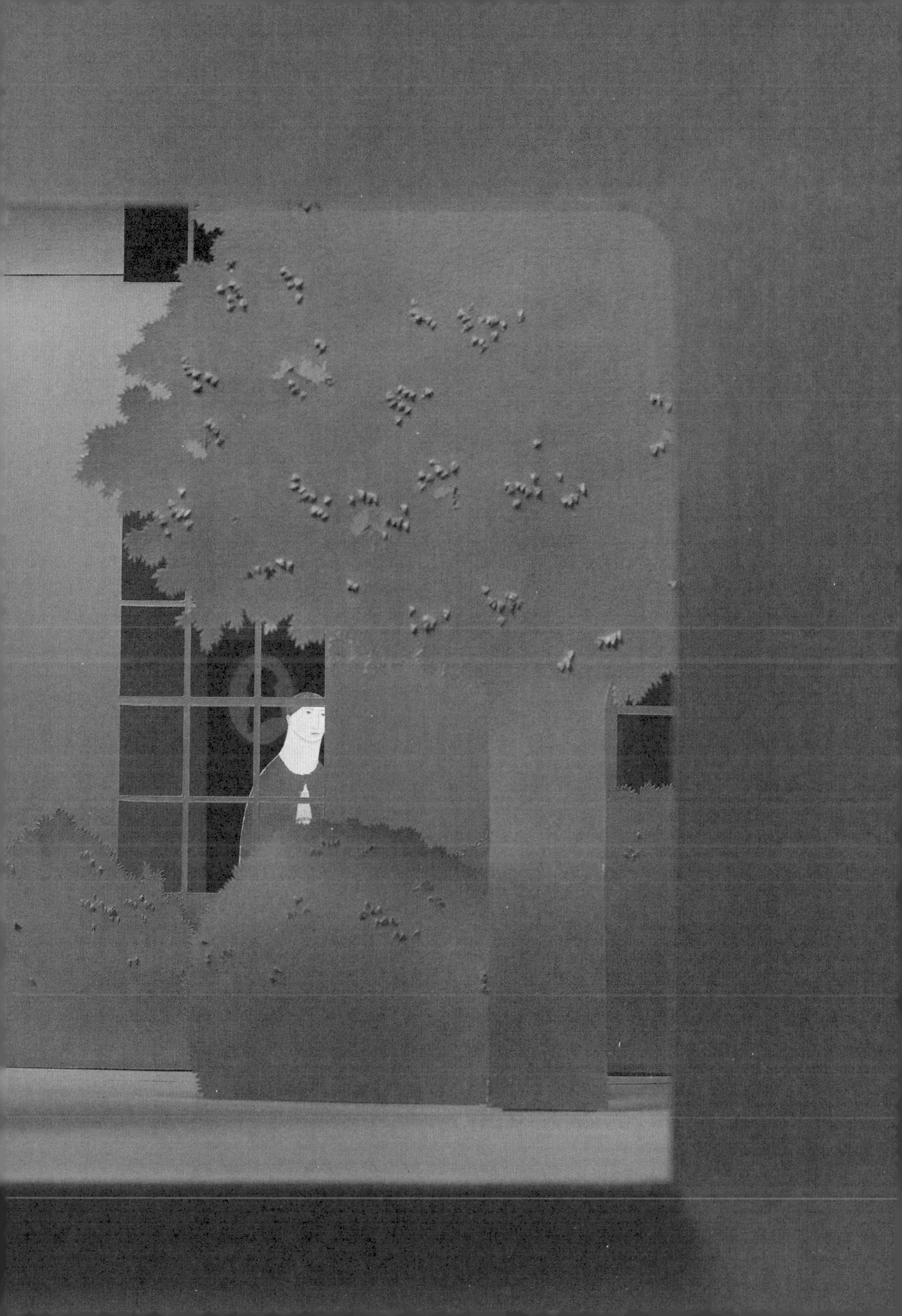

第一封信　致英格兰萨维尔夫人

一七 ×× 年十二月十一日发自圣彼得堡

收到我的冒险活动并无灾难伴随的消息，你一定很高兴，因为你曾预言它可能非常不幸。我的第一个任务就是告诉我亲爱的姐姐我非常幸运，而且此行胜利的把握越来越大了。

我已到了伦敦以北很远的地方。我在圣彼得堡街道上行走时，感到一阵寒冷的北风在面颊（jiá）上嬉戏，不禁精神一振，满心快乐。我这感受你能理解吗？从我想去的地区吹来的这微风，让我提前品尝到了那冰雪气候的情趣。寒风刺激了我的感觉，因为它的鼓舞，我的白日梦就更加强烈和生动了。我倒想让自己相信北极是个冰天雪地的荒凉区域，但是没有用，北极总以一个美丽欢乐的形象展现在我的想象里。那里，玛格丽特，一直可以见到太阳。那个硕大的圆球一直在沿着地平线运行，永远放射着光芒。在那里——我的姐姐，请你准许我承认几个往昔航海家的真诚记叙——雪和霜已被赶走。我们在平静的海上航行，有可能被吹送到某个地区去，那里的美景和奇迹超过了地球上任何有人居住的地区。那里出现的事物和景色很可能是空前的，宛如在荒无人烟的地区观看日月星辰的奇景。我还可能在那个地区发现那吸引了指南针，也限制了千百种天体观察方式的神奇力量。这次航行的目的就是要在人类面前揭示出那似乎千奇百怪其实永远一贯的力量。人迹未到的地区的景色将满足我强烈的好奇心。我还将踏上人类从未踏上过的土地。这类东西吸引着我一路前行。它们足以对抗我对死亡和艰苦的畏惧，激励我开始这艰险的行程。我很像个在假日和游伴们坐上自己的小船，沿着家乡的小河探险的儿童。而且，即使我的这些猜测都错了，此行也将给亿万斯年的人类带来难以估量的好处——这是谁也无法否认的事实。我将在北极附近找到一条通向某些国家的道路——现在要到达那些国家需要航行好几个月。还有，如有可能，我还想要确认磁石的神秘——为了这个，我现在的这项活动也是必不可少的。

我的联翩浮想把我开始写信时的不安全感赶走了。我感到自己的心为一种能让我进入天国的激情所燃烧，因为坚持不懈的目标最能使人心平气和——灵魂可以把它那智慧的眼睛锁定在目标上。这次长航是我早年最为热衷的梦想。我怀着激情读过许多航海纪事。它们都说，穿过包围北极的海就有希望到达北太平洋。你可能还记得，我们的好叔叔托马斯的图书馆里就满是关于种种发现的历史记录。我的教育受到了忽视，但我仍然满怀热情地沉溺于读书。书本就是我日夜琢磨的东西。而我对书本的熟悉更使我对父亲的临终禁令感到遗憾——他让我们的叔叔禁止我到海上去冒险。

对某些诗人的作品的仔细玩味使我的灵魂陶醉，飞升到了天界。那时我心里的航海幻影才首次淡化了。我成了诗人，陶醉在自己所构建的天堂里长达一年之久。我想象自己也可以进入供奉着荷马和莎士比亚的名字的殿堂，在那里占有一个龛位。对我的失败和我因失败而感到的深沉失望，你是很熟悉的，但我那时却从表哥那儿继承了遗产，于是我的思想又飞回到它早年所追求的东西上。

从我决心从事我目前的活动到现在，已经过去六年了。直到现在我还记得我决心献身于这伟大活动的时刻。我是以让自己的身体习惯于艰难困苦开始的。我曾几次搭乘捕鲸船远航北海，主动经受寒冷、饥饿、焦渴和缺乏睡眠的考验。白天我常干得比一般水手更起劲，晚上我还要学习数学和医药理论，研究对航海最实用的物理学的分支。我两次上了去格陵兰的捕鲸船，做了二副，赢得了众人的尊重。我必须承认，在船长把大副这个位置非常真诚地托付给我时，我感到了几分骄傲——他认为我的工作确实有那么大的价值。

我现在有资格追求那伟大的目标吗，亲爱的玛格丽特？我的生活原是可以在轻松和奢侈里度过的。但是我选择了荣誉，而不是财富铺设在我路上的诱惑。啊，那时我多想听到一声肯定和鼓励的回答呀！虽然我有坚定不移的勇气和决心，可希望却时有时无，使我常常情绪低落。我要进行的是一次漫长而艰苦的航行，途中的种种意外需要我全部的坚毅与顽强，要求我不但要鼓舞别人的情绪，而且要在别人情绪低落时鼓舞自己。

目前正是俄罗斯最佳的旅行季节。他们坐着雪橇在雪地上飞跑，非常愉快，在我看来要比英国的驿站马车愉快多了。只要你穿上皮裘就不会太冷，而我已经穿上了，因为在甲板上行动和一连几小时坐在船舱里不动很不相同。在甲板上行动可以防止血液在血管里凝固，而我并不打算在圣彼得堡和阿尔汉格尔[1]之间的驿路上死去。

两周或三周后，我就要上船去阿尔汉格尔了。我打算在那里租一条船（只要给船主一笔保证金，租船并不费事），然后招收一批习惯于捕鲸船工作的水手——需要多少就招收多少。六月以前我还不打算起航。至于什么时候回来，亲爱的姐姐，我能怎样回答呢？如果我成功，几个月或几年后我们就可以团聚了。可如果失败了呢？你要不是马上就见到我，就是永远也见不到我了。

---

[1] 阿尔汉格尔，即阿尔汉格尔斯克，是俄罗斯北冰洋沿岸重要港市，俄罗斯北冰洋航线起点之一。

再见了，亲爱的、出色的玛格丽特，愿上帝把祝福像甘霖一样降到你身上，也给我保佑，好让我不断表达对你真挚的感恩之忱（chén）。

深爱你的弟弟
罗伯特·华尔顿

第二封信　致英格兰萨维尔夫人

一七 ×× 年三月二十八日发自阿尔汉格尔

我在这儿被霜和雪困住了，时间过得多么沉重呀！但是我已为我的事业踏出了第二步。我已经租了一条船，正忙着招收水手。在我看来，我已经招收到的人都是可以信赖的，确实具有勇敢坚毅的品格。

可我却有个一直无法满足的需求——我没有朋友。我觉得问题严重，玛格丽特。我满腔热情，想要成功，却没有人与我分享我的快乐。不错，我可以把感受写到纸上，但那只是一种蹩（bié）脚的宣泄手段。我希望身边有个能理解我感情的人，可以读懂我的眼神。你可能认为这是由于我过于浪漫，亲爱的姐姐，但是我确实痛苦地意识到我缺少朋友，一个温和、勇敢、胸襟开阔、学养深厚，能与我同气相求的人。他对我制订的计划可以提出赞成或否定的意见。这样的朋友将如何弥补你可怜的弟弟的缺陷呀！

我还有个更严重的缺陷：我是自学成才的。我这辈子的前十四年是个在大地上跑来跑去的野娃娃，除了托马斯叔叔图书馆里的航海纪事，什么书也没读过。我也读过我国著名诗人的作品，但等我意识到应该多懂得一些国家的语言时，多少年已经蹉跎（cuō　tuó）过去。现在我已二十八岁，却比十五岁的学童还要无知。是的，我想得更多，我的白日梦也更高远、更辉煌。但是，用画家的话说，它们都“恒久不了”。我迫切地需要朋友，需要一个有足够头脑和热情的朋友，一个能帮助我控制情绪，不会因为我爱幻想就瞧不起我的朋友。

啊，遗憾是没有用的，在这茫茫大海上，我肯定是找不到朋友了，即使在阿尔汉格尔的商人和水手群里也找不到。但某种感觉却在我这粗犷的心里怦怦地跳。那是一种与人性的琐碎无关的感觉。比如我的副手，他就具有惊人的勇气和进取精神，疯狂地追求着荣誉，或者用我更能表现性格的话说，追求着职业上的晋升。他是英国人，还保留着人类某些高贵的天赋，并没有为训练所弱化。可他也陷在了民族偏见和职业偏见里。我是在一条捕鲸船上和他认识的。这一回我在城里发现他没有工作，就把他请来襄助我的事业了，并没有费什么劲。

我的船长能力杰出，在船上执行纪律却和蔼平静，非常出色。加上他因诚实廉正与勇敢无畏而著称，我非常乐于雇用他。我是个在孤独中成长的小青年，我的最佳时期是在你的温柔呵护下度过的。那个时期为我的性格打下了文雅和蔼的基础，因此我很难克服自己对船上那常见的粗暴的反感——我从来就不相信粗暴有什么必要。在我听见航海人因为心地善良和下属对他的尊重和服从而受到注意时，我就以能请到他来协助而深感幸运。我第一次听到他的故事时觉得他相当浪漫。这话是一位太太说的——她一生的幸福都多亏了他。他的故事简单来说是这样的：几年前，他爱上了一位家境平常的俄国小姐。当他靠捕捞聚集起一定的财富后，小姐的父亲同意了他们的婚姻。在那决定命运的仪式之前他和那位小姐见了面，可她却泪流满面地扑倒在他脚下，求他宽恕。她承认她爱着另一个人。那人很穷，她父亲绝不会同意那桩婚事。于是我那宽宏大量的朋友就让那姑娘放心，在知道了她情人的姓名后，他立即放弃了自己的追求。他已经买好了一座农庄，原打算在那里度过后半生。这时他却把那片土地全部给了他的情敌，还用现有的钱给他买了牲口。然后他还亲自请求那姑娘的父亲同意她和他的情敌结婚。但那老人坚决拒绝了——他认为必须对我的朋友信守诺言。我的朋友在发现无法说服他时，就自己出国去了，直到听说他的情人已和自己所爱的人结婚后才回国。“多么高尚的人呀！”你会惊叫。他确实高尚！可是他并没有受过教育。他像土耳其人一样沉默、无知，对一切都满不在乎。这更使他的行为令人惊讶，如若不是因为他的缺陷，他本应得到更多关注和同情。

然而你不要因为我有点抱怨，或者为一种自己可能完全不知道的辛苦寻求安慰，就以为我动摇了自己的决心。不会的，那都是像命运一样注定了的，我的航程现在被耽误了，不过，天气一容许，我就可以出航。冬季的寒冷虽然可怕，春季看来却不会严酷。大家认为这里的春天来得特别早，因此我出海有可能比预计的早。我不会干出鲁莽的事的。你很了解我，你要相信在别人把安全付托给我的时候，我一定会非常小心。

我的航行即将开始，我无法向你描述我战战兢兢的心情。我是怀着一半快活和一半恐惧准备上路的。我要到没有开发过的地区去，到“薄雾和冰雪”的地区去。但是我不会杀死信天翁，因此不要为我的安全惶恐。当我像《古舟子咏》[1]里的舟子那样凄凉褴褛（lán lǚ）地回到你身边时，也不要为我担心。你可能会因为我的比喻而哂（shěn）笑我。但是，我要揭示一个秘密：我常常认为，对海洋那危险的神秘我有强烈的兴趣。那兴趣产生于最富于想象力的现代诗人的诗篇。我的灵魂里酝酿着某种我并不理解的东西。事实上我很勤奋、很刻苦，我这人是依靠毅力和坚韧工作的。但我也有一种对神奇事物的爱和信仰。它们交织在我所有的计划里，催促我在常人行走的道路之外寻出路来，甚至去到我即将探索的汪洋大海和无人到达过的地区。还是回到我们更加珍爱的东西上来吧。在我从茫茫的大海上回来，从非洲最南的海角或美洲回来后，我还能见到你吗？我不敢期待这样的成功，也不敢想象事与愿违的情景。现在，一有机会就给我写信吧，我也许会在最需要安慰的时候收到你的来信。我深情地爱着你，可要是你再也听不到我的消息，就请怀着深情记住我吧。

最爱你的弟弟

罗伯特·华尔顿

[1]《古舟子咏》，英国诗人塞缪尔·泰勒·柯尔律治（1772—1834）的长诗。其中的一个情节是：船上的人杀死了一只信天翁，因此给全船人招来了灾祸。——译者注

第三封信　致英格兰萨维尔夫人

一七 ×× 年七月七日

亲爱的姐姐：

我匆匆写上几行，向你报告平安。我已航行了很远。这封信将由一艘商船从阿尔汉格尔带回英格兰。它比我幸运，我说不定要多年见不到故乡了。不过，我仍然精神振奋，我的手下也都是勇敢的人，显然都坚毅而顽强。大片大片的浮冰不断从我们身边流过，表明我们要去的地区十分危险。但我手下的人都毫不畏惧。我们已来到纬度极高的区域，这里显然已不像英格兰那样暖和——虽然现在是盛暑季节。但从南方刮来的大风仍然送来了一定程度的温暖，恢复了些许生机，而且把我们向我急切希望到达的地区吹送过去。

到现在为止，我们还没有遇见什么值得在信里提起的情况。刮过一两场大风，漏过一次水，都是有经验的海员认为没有必要记录的事。如果我们的航程里不出现更坏的情况，我就很满意了。

再见，亲爱的玛格丽特，你要相信，为了我自己，也为了你，我会冷静、坚强而谨慎的，不会鲁莽地去冒险。

我的努力一定会取得成功。怎么能不成功呢？我已经走了这么远，已经在没有路的海洋上走出了一条安全的路。日月星辰已经见到了我的胜利，也证明了我的胜利。我们为什么不能继续前进，征服那尚未被驯服，却并不恣意的大自然呢？人类的顽强决心和意志力有什么东西能够阻挡呢？

我这膨胀的心就这样不自觉地流露着。但是，我必须打住了，愿上天保佑我亲爱的姐姐。

罗伯特·华尔顿

第四封信　致英格兰萨维尔夫人

一七 ×× 年八月五日

遇见了极其惊人的情况，忍不住要记载，虽然这信到你手上时你很可能已经见到了我。

上个礼拜一（七月三十一日）我们差不多全被流冰包围了。流冰从四面八方包围了我们的船，几乎不给它任何在海面漂动的空间。我们的处境相当危险，何况还有浓雾包围。因此我们几乎已经无法动弹，只希望天气和海面情况会出现变化。

下午两点左右，浓雾散开了。我们看见在四面八方伸展开的都是冰原，庞大而不规则的冰原，似乎一望无际。有同志抱怨起来，我也提心吊胆，非常着急。这时，一个奇怪的东西突然吸引了我们的注意，岔开了我们对处境的担心。我们看见一辆低矮的车挂在雪橇上，由几条狗拉着往北方奔跑，离我们大约半英里。一个样子像人，但很高大的动物坐在雪橇上，驾驭着狗群。我们用望远镜观察那旅客一路奔跑，直到他消失在参差起伏的冰原远处。

这个人影激起了我们的好奇，我们作了非常离奇的猜测。我们原相信自己离陆地还有几百英里，这幽灵却似乎表明，陆地离我们并不像我们所猜想的那么遥远。可是我们被流冰包围了。我们非常仔细地观察了他的足迹，却无法跟踪他。

那以后大约两小时，我们听见了海啸。天还没黑，冰层破裂，解放了我们的船。不过我们还没敢动，怕的是在黑暗里撞上因为化冰而挪移的大冰山，我利用这段时间休息了几个小时。

早晨天刚蒙蒙亮，我就上了甲板，却发现所有水手都聚集在船的一侧，似乎正忙着和海上的一个什么人谈话。原来是架雪橇，和我们看见的那架类似，晚上在一片流冰上漂到了我们的船前。只有一条狗还活着，但雪橇上还有一个人。水手们正在劝说他上船。他不像之前那个过客，并不是某个没有被发现的岛上的居民，而是个欧洲人。我在甲板上出现时，船长说："我们的头儿来了，他是不会让你在大海里消失的。"

那陌生人见到我就用英语对我说起话来，虽然带了点儿外国口音。"我上你们这条船之前，"他说，"你能告诉我你们是在往哪里走吗？"

你可以想象，我听见他提出这样的问题会有多么惊讶。我以为作为一个在死亡边缘挣扎的人，即使让他用世界上最宝贵的东西来交换，他也愿意上我这条船。不过，我还是告诉他，我们是在进行探索性航行，往北极开去。

一听见这话，他似乎满意了，同意上船。天呀！你要是能看见这位为了自己的安全而妥协的人，怕是会惊讶得目瞪口呆。他的手和脚几乎被冻僵了，由于疲劳和饥饿，身子也瘦削得可怕。我从没见过一个处境像他这样凄惨的人。我们试图把他抬到船舱里去，但他一离开新鲜空气就晕倒了。我们只好又把他带回到甲板上，用白兰地搓揉他，又强迫他喝了点。他刚表现出生命的迹象，我们又用毛毯把他裹起来，让他躺在厨房炉火的烟囱旁边。他逐渐好了一些，喝了点汤。那汤让他神奇地恢复过来。

像这样过了两天，他可以说话了。我常常担心他那困苦的遭遇会使他失去理解能力。在他恢复到相当程度后，我就把他搬进了我的舱房，利用执行职务以外的全部时间照顾他。我从没见过一个更有趣的人。他的目光往往带着野性，甚至疯狂。但在见到有人对他做出表示关心的举动时，即使是最小的帮助，他也会露出明朗的表情，闪出一种我从没见过的温和与善良之光。他也常常表现出忧郁和失望，有时还对人龇（zī）牙，仿佛已被灾难折磨得烦躁易怒了。

我的客人好一些之后，我还花了很多力气制止人们向他提问——他们有上千个问题要问。但是很显然，要恢复他的身心健康，必须依靠彻底的休息，我不愿他受到那些无聊问题的折磨。不过有一回，我的副手问了他一个问题：他为什么会坐在这么奇怪的车上，来到冰原里这么辽远的地方？他立即流露出非常深沉的忧郁，回答说：“来找一个离开我逃走的人。”

“你追踪的人也驾驶这种雪橇？”

“一样。”

“这样看来，我们倒是见过他。在救你上船的前一天，我们曾见过几条狗拉着雪橇在冰面上跑，雪橇上坐着一个人。”

“我当然不会问，我若是用那样的问题问你，就太无礼、太不近人情了。”

“但是你把我从很离奇、很危险的处境里救了出来，你的仁慈救了我的命。”

那之后不久他又问我，我是否认为，冰雪融化之后另外那人的雪橇会被破坏。我回答说我完全没有把握，因为冰层融化时已接近半夜，那人很可能已经到了安全的地方。但是对于这个，我也无法肯定。

从这时开始，陌生人消瘦的身体焕发出了新的生命。他表现出最急迫的心情，想到甲板上去守望那架曾出现过的雪橇。但是我说服了他，让他留在了舱房里，因为他太虚弱，受不了大气的严寒。我答应让人代替他去守望雪橇；只要见到有东西出现，就立即告诉他。

这就是迄（qì）今为止有关这次离奇事件的记录。那陌生人的身体逐渐好转了，但是仍然沉默寡言。有人进入船舱，只要不是我，他就会表现出不安。但他的态度非常友好，举止文雅。水手们虽然很少和他交往，却都对他产生了兴趣。而我呢，开始时我把他当弟兄看待，他那长期的深沉的忧伤使我心里充满了同情与怜悯。在目前这种苦难的情况下他还那么和蔼可亲，在当年优裕的日子里，他一定是位彬（bīn）彬君子。

亲爱的玛格丽特，我曾在一封信里告诉过你，说我在辽阔的海洋上找不到朋友。可现在我已经找到了，在他的精神被苦难击倒之前，我应该高兴，因为我得到了他，让他成了我心里的弟兄。

只要有新鲜事记录，我还将断断续续地写下关于这陌生人的日记。

一七 ×× 年八月十三日

我对这位客人的感情一天天地加深了。我对他的佩服和怜悯达到了惊人的程度。我怎么能眼看着这么高贵的人被苦难摧毁，而不感到沉痛难堪呢？他是那么温和，那么富有智慧，他心灵的教养是那么深邃(suì)，说话迅速流畅，有着无可比拟的说服力，词语使用也都恰到好处。

现在，他的身体好了许多，经常在甲板上逛，显然是在守候在他之前出现过的那架雪橇。他虽不快乐，却也没有完全为痛苦所压倒。他对别人的计划表现出浓厚的兴趣，常常和我谈论我的计划——我毫无隐讳地告诉了他，向他阐述了我最终必将成功的全部理论，也告诉了他我为取得成功而采取的种种措施。他专注地听我说着，表达了他的同情。受他鼓励，我以温暖着自己的全部热量表示，为了推行我那计划，我是不惜牺牲我的全部财产、生命和希望的。为了获得我所追求的知识，占领我要占领的天地，克服大自然与人为敌的种种力量，一个人的生死不过是一种渺小的付出。我说这话时，听话人的脸上布满了阴霾（mái）。我看出他很想压抑自己的情绪。他用双手遮住了眼睛，然后我就看见泪珠从他的指缝间簌（sù）簌地滴落。他呻吟起来，胸膛剧烈地起伏。我的声音颤抖了，住了嘴。最后，他说话了，语调破碎：“不幸的人呀！你也像我一样疯狂吗？你也喝了那种极其刺激的烈酒吗？听我的话，让我讲讲我的故事吧。你会把你嘴边的酒杯摔得粉碎！”

他这话激起了我强烈的好奇心，这是你可以想象的。但是，忧伤使他抽泣，他那虚弱的身子吃不消了。为了使他平静下来，我必须让他休息一阵子，让他能平心静气地交谈。

他克服了强烈的情绪之后，又似乎因为成了感情的奴隶而瞧不起自己。他压制住阴郁的失望，又让我谈了谈自己，问起了我早年的生活。我很快就讲完了我的故事，但这勾起了我一连串的思绪。我谈到自己想找个朋友，渴望有一个能和我心气相通的朋友，却从来不曾有过。我说我深信只要没有交上这样的朋友，一个人就说不上幸福。

“我同意你的意见，”陌生人回答，“我们都是没有开化的人，只算加工了一半的半成品。如果没有比我们更聪明、善良和高贵的朋友来助我们一臂之力，就不可能完善自己现有的软弱而有缺陷的天性。我就有过一个在人群里算得上最高贵的朋友，所以我有资格评判友谊。你还有希望，还有眼前这世界，没有理由绝望。可我呢，我已经失去了一切，不能重新开始生活了。”

说这话时他脸上露出一种深沉而宁静的忧伤。我被感动了，一直感动到了心底。但他不再说话。然后，他就回船舱去了。

他的精神虽然像这样受到了摧残，他对大自然之美的感受力却是超人的。海洋、星空，这地区所提供的每一种景色，似乎都有使他灵魂上升的力量。他这样的人过的是一种双重的生活。他可能遭受着痛苦，被失望压倒，但是在他回归自己时，却是天上的精灵，身后有一圈不容忧伤和愚蠢闯入的灵光。

我对这神圣的漫游者所表现出的热心，也许会使你觉得好笑。可你如果见过他，就不会觉得好笑。你离群索居，读过许多书，受过教育，文雅而高尚，因此有点挑剔，但这只能让你更加欣赏这精彩的人超群的优点。我曾作过努力，想发现他那远远超过我所见过的一切人的品质。我相信那是一种本能的洞见力，一种无人能比的敏锐而永远正确的判断力。那力量使他能清楚准确地观察到事物的底奥。此外，还有他那熟练的表达能力，以及能征服人的灵魂的抑扬顿挫的悦耳语调。

一七 ×× 年八月十九日

昨天那陌生人告诉我：“华尔顿船长，你可以很容易就看出，我曾遭受过从没有人遭受过的严重不幸。有一次我曾决定，我应该与对这些邪恶事物的记忆一起死掉。但是你说服了我，让我改变了决心。你寻求知识和智慧，我也同样如此。我还非常希望你寻求到的东西不会像毒蛇一样反咬你一口——我就被这样咬过。我不知道谈起我的灾难对你是否有用，但只要想起你走过的路正和我相同，你正暴露在一种危险面前，而让我沦落到眼前这地步的正是那种危险，我认为你可以从我的遭遇里得出深刻的教训。如果你的事业成功，这教训可以指导你，如果失败了，它也可以安慰你。作好准备听听我这故事吧。一般人都会觉得不可思议。如果我们是在大自然较为温和的场景里，我担心你是不会相信我的故事的。但在这样荒凉和神秘的地区，许多东西就变得可信了——在没有见过这种急剧变动的自然力的人面前，我的故事只会让他们讪（shàn）笑。同时，我也深信我的故事将随着逐渐展开的一系列事件而显示出其真实性。”

他主动陈述他的遭遇，我自然十分高兴，这你容易想象。但要让他因为叙述自己的不幸而再次伤心，我却是不能忍受的。我非常迫切地希望听听他想讲述的遭遇。部分是出于好奇，部分是出于一种强烈的愿望：只要我办得到，就助他一臂之力。我向他表达了这种情绪。

“我感谢你的同情，”他答道，“但是没有用：我差不多气数已尽。我只等着一件事，然后就可以安静地休息了。”他发现我想插嘴，又说：“我理解你的感觉，但是，我的朋友，如果你容许我这么称呼的话，你错了。我的命运已经无法改变。听了我的故事你就会懂得它已经注定了，不可逆转地注定了。”

然后他告诉我，如果我明天有空，他就讲述他的故事。我最热烈地感谢了他的承诺。我下定了决心，只要工作不太紧张，就要尽最大努力用原话记录下他白天讲的东西。即使没有空，至少也得记录下大要。这份手稿无疑将给你带来最大的快乐。但是对于认识他，亲自听他讲述的我来说，在未来的某一天重读这份手稿时，还不知道会有多高兴呢！即使是现在，我才开始工作，震响在我耳里的已是他那洪亮的声音。他那明亮的眼睛以其全部的忧郁和温和盯着我时，我还看见他激动地举起那只瘦弱的手，他的脸反映出他内在的灵魂。他的故事一定很离奇，也很沉痛。在航程上攫（jué）住那英勇的船只并毁灭了它的风暴一定是非常惊心动魄的。一定是这样！

第一章

从出生地看，我是日内瓦人。我的家庭是共和国最显赫的家庭之一。我的祖先长期担任市议员和市政官。我父亲曾经担任多届公众职务，成绩斐（fěi）然，政声卓著。因为他人品的清廉和对公务的勤劳，凡是认识他的人都尊重他。青年时代的他，总在为国事奔忙，各种情况迟延了他的婚姻，到了晚年他才成了一家之主和父亲。

他的婚姻状况说明了他的性格，我忍不住想谈一谈。他有个最好的朋友，是个商人，由于多次不幸，从最兴旺的处境落入了困顿。那人叫波扶，生性自傲，从不低头。由于受不了在同一个国家里从声势煊（xuān）赫落入贫穷，受人轻贱，他就在极其光明磊落地还清了全部欠债之后，带着女儿去了卢塞恩[1]，在那里隐姓埋名地过着穷困的生活。我父亲怀着最真诚的友情关怀着他，也为波扶出于虚假的自尊隐退到这样不幸的环境感到沉痛。他认为那行为辜负了他俩的真挚友谊。他毫不耽误，立即四处找他，因为怀着希望，想说服他利用老友的信任和帮助，东山再起。

波扶隐藏自己的方式很有效，我父亲在十个月后才找到他的住处。父亲喜出望外，急忙到了他的屋里——那是在罗伊斯河畔一条僻静的小

[1] 卢塞恩，一译琉森，位于瑞士中部，是一座历史文化名城。

街上。父亲进门时迎接他的只有痛苦和绝望。波扶在处境恶化后留下的钱很少，只能够维持几个月的生活。他曾希望到一个商行做份受人尊敬的工作，却只白白地蹉跎了时间。因为有了时间反省思过，他的忧郁反倒更加深沉、更加令人痛苦了。忧郁终于严重地伤害了他的心灵，三个月后，他心力交瘁，躺倒在病榻上。

他的女儿卡罗琳竭尽全力服侍着他，但她绝望地发现他们那点钱在迅速地减少，而且再没有其他的来源。卡罗琳·波扶有一颗不同凡响的心，在逆境里全靠勇气支撑。她找到了一份简单的工作，编织点草编，千方百计赚些小钱，勉强度日。

就像这样过去了几个月，她父亲的病日见沉重了。她照顾父亲的时间越来越多，过日子的钱越来越少。十个月后她父亲死在了她的怀里，她成了孤儿、乞丐。这最后的打击击垮了她。她跪倒在波扶的棺前，苦苦哀泣。我父亲就在这时进了她的屋子，像保护天使一样来到那可怜的姑娘面前。姑娘接受了他的照顾。父亲在安葬了好友之后，就把姑娘带到了日内瓦，托付给一家亲戚照顾。两年后，卡罗琳成了他的妻子。

父母年龄差异颇大，但这似乎只加深了他俩的感情，使他俩越发恩爱。我父亲那刚直的心里有一种正义感，使他只对自己称心如意的人才倾注强烈的爱。也许他在过去的岁月里曾爱过一个后来发现不值得爱的人，经受过坎坷，因而更加重视经受过考验的爱情吧。他对我母亲的深情表现出了感激和钦佩，完全不同于一般老年人的偏爱。那感情产生于对她的品德的尊重，以及在一定程度上对她所经受过的痛苦给予补偿的愿望。这态度把难以描述的高贵赋予了他的行为。他竭尽全力使她愉快，满足她的一切要求。他努力保护她，有如园丁保护一树奇葩（pā），不让它受到风吹雨打。他把一切能在她那温柔和善的心里唤起欢乐情绪的东西都献给了她。她所经受的苦难影响了她的健康，甚至破坏了她那始终如一的宁静。在他们结婚前的两年里，我父亲已经一步步卸去了他的全部公职。两人一结合他们就去追逐意大利那令人愉快的气候去了。随着在那神奇的国土上的旅行而来的场景和兴趣的变化，对她那孱（chán）弱的身子起到了康复的作用。

离开意大利后，他们又去了德国和法国。我，他们的第一个孩子，就是在那不勒斯出生的。在襁褓（qiǎng bǎo）之中，我就和他俩一起漫游各地。有好多年我是他们唯一的孩子。他俩深挚的情感是一座矿山，他们似乎从那里获取了无穷的爱，投注在了我的身上。母亲温柔的爱抚和父亲凝望我时那快活的微笑，是我最早的记忆。我是他俩的玩具、偶像，也是更好的东西：孩子，上天赐予他们，要他们好好抚养的一个天真娇弱的生灵。我未来的命运究竟通向幸福还是痛苦，就掌握在他俩手上，决定于他俩执行任务的情况。他们对自己生下的这个小生灵怀有深沉的责任意识，加之他们本身的温柔与活力，可以想象，我婴儿时期的每时每刻都受到耐心、慈祥和自制等品德的熏陶。有一条纽带牵引着我，对我说来，那纽带似乎是一连串的享受。

在很长的时间里，我是他们唯一的孩子。我妈妈很想有个女孩，可我仍然是他们唯一的孩子。在我差不多五岁时，我们作了一次跨越意大利边疆的旅行，在科莫湖边住了一周。他们天性善良，常常去穷人家里走访。对我妈妈来说，那不光是责任，还是一种需要，一种激情——她想起了自己遭受过的苦难和得救的过程，现在轮到她来做受苦人的保护天使了。有一次他俩散步时，山谷里的一座小屋吸引了他们。他们觉得那房子孤独得出奇，而聚集在那里的几个衣衫不全的孩子说明他们已贫穷到最可怕的程度。有一天，我爸爸一个人去了米兰[1]，妈妈就带着我去到那个家庭。她见到一个农民和他的妻子在干着苦活儿。被忧患和劳

[1] 米兰，意大利第二大城市。

作压倒的他们正在把少量的食物分给五个饥饿的小孩。最引起妈妈注意的是其中一个孩子，那孩子似乎属于另一个种族。其他四个孩子都是结实的小流浪儿，黑眼睛。而这个孩子却很瘦弱，是明显的金发蓝眼。衣服虽然褴褛，那头非常耀眼的金发却似乎给她戴上了一顶辉煌的金冠。孩子的额头宽大开朗，蓝眼睛澄澈明亮，嘴唇和面部的轮廓表现出敏感和甜蜜，谁见了都会觉得她是另一个种族的人，是上天送来的。她的容貌特征带了天堂的印记。

那农妇注意到妈妈惊讶和欣赏的目光老落在那可爱的女孩身上，于是说出了她的来历。那女孩不是她的孩子，而是一个米兰贵族的女儿。她妈妈是德国人，生她时死掉了。孩子便被交给了这家人抚养。那时他们的生活要宽裕一些——结婚不久，最大的孩子也刚刚出生。孩子的爸爸是在对古意大利的荣耀的记忆里成长的，是个“永远叫奴隶制发抖”的人。他为解放祖国而斗争，因为祖国弱小，就成了牺牲品。他究竟是已经死去还是仍在奥地利人的地牢里活着，没有人知道。他的财产被没收了，孩子成了孤儿、乞丐。她在养父母的身边活了下来，在那简陋的屋子里像花朵般开放——比绽放在暗淡的灌木丛里的玫瑰花还要娇艳。

爸爸从米兰回到家时，看见一个孩子和我一起在别墅大厅里玩。那孩子比画上的天使还要美丽，一颦一盼似乎都放着光彩，形象和动作似乎比山上的岩羚羊还要轻盈。妈妈立即作出解释：妈妈劝说抚养她的农民家庭把孩子给了她。那家人很喜欢这可爱的孩子，她的存在对他们似乎是一种幸福。但是，在上天给了她那么强有力的保护时，却硬要让她生活在贫困里，对她是不公平的。他们请教了村里的牧师。其结果就是伊丽莎白·拉文查住到了我家，与我比亲兄妹还要亲密——成了我所有活动和游戏的伴侣，美丽可爱的伴侣。

大家都喜爱伊丽莎白·拉文查。他们对她的爱强烈得几乎令人惊讶。

我对她也一样，她也成了我的骄傲和欢乐。在她被带回我们家的前一个晚上，妈妈曾开玩笑说：“我有一个礼物要送给我的小维克多——他明天一定可以得到。”因此，第二天，在她把伊丽莎白作为礼物送给我的时候，我就带着孩子气的认真，按字面解释了她的话，把伊丽莎白看成了我的财产——要我保护、喜爱和珍惜的财产。我把对她的赞美全看作对我财产的赞美，我和她以兄妹相称。她和我的关系是任何词语也无法表达的，比我的亲妹妹还要亲，因为她一直到死都只能是我一个人的妹妹。

第二章

我们俩一起长大，我比她大不了一岁。不用我说，我们之间没有出现过任何分歧或争执，和谐是我们的游伴关系的灵魂，性格上的差异和对比只让我俩更加亲近。伊丽莎白的性格比较安静，注意力比较集中。我却很热情，办什么事都起劲，具有强烈的求知欲。她忙着追求抽象的诗歌写作，漫游在我们瑞士住地附近种种壮丽的景色里。崇山峻岭的庄严形象，一年四季的流转变化，风暴与平和，冬季的寂静，阿尔卑斯山夏季的勃勃生机和繁荣喧嚣（xiāo），所有这一切都让她崇拜与享受不已。在我的朋友怀着严肃与满足对种种崇高的事物进行沉思默想时，我却因追寻着那一切的根源而得意。世界对我来说就是个秘密，一个我渴望探索的秘密。我能记得的最早的感受就是好奇心，就是对大自然隐藏的秘密的认真探索和研究。在那些秘密向我展示时，我快乐得几乎心醉神迷。

我的父母在生下第二个孩子（比我小七岁）以后，就完全停止了漫游的生活，在祖国定居下来。我们在日内瓦有一幢房屋，在湖东岸离城一里格[1]多的卑尔丽伏还有个庄园。我们大部分时间都住在庄园里，爸

[1] 里格，长度单位，1 里格相当于 4.8 公里。

爸妈妈基本上过着隐居的生活。我也总是回避人群，只愿与少数人深交。因此我和同学们大体上没有往来。但我和其中一个同学亨利·克莱瓦尔却有着极为深厚的友谊。他是个日内瓦商人的儿子，一个才华横溢、见解不凡的男孩。他喜欢精进、艰苦，甚至为了冒险而冒险。他读过许多骑士故事和浪漫潇洒的故事，并沉醉于其中。他也写英雄诗歌，写些关于妖术和骑士的冒险故事。他曾努力安排我们演戏，搞假面舞会，其角色都来自英雄传说：龙塞斯瓦列斯或亚瑟王和圆桌骑士的传说，还有许多为了从异教徒手下收复圣墓而流血牺牲的具有骑士精神的人物。

我的少年时代过得比谁都愉快。爸爸妈妈对我慈祥宠爱。我们觉得他们都不是凭一时喜怒管教孩子的马虎人，而是总在为我们创造着快乐和幸福。我和别家的孩子到了一起，总明显地感到自己有多么幸运，而感恩之情又激发了我们的纯孝之心。

我有时脾气暴躁、感情冲动，但由于本性里的某些规律，我激烈的情绪并没有导致荒唐的行为，而是转变成求知的渴望，而且也不是那种盲目的求知欲。不同的语言结构、不同的政府法令、不同制度的国家的政治，这些都吸引不了我——这我承认。我想学习的是天与地的奥秘。而且，无论塞满我脑子的是事物的外在现象，还是大自然的内在精神，抑或是人类神秘的灵魂，我的探索都指向形而上学的道理，或者，就其最高意义而言，都指向世界的物质奥秘。

而克莱瓦尔所钻研的却可以说是事物间的道德关系。他研究的主题是纷繁忙碌的人生舞台、英雄的品德和人的行为。他的希望和梦想就是让自己成为不畏艰险的对民族有贡献的人，被载入英雄史册。伊丽莎白那圣洁的灵魂就像一盏明灯，让我们这个平静的家庭熠（yì）熠生辉。她和我们心灵相通。她那微笑、温婉的声音，以及天堂般的眼睛的顾盼，永远在那里佑护着我们，使我们精神振奋。她是一个生动的精灵，让人温和，令人倾羡。我学习时常常闷闷不乐，由于天性的热情而表现得粗野，她却总在那里安抚着我，使我像她那样温和。而克莱瓦尔呢，有什么邪恶的东西能盘踞在他那高贵的精神上吗？如果没有伊丽莎白向克莱瓦尔展示出善良仁慈之可爱，没有让他把行善变成他那雄心壮志的终极目标，他的和善也许就不会那么十全十美了，他的宽怀大度也许就不会那么体贴温存了，他追求冒险活动的激情也许就不会那么温文尔雅了。

在不幸的命运污染我的心灵，把可以广泛使用的光辉想象转化为阴暗狭窄的自我思考之前，我在回忆儿童时代时总是充满愉悦。而且，在描绘我的早年生活时，我也记录下了那些在不知不觉中引导我一步步走向后来痛苦遭遇的事件。因为在我追溯（sù）那后来控制了我命运的激情是如何产生时，却发现那激情像高山上的河流，来自并不高贵的几乎已被遗忘的源头，却一面奔泻，一面成长为滚滚洪流，把我的欢乐与希望全冲刷走了。

自然哲学是控制我命运的精灵，因此我在叙述时希望谈谈使我偏爱上这门学问的一些事实。在我十三岁时，我们全家到托农附近的浴泉去玩。天气不好，我们只好在客栈里待了一天。我在那间屋里发现了一本科尼利乌斯·阿格里帕[1]的作品，便随意翻了翻。阿格里帕想证明的理论和他所提供的惊人事实立即燃起了我的热情，一道新的光芒从我心里升起。我跳了起来，把我的发现告诉了父亲。父亲只随意地望了望书名就说：“啊，科尼利乌斯·阿格里帕！别在那书上浪费时间了，亲爱的维克多，那全都是些可悲的废话。”

如果父亲不是这样说，而是费点功夫向我说明阿格里帕的学说早已被彻底推翻，目前已出现了新的科学体系，确切的、实际的体系，比古代那想当然的体系强有力得多，那我肯定就会扔掉阿格里帕，不再好奇，

[1] 科尼利乌斯·阿格里帕，欧洲文艺复兴时期的神秘哲学作家。

并以更大的热情回到以前的研究里去，我的思想脉络甚至根本不可能接受那攸（yōu）关我命运的冲动——导致我毁灭的就是它。我父亲对那书的随意一瞥（piē），并不能让我相信他知道那书的内容。于是我继续如饥似渴地读了下去。

我回家后的第一件事就是找到那位作家的全部作品，随后又找到了帕拉塞尔瑟斯[1]和阿尔伯图斯·马格努斯[2]的作品。我兴致勃勃地阅读和研究着这些作者纵肆的想象。在我看来他们都是瑰宝，除我之外很少有人知道的瑰宝。我已描述过我自己，说我怀有揭开宇宙奥秘的渴望。尽管现代哲学家已付出艰辛的劳动，做出了惊人的发现，可我对自己的研究仍然感到歉然，并不愉快。据说艾萨克·牛顿爵士早就坦言说他只像个孩子，在没有人探索过的辽阔的真理海岸上拾到了几枚贝壳。以我这孩子的理解力来说，我所知道的牛顿自然哲学每个分支里的继承人都像是初出茅庐的新手。

没有受过教育的农民看见身边的自然现象，懂得它们的实际运用，而最渊博的哲学家却未必能比他们高明。哲学家部分地揭示了大自然的面貌，但大自然那永恒的轮廓仍然是神秘莫测的奇迹。哲学家可以解剖、分类、命名，但是，别说终极原因了，就连次终极原因，更次终极原因，他们也未必知道。我曾凝视过那似乎阻碍了人类进入大自然城堡的种种壁垒和障碍，却总是感到苦恼，抱怨自己无知。

但是我现在有了书，有了这些知道得更深更多的人。我相信了他们的论断，成了他们的信徒——这种事竟然发生在十八世纪，看来有些奇怪，可在日内瓦的学校接受教育时，对自己喜欢的学科，我绝大部分都靠的是自学。我父亲不搞科学，我只好以少年的盲目加上学生对知识的

[1] 帕拉塞尔瑟斯，欧洲文艺复兴时期的医生、炼金术士和占星师。

[2] 阿尔伯图斯·马格努斯，中世纪德国哲学家、主教，著有《物理学》。

渴望，摸索着前行。在我的新导师的指引下，我以最大的勤奋进入了对点金石和长生不老药的探索。长生不老药很快就获得了我的全部注意。财富是低级的目标，如果我的发现能消除一切病害，除了暴力，使人免于任何痛苦，我所获得的荣耀将有多么巨大呀！

我的幻想还不止于此。我喜欢的作家对呼神唤鬼的事说得有鼻子有眼儿，我非常迫切地希望能呼唤鬼神。尽管我的这类尝试总是失败，我却总把那归结为自己经验不足、措施不当，或对导师的信仰不够坚定。有段时间我满脑子都是一个个支离破碎的体系。我像个蹩脚的魔法师，按照一种狂热的想象和幼稚的推理，把千百个互相矛盾的理论杂糅到一起，在五花八门的知识里探索，直到一个意外事件改变了我的思路。

在我大约十五岁时，我们回到了卑尔丽伏附近的房子里居住。那时我们遇到了一场非常恐怖的雷雨。那雷雨来自朱拉山脉背面。炸雷立即劈下，轰隆隆的声音从天上四面打来，异常恐怖。雷阵雨进行时，我一直怀着好奇和快活张望着。我站在门口，突然见到一串烈火从一棵美丽的老橡树里蹿了出来——那树离我们的房屋只有二十码[1]左右。耀眼的光芒刚消失，老橡树就不见了，剩下的只有一个树桩。第二天一早我们出去看时，老橡树已被雷打成了怪模样：不是被打成了碎片，而是被撕成了细木条。被毁灭得这么彻底的东西，我还从来没有见过。

在那以前，我对电学的一般规律并非完全无知，可这回却有一个精通自然哲学的了不起的学者和我们在一起。这场灾难让他激动不已。他为我们解释了一个他通过研究电学和流电学得来的理论。我感到他那理论又新奇又惊人。他的话使主宰我思想的科尼利乌斯·阿格里帕、帕拉塞尔瑟斯和阿尔伯图斯·马格努斯等大师黯然失色。命运弄人，大师们理论的被推翻让我对自己以往的研究失去了兴趣。那感觉好像是：世间

[1] 码，英制中的长度单位。1 码 = 3 英尺 = 0.9144 米。

万物都是不可认知的。一直吸引我注意的东西突然变得可憎了。我们在少年时代很容易任性，一时冲动之下，我立即放弃了以前的研究，把自然史和它所派生的一切学问都看作被歪曲了的发育不全的东西。我对那种不可能踏进真正知识门槛的所谓知识产生了深深的厌恶。就是怀着这样的心情，我开始研究数学及其相关学科，认为它们具有坚实的基础，因而值得我去认真研究。

我们的灵魂构造就是这样离奇。这种轻率的纽带就像这样把我们与成功或毁灭捆绑到了一起。现在回忆起来，我觉得这种兴趣和意志的几乎神奇的变化，似乎就是我生命的守护女神直接为我安排的——那是她为回避那已经悬在星星之间、即将降临到我头上的风暴所做的最后努力。我的灵魂异常安静和欢欣，这宣布了我的守护女神的胜利——究其原因，却正是由于我放弃了让我倍感痛苦的学问的研究。在这之后我才懂得：坚持那些研究，我必将遭遇不幸，而摒（bìng）弃它，我就会得到快乐。

善良天使作出了巨大的努力，但是毫无效果。命运太强大，它那永恒的法则已最终判定了我要遭到恐怖的彻底毁灭。

第三章

到我十七岁时，父母决定让我到英戈尔斯塔特大学去读书——在那以前我一直在日内瓦上学。父亲认为，要想接受完整的教育，我应该熟悉故乡日内瓦以外的地方的风土人情，因此很早就安排好了我离家的时间。但是，还没等到那决定的时刻到来，我生命里的第一次不幸就出现了，这似乎预兆着我未来的痛苦。

伊丽莎白感染了猩红热，病情严重，非常危险。她生病时大家费了许多唇舌不让妈妈去照顾她。开始时妈妈倒是接受了我们的请求，但在她听说心爱的孩子出现危险时，却无法不担心了，于是去到病床前照料她。妈妈的精心照料战胜了疾病，伊丽莎白得救了，但这次冒险对挽救孩子的人却产生了致命的后果。三天后妈妈病倒了，高烧后又出现了极可怕的症候。为她治病的人的脸色预示着厄运的到来。这位最好的妈妈即使在弥留之际仍是那么坚强而慈祥。她把伊丽莎白和我的手拉到一起，说："孩子，我把对未来幸福的最坚定的希望寄托在你俩今后的结合上。这将是对你们爸爸的一种安慰。亲爱的伊丽莎白，你要接替我的位置，照顾更小的孩子了。唉！我不得不离开你们了！多么遗憾！你们一直爱我，我也感到很快乐，可现在我却要离开你们了，我能不难过吗？但是，我现在不该有这种念头。我要努力适应死亡，盼望能到另一个世界和你们见面。”

母亲宁静地死去了。即使在死后她的表情也还是那么慈祥。这一无可挽救的严重灾难对失去了最亲爱者的人所产生的伤痛，对他们的灵魂所造成的空虚，以及他们脸上流露出的绝望，我就不必描述了。我开始几天的反应是：要让心灵说服自己，需要很长的时间。那位我们天天见面的人，我们自己的一部分，有可能永远离开了我们；那双深受爱戴的眼睛的明亮的光可能已经熄灭；我们耳里那么熟悉可爱的声音有可能不复存在，再也听不到了。然而，随着时间的流逝，这一痛苦的灾难被证明是无法抹去的事实，我们的痛苦才算开始。不过，谁又没有被那粗暴的手夺去过心爱之物呢？我为什么还要描述那人人都感受过，也难免会感受到的悲伤呢？尽管我们仍会悲伤，但随着时间的推移，这已不是必不可少的了。我们唇上也会有微笑驻留——虽有可能被认为是亵渎（xiè dú），但妈妈死去了，我们还有应尽的责任，我们必须和大家一起生活下去，还要懂得：自己没有被那掠夺者带走，还算幸运的。

我去英戈尔斯塔特的打算就这样被耽误了。现在，这件事又提上日程。我让爸爸同意我延缓几周出发。我感到那么快就离开那哀悼的房屋和那几乎是死亡的平静，匆匆进入紧张的生活，似乎是一种亵渎。我从未体会过这种悲伤，但那并没有让我的惊惶减少分毫。我很不愿离开仍然和我在一起的人，尤其希望能在一定程度上给亲爱的伊丽莎白以安慰。

伊丽莎白确实是在掩饰自己的悲伤，努力扮演着安慰者的角色。她沉着地面对生活，怀着勇气和热情承担起责任，把自己的全部心血倾注在她称作姑父和兄弟的人身上。她重新绽放出那阳光般的微笑，洒在我们身上，此时的她比从前更加动人。她费尽心思让我们忘记痛苦，甚至也忘记了自己的遗憾。

我离开的日子终于到了。克莱瓦尔和我们一起度过了最后的那个夜晚。他曾努力请求他爸爸同意他和我一起去，做我同学，却失败了。他父亲是个商人，目光短浅。他在他儿子的雄心壮志里看到的是偷懒和堕落。我为克莱瓦尔无法获得接受大学文科教育的权利，深感不幸。他没有说什么，但从他那炯炯的双眸里我看出了饱受压抑的决心。他是不会被拴在琐碎的商业链条上的。

我们一直同坐到深夜，依依不舍，很不愿告别。可我们终于还是分了手。大家都以休息为借口，回到房里，都以为骗住了对方。但是，待晨曦（xī）初露，我来到为我送别的马车边时，他们早已聚集在那里了。父亲再次为我祝福。克莱瓦尔再次和我握了手。伊丽莎白再次提出她的请求，要我多写信，同时把她最后的女性关怀给了自己的游伴和朋友。

马车载着我离开了。我倒进马车，陷入了最痛苦的沉思。我习惯于被可爱的亲友包围，彼此安慰。可是现在，我已是孤零零的一个人。我要到大学里去结识新的朋友，学会保护自己。迄今为止，我一直生活在家里，离群索居。这使我对新面孔产生了难以克服的抵触情绪。我爱我的弟弟、伊丽莎白和克莱瓦尔。这些都是诗歌里所说的“熟悉的老面孔”，我相信自己完全不会和陌生人相处。这就是我上路时的想法。但是一路走下去，我的精神开始振奋，希望也在我心中燃起。我热烈地渴求知识。我在家时常为自己年纪轻轻就老被关在同一个地方深感痛苦，曾经渴望进入社会，和别人相处。现在，这愿望终于达成了。因此，在目前感到难过倒是极其愚蠢的。

去英戈尔斯塔特的路途漫长而辛苦，我有的是时间沉浸于这类念头和许多别的念头。英戈尔斯塔特城那白色的尖塔终于映入了我的眼帘。我下了车，被带进了我的单人住房，那天晚上我可以任意支配时间。

第二天早晨，我交了介绍信，拜访了几位主要的教授。机会，或者更准确地说，那位对我来说无所不能的毁灭天使，那个从我恋恋不舍地离开父亲的房屋后就一直陪伴着我的邪恶力量，首先领我去见了自然哲学教授克兰普先生。克兰普教授是个粗鲁的人，但在自己的科学领域里颇有建树。他问了问我对自然哲学的几个分支的学习情况，我满不在乎地作了回答，带了点轻蔑谈起了几位炼金术士，说我读过他们的书。那教授瞪大了眼，“真的？”他问，“你真花过时间研究他们那些胡说八道吗？”

我说“是的”。

“你把时间花在这些书上纯属浪费。你费尽力气记住的都是些已被推翻的体系和无用的名字。慈悲的上帝呀！你所住的地方是多么愚昧呀？就没有人发发善心告诉你，你沉浸其中的幻想已是一千多年前的老东西，早就发霉了吗？在这个科学昌明的时代，竟然还有帕拉塞尔瑟斯和阿尔伯图斯·马格努斯的信徒出现，真是难以想象！你必须完全从头学起，我亲爱的先生。”

说着他就去到一边，列了一张研究自然哲学的书目，要我找来阅读。然后他又告诉我，从下周一开始，他打算作一系列关于自然哲学概论的报告，还有个讲化学的教授瓦德曼和他隔天交替作报告。

我回到住处时并不感到失望，因为我早就知道教授所指责的那些作家没有价值。但我仍然对自然哲学的任何领域都提不起兴趣。克兰普教授又矮又胖，声音粗哑，面目可憎，因此我从一开始就对他研究的东西不感兴趣。

我已陈述过我早年对自然哲学下过的结论。也许说得太空泛了，作为孩子，我对自然哲学教授们所承诺的结果并不满意。我的思想非常混乱，因为我年龄太小，在这些问题上又缺乏指导。我在追求知名的道路上竞步了古人的后尘，置新近的探索者的种种发现于不顾，沉浸在已被遗忘的炼金术士的美梦中。而且，我还瞧不起现代科学的功用。古代的科学大师们寻求长生不老和超自然的威力，这与现代科学很不一样。那类思想虽然空泛，却气魄宏伟。现在，局面不同了，探索者的雄心似乎恰好是在推翻让我对科学感兴趣的主要设想，我不得不用没有多少价值的现实代替我恣意放纵的想象。

我在英戈尔斯塔特的头两三天，脑子里就是这种想法——那几天我熟悉了当地环境和主要居民。但在随后的一周里，我却想起了克兰普教授告诉我的关于上课的消息。虽然不愿听那位得意扬扬的小个子在讲台上夸夸其谈，我却想起了他提到过的瓦德曼先生。我还没见过这位先生——他一直不在城里。

出于好奇心，也出于无聊，我进了教会。瓦德曼先生不久也到了。这位教授和他那位同事迥然不同，五十岁左右，给人极其仁厚的印象。几绺白发遮住双鬓，后脑却几乎全是黑油油的。他的个子不高，但是身板笔挺，引人注目。他的声音是我所听见过的最悦耳的声音。他首先回顾了化学的历史，谈了不同学者所取得的不同进步。他怀着激情提起了许多杰出的科学家的名字，然后简短地概括了科学的现状，解释了很多基本问题。在做了几个准备性的实验之后，他以对现代化学的高度推崇结束了讲话，其中有些话是我永远无法忘记的——

“对于化学这门科学，古代的学者们曾许下诺言，”他说，“要完成种种不可能的研究，结果一事无成。现代的科学家们很少许愿。他们知道金属无法互相转化，长生不老药只是幻想而已。他们的双手似乎天生是要到泥土里去掏摸的，他们的眼睛则是用来观察显微镜或坩（gān）埚的，但他们确实创造了奇迹：深入了大自然的底奥，揭示了大自然是怎样隐蔽地活动着的；飞上了云霄，发现了血液循环的模式，发现了我们所呼吸的空气的特性。他们获得了新的力量，几乎无所不能。他们可以号令天上的雷霆，仿制出地震，甚至用幽灵世界的幻影嘲笑那个看不见的世界。”

这就是教授的话——对我来说这就是对我命运的宣言，正式宣告了我的毁灭。教授继续往下讲时，我感到我的灵魂在和一个现实的对手搏斗。教授触及了一个个形成我生命机制的音键，发出了一个个音符。很快，我的心就被一个念头（一个思想，一个目标）塞满了。弗兰肯斯坦的灵魂大声惊叫——我沿着前人的足迹前进，还可以取得更多的成就，多得多的成就。我要开辟一条新路，探索未知的力量，把创造的最原始的奥秘向世界展示。

那天晚上我一夜没有合眼。我的内在生命陷入了骚动和混乱。我感到一种秩序就要从中出现，却又无力助其一臂之力。黎明时分困意袭来。一觉醒来之后，昨夜的种种念头宛如梦境，留下的只有一个决心：要回到往日的探索里，献身于这门我自认为对之颇有天赋的科学。那一天我去拜访了瓦德曼先生。他私下里的态度比在公开场合还要和蔼可亲。他上课时还带有几分严肃，而在家里，那严肃也被最动人的亲切与慈祥代替了。我向他介绍了我以前钻研的东西——差不多和我对他的同事所说的一样。他对我关于自己的研究的简短介绍听得很专心，听见科尼利乌斯·阿格里帕、帕拉塞尔瑟斯和阿尔伯图斯·马格努斯的名字时他不禁笑了，但没有表现出克兰普教授的那种轻蔑。他说：“这些都是现代科学家们应该感谢的人物。他们以自己的学识为现代科学奠定了基础，我们只要为他们的发现重新命名，并加以分类整理就行了。凡是有才华的人所做的努力，归根结底对人类都有切实的贡献，无论他们的方向是多么荒谬。”他的叙述毫不做作，也并无夸大之嫌，他的讲话消除了我对现代化学家的许多偏见。我用有分寸的措辞表达了我作为弟子的谦卑和对导师的尊重。对于他带给我的刺激，以及我因此而产生的热情，对我即将进行的钻研的热情，我半点也没有透露——由于缺乏生活经验，我羞于启齿。我只针对我要看些什么书征求了他的意见。

“我很高兴得到了一个弟子，”瓦德曼先生说，“如果你的刻苦能赶得上你的才华，我相信你会成功。化学是自然哲学里最能出成绩的分支之一，取得过许多伟大的成就。也正因此，我才致力于这门学问。可同时，我也没有忽略科学的其他分支。你如果只研究你那部分学问，就只能是个很蹩脚的化学家。如果你想成为一个真正的科学家，而不是一个不起眼的实验员，我建议你在自然哲学的每一个分支上都下下功夫，包括数学在内。”

然后他就带我进了他的实验室，向我解释了他的每种器械的功能，告诉我应该使用哪些设备。他还允许我在不损坏设备功能的前提下使用他的实验室。我要求他给我开个书单，他也给我开了。然后我就离开了。

一个值得我记忆的日子就这样结束了。这个日子决定了我未来的命运。

第四章

从这一天开始，我将全副身心都投入最广泛意义上的自然哲学，特别是化学的研究上。我满怀热情地阅读那些作品。那是现代的探索者在这些问题上的著作，充满了才华和洞见。我听课，和大学的科学家交朋友，甚至在克兰普先生身上也发现了许多健全的思想和真正的知识——虽然他的仪表和态度令人反感，但这并没有影响他的学术见解的价值。我发现瓦德曼先生是个真诚的朋友。他温文尔雅，从不带武断色彩。他讲课时态度真诚而亲切，从不卖弄学问。他千方百计地为我铺平知识的道路，化解最疑难的问题，使我毫不费力就得以清楚理解。我开始下功夫时还有些迟疑和犹豫，但随着学习的不断深入，我的钻研越发热烈和迫切，常常是直到晨星消失罄（qìng）尽，我还没有离开实验室。

我非常专注，因此进步很快——这很容易理解。事实上我的热情令同学们惊讶不已，我的效率也让老师瞠（chēng）目结舌。克兰普教授常常带着狡黠（xiá）的微笑问我："你的科尼利乌斯·阿格里帕怎么样了？"而瓦德曼先生对我的进步则表现出发自内心的得意。像这样过了两年，我没有回过日内瓦，只是全心全意投身于一项我认为可能有所发现的研究中。没有经历过那种钻研的人是想象不出科学的魅力的。在其他学问里，你只能到达前人已经到达的地方，然后就没有能知道的东西了，但在科学追求上却不断有发现和奇迹出现。一个中等心智的人，只要紧追研究不舍，是必然可以精通它的。因为我紧追一个目标不舍，全力以赴，所以进步很快。两年后，我已经改进了某些化学器械，赢得了同学的尊敬和老师的器重。我已熟悉自然哲学的理论和实践，在研究上达到了相当高的水平，继续在英戈尔斯塔特求学已经不会再有进步，于是我想到了回家，回到亲友身边去。可这时出了点意外，让我又住了一段时间。

有一个大自然的杰作引起了我的特别注意：人体结构（事实上是一切有生命的物体的身体结构）。我常常问自己：生命的原理可以延伸吗？这是个大胆的问题，是对生命（一个一直被认作奇迹的东西）的质疑。但是，要不是胆怯和粗心阻碍了我们的研究，有许多奥秘我们是不会与其失之交臂的。这个念头盘旋在我脑海里，我下定决心以后特别注意钻研自然哲学里那几个有关生理学的分支。要不是有一种几乎是超自然的热情激励着我，我对那研究的专注程度是会令人觉得痛苦的，甚至是无法忍受的。为了调查生命的起源，我得首先研究死亡。因此，我学习了解剖学。这还不够，我还必须观察人类尸体的自然衰败和腐朽过程。我父亲对我的教育非常谨慎，从来没有让我受到超自然恐怖的影响。我不记得自己被超自然的故事吓得发抖过，也不曾害怕过幽灵。黑暗对我的幻想没有产生过影响。坟场墓地对我不过是埋葬失去生命的人的地方。生命不过是美丽与力量寄居的处所，人死后也就成了蛆虫的食物。现在，我被引导着去研究腐败的根源和过程，不得不在墓地穹隆和白骨堆里过了多个日日夜夜。我把注意力集中在人类细致的感情最难忍受的东西上。我观察了人类的美好形象衰败腐化的过程，看见了生命花朵般的面颊被死亡所破坏的过程，看见了眼睛与头脑的奇迹被蛆虫继承的过程。

我停下脚步研究和分析了体现生命向死亡转化的因果关系的全部细节。直到一道闪电突然在黑暗里对我闪亮，耀得我眼花缭乱，令我感到惊讶，却也简单明快。在我发现它所展示的浩瀚无垠的前景时，我不禁惶恐了。我惊叹于那么多有才华的人把他们的探索指向了同一门科学，可有机会发现那惊人奇迹的人，竟然是我。

记住，我写下的并不是狂人的幻觉。太阳确实在天上照耀，我现在仍能肯定那是真实的太阳。奇迹有可能创造出太阳，而我这一秘密的发现步骤却清清楚楚，具有现实的可行性。在经过多少个难以置信的辛苦和疲劳的日夜后，我成功发现了生命的演化与形成的原因。不，还不止于此，我自己就成了可以让无生命的东西获得生命的人。

这最初的发现给我带来的惊讶，很快就转化成了欢乐，甚至狂喜。在那么多日子的艰苦劳动后攀上愿望的巅峰，这对于我的辛勤劳作是多么满意的结局呀！这发现太精彩，我兴奋得不知所措，甚至忘记了一步步攀爬时所感到的种种痛苦。我看到的只是结果：开天辟地以来最具智慧的人所研究和追求的东西，现在攥（zuàn）在了我手里！那豁（huò）然展现在我面前的东西并不是魔术表演。

我所得到的信息指导我进一步努力，并没有把已经完成的东西放在我面前。我就像那个阿拉伯人[1]，和死人埋葬到了一起，只凭一点依稀的似乎无用的微光找到了通向生命的路。

朋友，我从你眼里的迫切、惊讶和希望看出，你以为我会告诉你我所发现的秘密。可是我不会。专心地听，听到故事结局吧。那时你就容易理解我保守秘密的道理了。我要怀着我当时的热情，引领你全无防范地前进，直到你陷入毁灭和无法回避的灾祸里去。吸取我的教训吧，即使不作为前车之鉴，也应该看作一个先例，说明获取知识是多么危险的

[1] 指《一千零一夜》的主人公，航海家辛巴德。——译者注

事，而相信自己的故乡就是整个世界的人，比起追求突破自然所允许的天地的人，可是幸福多了。

在发现那么惊人的力量落到我手里以后，我却长时间举棋不定，不知道该怎样使用为好。我虽然掌握了赋予生命的能力，却还得准备一个躯壳，一个具有纷繁复杂的纤维、肌肉和血管结构的躯壳，用以接受生命。那工作之困难，难以想象。起初我怀疑自己是否该创造一个像我这样的生物，或是个结构简单些的东西。但初步的成功放纵了我的想象，不容我怀疑自己能把生命赋予某种和人一样复杂而神奇的生灵。当时我手头可以支配的材料还难以满足这样巨大的工程。但是，我并不怀疑自己最终必能胜利。我作了种种应对挫折的准备。我的努力可能不时地遭到失败，工作最终也未必完美，但是我想到科学与机械方面的发展总是日新月异，于是受到了鼓舞，希望我目前的努力至少可以为未来的成功打下基础。虽然我也认为我的计划庞大复杂，却并不说明它就无法实现。我就是怀着这样的心情开始造人的。人体的许多构造非常精微，这严重地影响了进度，我决心违背初衷，把那东西做成一个庞然大物，一个大约八英尺[1]高、按比例放大的巨人。下定了这个决心，我又花了几个月搜集好材料，作好安排，然后，我就开干了。在最初追求成功的狂热里，那像飓(jù)风一样推动我前进的复杂感情是没有人能想象的。在我眼里，生命和死亡的界限是虚幻的，我必须首先突破它，才能把光明送进那黑暗的天地里。一个新的物种将祝福我，称我为它的创造者和祖先。许多快活而杰出的自然之子将承认我是它们的创造者。我比其他所有父亲都更应该获得孩子们的感谢。我还进一步想到，既然我能把生命赋予无生命的东西，那么，随着时间的推移，我还有可能让看上去已被死亡交付给腐败的尸体重获生命——不过我现在已经知道那是不可能的了。

---

[1] 英尺，英制中的长度单位。1 英尺 =12 英寸 = 0.3048 米。

当我以锲而不舍的热情坚持我的事业时，在精神上支持我的就是这些思想。钻研使我面色苍白，足不出户使我身体虚弱。有时，眼看着胜利在望，结果却功亏一篑（kuì）。可我仍充满希望，认为胜利在明天或一小时后就可能出现。我所追求的希望是个秘密，只有我才知道的秘密——看着我工作到半夜的月亮就是我的见证人。我坚持不懈，紧赶慢赶地工作着，追踪着大自然最幽深的奥秘。当我亵渎地踩着墓穴的泥水往来时，当我为了让没有生命的泥土获得生命而折磨其他有生命的动物时，我心中的那份恐惧谁能想象？至今回忆起来我还四肢颤抖，双眼发花。可那时我却被一种几乎是疯狂的无法抵抗的冲动驱使着前进，似乎丧失了整个灵魂或知觉，剩下的只有这唯一的追求——而当短暂的精神恍惚和那不自然的刺激一过去，我又恢复了旧习惯和敏锐的知觉。我从白骨间采集到了骨殖，用亵渎的手指搅动了人体结构的天大秘密。我把屋顶的一个房间（倒不如说是密室）变成了我的工作间，用以进行我那亵渎神灵的创造——那里与其他房间隔着楼梯和走廊。为了处理各种细节，我的眼球几乎从眼眶里鼓了出来。解剖室和屠宰场也为我提供了许多素材。我的人类本性要我怀着满腔厌恶离开工作，可不断增强的紧迫感却催逼着我，要我坚持到结束。

夏季的几个月在忙碌里过去了。我全心全意地追求着那唯一的目标。那是个最美丽的季节。田野里长出了空前繁茂的庄稼，葡萄结出了空前肥硕的果实。但我的眼睛却对大自然的美景漠然置之。同样的冷漠也让我忽略了周围的场景，忘记了若干英里外的亲友——我已经很久没见到他们了。我知道，我的沉默会让他们不安，我也牢记着父亲的话："我知道你在愉快的时候，是会怀着深情思念我们，经常给我们写信的。如果你不给我们写信，我会认为你同样忽略了其他责任，我有这种想法还请原谅我。"

我很懂得父亲当时的感受。但我无法离开我的工作，尽管它极其恶心——它已经攫取了我的想象，令我无法抗拒。我只能希望等我那伟大的工作完成之后，再来维系与家人的感情。

然后我又想，父亲如果把我的疏忽看作我的缺点或错误，倒是不公正的。不过现在我已经深信，即使他认为我有错误，也是有道理的。一个健全的人应能永远保持宁静平和的心态，绝不容许它受到私欲干扰。我并不认为在这条原则面前，对知识的追求可以例外。如果你进行的研究会弱化你的亲情，破坏你对朴素的生活乐趣的渴望，那么，这个研究肯定就是不正当的，也就是说，是违背人类良知的。如果人们能一直遵循这一原则，不准许任何追求（无论是什么追求）干扰他对亲友的情感，那么，希腊就不会受到奴役，恺撒[1]对那个国家也会手下留情，美洲的发现也不会那么突然，而墨西哥和秘鲁也就不会遭到破坏了。

但是我说远了，在讲到故事最有趣的地方时竟讲起大道理来——你的表情提醒了我，我还是接着说正题吧。

父亲不曾在信里责备我，只是注意到了我的沉默，更加详细地询问起我所从事的工作。冬天、春天和夏天我都在辛苦中过去了，没有去欣赏花朵的绽放和绿叶的舒展——过去它们总能让我欣喜快乐。我沉溺于工作，到它接近完成时，那年的树叶已经枯萎。打那以后，每一天都让我更清楚地看出自己这成就之伟大。但是，焦虑又遏制了我的得意。我看上去更像个奴隶，注定要一辈子在矿山受苦——或是在别的什么不健康的行业里受苦，而不像是从事自己所喜欢的工作的艺术家。每晚我都被低烧折磨。我非常敏感，已到了极其痛苦的程度，连树叶的落下也会让我吃惊。我甚至回避和人见面，仿佛自己犯了罪似的。有时我见到自

[1] 恺撒，古罗马统帅，政治家。任内征服高卢（今法国、比利时一带）、日耳曼、不列颠、埃及和小亚细亚等。

己那憔悴的样子，也会感到意外。支持着我的只剩下我那坚强的决心了。我的工作即将结束，我相信到时候锻炼和娱乐可以让我那初发的疾病痊愈。我向自己承诺，在我这创造完成以后，一定要好好地锻炼锻炼，快活快活。

第五章

我在十一月的一个阴沉的晚上看到了我那工作的成果。我带着几乎是痛苦的焦躁把生命的工具收集到身边，准备把生命的火花注入我脚下那没有生命的东西里。那时已是凌晨一点。冷雨凄清地敲打着窗户，蜡烛也快燃尽了。在那半明不灭的微光里，我看见那生灵睁开了呆钝的黄色眼睛，吃力地呼吸起来，有了生命的手脚也开始动弹，像是在抽搐（chù）。

我怎样才能描述出自己在这巨大的祸害面前的感受呢？或者说，我怎样才能描述出那个我遭受了无穷痛苦和磨难才创造出的东西呢？他的四肢比例是匀称的，我为他选择的面貌也算漂亮。漂亮！伟大的上帝呀！他那黄色的皮肤几乎覆盖不住下面的肌肉和血管。他有一头飘动的有光泽的黑发、一口贝壳般的白牙，但这华丽只把他那湿漉漉的眼睛衬托得更加可怕了。那眼睛和那浅褐色的眼眶、收缩的皮肤和直线条的黑嘴唇差不多是同一个颜色。

人生世事变幻无常，却仍不似人类的情感那样变化多端。我辛苦了差不多两年，为的是一个目标：把生命送进无生命的物体里。为此我牺牲了休息和健康，怀着极不寻常的热情苦苦追求。但是现在，我的工作完成了，那梦想的美好却消失了，充满我心里的是叫我喘不过气来的恐惧与厌恶。我受不了自己所制造出来的东西的样子。我冲出实验室，在卧室里徘徊了许久。我静不下心来睡觉，但最后，疲劳还是压倒了折磨我的躁动。我没有脱衣服就倒在了床上，想追求暂时的遗忘。可那也没有用，我虽然睡着了，却遭受到最疯狂的噩梦的侵袭。我仿佛见到了伊丽莎白。她健康娇艳，在英戈尔斯塔特的街上走着。我很意外，也很快乐。我拥抱了她，但是在我把初吻印上她的嘴唇时，那嘴唇却变成了死亡的青紫色。她连面貌都变了，我觉得自己双臂搂着的竟是我死去的母亲的尸体。尸衣遮住了妈妈，我看见坟墓里的蛆虫在法兰绒的皱褶（zhě）里乱爬。我吓坏了，惊醒过来。我满头冷汗，四肢抽搐，牙齿打着冷战。正在那时，借着闯进窗户的月亮那朦胧昏黄的光，我看见了那天晚上我制作完成的那个可怕的妖怪。他掀开了我的帐子，用他的眼睛（如果那也可以叫作眼睛的话）呆望着我。他张开嘴巴，面颊一皱，露出个怪笑，发出些含混的声音。他可能说了话，但是我没有听见。他伸出一只手，似乎想拉住我，但我躲开了，跑下了楼。那晚随后的时间里，我一直躲在住所的院子里，在那里走来走去，心烦意乱，无以复加。我专心地听着，不放过每一个声音，也害怕每一个声音，害怕那声音会宣布那魔鬼般的尸体的到来——虽然那是我饱经苦难才给了他生命的。

啊！世上的人就没有谁能受得了他那形象之恐怖！即使是木乃伊复活也没有他狰狞！还没有完成时我曾仔细地看过他，他那时就丑陋，但是在肌肉和关节活动以后，他更成了一个连但丁[1]也设想不出的奇丑的怪物。

那一夜我痛苦不堪，脉搏跳动急遽（jù）而猛烈，有时似乎每根血

---

[1] 但丁，意大利中世纪诗人，欧洲文艺复兴的先驱。代表作《神曲》描写他游历地狱、炼狱和天国的景象，反映中世纪后期意大利的社会矛盾。

管都在蹦跳。有时我又因为疲惫和衰竭，几乎瘫倒在地。和恐怖混杂在一起的还有失望的痛苦。长期以来作为我的营养和欢乐之源的美梦，现在却变成了我的地狱。那变化来得多快呀！我被颠覆得多彻底呀！

黎明，阴沉而潮湿的黎明，终于来到了，它把英戈尔斯塔特的教堂呈现在我这因失眠而疼痛的眼睛里。教堂那白色的尖塔上的钟指向了六点。看门人打开了院子的大门——那个晚上，那院子就是我的避难所。我冲到街上，匆匆地走，似乎在躲避那怪物，怕它在某个街角突然闯到我面前。我不敢回到我的住地，身不由己地匆匆前行，从黑沉沉、阴凄凄的天上落下的急雨把我淋了个透湿。

我像这样走了好些时候，企图以身体运动减轻心理的重负。我满街乱走，对自己要去哪里或是在干什么没有明确的想法。恐惧使我痛苦，我的心怦怦地跳，我脚步凌乱，步履匆匆，连望望四周都不敢：

就像有人在荒凉的
路上行走，满怀着恐惧，
回眸（móu）一望就向前，不敢回头。
因为他知道，有狰狞的魔鬼
紧紧地跟在他身后。[1]

我就这样走着，终于来到了一家客栈的对面。那里如往常一样，停着许多私人马车和驿站马车。不知道为什么，我在那里站住了，眼睛一直盯着一辆从街道那头向我驶来的车。那车靠近时，我看出是一辆瑞士的驿站马车。它就在我站定的地方停下了。车门打开，我见到的竟是亨利·克莱瓦尔。克莱瓦尔一见我就立即跳下车来。“亲爱的弗兰肯斯坦，”

[1] 引自柯尔律治长诗《古舟子咏》。——译者注

他惊叫道，“见到你我多高兴呀！太走运了，竟然刚下马车就碰到你！”

我见到克莱瓦尔时那高兴劲真是无法描述。他的出现唤回了我对父亲、伊丽莎白以及与家人团聚的回忆。我抓住他的手，一时间竟忘了自己的恐惧和不幸。我突然感到了多少个月来久违的宁静与平和的欢乐。因此，我以发自内心的快活迎接了我的朋友，随后我俩一起向我的学校走去。克莱瓦尔继续谈了好一会儿我们共同的朋友，以及他能够到英戈尔斯塔特来是多么幸运。“你可能不难相信，”他说，“要说服父亲相信高贵的簿记学[1]并没有包含一切必须具备的学问是很不容易的。我估计在我离开他时他仍然半信半疑。因为他对我不知疲倦的请求的回答永远是《威克菲尔德牧师传》[2]里对荷兰校长的那句回答：‘我不懂希腊文，可我一年有一万弗罗林的进账；我不懂希腊文，可我吃得心满意足。’不过他对我的爱毕竟压倒了他对学问的厌弃，他同意我到知识的国度来进行一次发现之旅。”

“和你见面给了我最大的快乐，但你离开的时候我父亲、兄弟和伊丽莎白怎么样？告诉我吧。”

“他们都很好，很快乐，只是有点不放心，因为你去信太少。顺带说一句，我可要替他们说你几句——但是，我亲爱的弗兰肯斯坦，”说着他突然住了嘴，盯着我的脸打量了许久，“刚才我还没注意到你这么满脸病容，这么消瘦、苍白，仿佛已经连续几个晚上没有睡觉了。”

“你猜对了，我最近搞了个项目，特别辛苦，没有给自己足够的休息时间，这叫你瞧出来了。但是我希望，真诚地希望，所有的忙碌现在都已结束。我终于自由了。”

---

[1] 簿记学，会计学的基础学科，研究记账、算账、报账、查账的理论、方法和技术。

[2] 《威克菲尔德牧师传》，英国作家奥利弗·哥尔德斯密斯的小说，讲述的是乡村牧师受地主欺压的故事。

我猛烈地发起抖来。一想起昨晚发生的事我就受不了，更不愿提起。我加快步伐，很快就和他来到了大学门口。我踌躇(chóu chú)了一会儿，一想起留在房里的那个怪物可能还活着，在房里走来走去，我又发起抖来。我害怕见到那东西，更害怕亨利见到他。于是我让亨利在楼下等我一会儿，自己奔上楼，进了房间。我的手抓住了门把手，直到这时我都还没缓过气来。我停下步子，一个寒噤（jìn）传遍了我全身。我像小孩子以为有魔鬼在门后面等着他似的，猛地一使劲，搡（sǎng）开了房门。但是，什么都没有出现。我提心吊胆地进了屋子。屋子里空荡荡的，寝室里也没有那狰狞的客人。我几乎难以相信这么大的幸运已经落到了我头上。在肯定敌人已经逃走后，我不禁欢喜得拍起手来，下楼向克莱瓦尔走去。

我俩上了楼，进了房间，仆人立即送上了早餐。但是，我仍然控制不住自己。攫住我的不仅有快乐，也有过度的敏感。我的皮肤发麻，心跳加快，片刻也不能在那里停留。我一会儿跳过这把椅子，一会儿跳过那把椅子，拍着手哈哈大笑。克莱瓦尔起初还以为我这么兴奋是因为他的到来。但是，更仔细地观察后，他却在我眼神里发现了一种他无法解释的癫（diān）狂，而我那没有内心感受的毫无节制的大笑也让他不安。

“亲爱的维克多，”他叫道，“为了上帝的缘故，这究竟是怎么回事呀？别那么笑了。你病得多严重呀！这一切都是怎么回事？”

“别问我，”我用双手遮住眼睛，因为我似乎看见我所害怕的幽灵踅进了屋子，“因为他可以告诉你！啊，救救我！救救我！”我想象着那魔鬼抓住我的样子，就拼命挣扎，突然摔倒在地，人事不省。

可怜的克莱瓦尔！他是什么感受呀？他想象里的重逢是那么快乐，却这样莫名其妙地变成了痛苦！但他的悲哀我却没有看见，因为我早已失去了知觉，很久很久之后才苏醒过来。

这就是我的神经性高烧的开始，那病使我好几个月没能出门。在这整个时间里，亨利成了我唯一的看护人。后来我才知道，他考虑到我父亲的高龄不宜长途跋涉，也考虑到我的病会让伊丽莎白痛苦不堪，于是隐瞒了我病情的凶险程度，不让他们太担心。他知道我再也没有比他更细致、更专注的看护人了。他坚信我的病能治好，也毫不怀疑自己可以给我最大的帮助，不会出错。

我的病的确很严重，要是没有我朋友无微不至、坚持不懈的护理，我是无法渡过难关的。那个由我赋予了生命的怪物的阴影一直在我眼前晃动。我说胡话时总断断续续地提起他。我的话无疑叫亨利非常吃惊。开始时他还把那看作是我神志恍惚时的胡言乱语，但我老是回到那同一个主题上去，这就使他相信我的精神失常是有根源的，源于一桩很不寻常的恐怖事件。

我的康复非常缓慢，而且病情常有反复，让亨利十分担心。最后，我的病终于还是好了。我至今还记得，我第一次有兴致观察外界的事物时，落叶已经没有了，给我的窗户带来阴凉的树已经绽出了嫩芽。那是个天堂般的春天，对我的痊愈起了巨大的作用。我的阴郁全消失了，在心里感到了欢乐和亲情的复活。不久以后我就快活得与受到那命运攸关的打击之前一样了。

“最亲爱的克莱瓦尔，”我快活地叫道，“你太善良，对我太好了。你原打算把整个冬季都花在研究上，最后却耗在了这病房里，我该怎么报答你呀？你无法实践自己的诺言了，对此我非常遗憾，你会原谅我吗？”

“只要你不感到不安，尽快恢复健康，那就是对我最完美的回报。现在，你的情绪既然恢复了，我倒想和你谈一个问题，可以吗？”

我发起抖来。一个问题。能是什么问题？他会不会提起那个我连想都不敢想的问题呢?

“你要镇静下来,”克莱瓦尔注意到了我脸色的变化,说,“你要是感到烦乱,我就不提了。但是,你的父亲和小妹要是能收到一封你写给他们的亲笔信,会非常高兴的。他们几乎还不知道你病得多重呢。因为长期得不到你的消息,他们一直很担心。”

“就是这个问题吗,亲爱的亨利?你怎么能认为我的第一个念头不是飞向我最最亲爱的人呢?我很爱他们,他们也很值得我爱。”

“好了,既然你这样想,朋友,你也许会高兴看见这里的一封信。它已在这里等你好几天了,应该是你小妹写来的。”

第六章

这时克莱瓦尔把下面的信放到了我手上。那信来自我的伊丽莎白。

最亲爱的哥哥：

你一直在生病，病得厉害。即使亲爱的善良的亨利经常写信，也不能让我安下心来。他们不让你写信，但是，亲爱的维克多，为了让我们放下心来，你写上一两句话还是必要的。长期以来，我一直觉得每次的邮件都可能带来你的笔迹。我一直在说服姑父，不让他经受长途跋涉的辛劳甚至危险到英戈尔斯塔特去。可我也常常感到遗憾自己不能去。我在心里嘀咕，病床边照顾你的是个雇来的护士，她根本猜不到你的心思，更不能像你可怜的妹妹一样怀着深情精心满足你的要求。好在这一切现在都已成为过去。克莱瓦尔的信上说你已在好转，我迫切地希望你能亲笔写封信确认这个消息。

赶快治好病，回到我们身边来吧。你会看到一个幸福欢乐的家庭，亲友们都深深地爱着你。你爸爸的身体棒极了，只希望见到你，确信你身体很好，这样他那慈祥的脸上才不会有阴霾。当你注意到我们的欧内斯特取得了多么大的进步时，不知道会有多高兴。现在欧内斯特已经十六岁，精力旺盛，活蹦乱跳。他想做一个真正的瑞士人，到国外服役。但是我们离不开他，至少在他的哥哥回到我们身边之前还离不开他。姑父不赞成他到辽远的外国去当兵，只是欧内斯特从来就不如你勤奋，他把学习看作可厌的镣铐。他的时间都是在户外度过的，或是翻山越岭，或是到湖上划船。我担心如果我们不容许他从事他所选择的职业，他就可能成为浪荡子。

你离开我们后，家里的变化很小，只有孩子们在长大。绿水幽幽的湖泊和白雪皑皑的高山是不会变的。我认为我们这宁静的家和大家满足的心也会受同一条法则的支配，永远不变。我很高兴把时间用在家庭琐事上。见到周围快活善良的笑脸，我心满意足。你离开以后，我们这小家庭里只出现了一个变化。你还记得贾斯汀（tīng）·莫里茨（cí）是在什么情况下来到我们家的吗？你很可能不记得了。因此，我要用几句话谈谈她的历史。她的母亲莫里茨太太是个寡妇，一共有四个孩子，贾斯汀排行老三，这姑娘一直受到她爸爸的宠爱，但她妈妈脾性很怪，受不了她，在莫里茨先生去世之后，对她非常不好。我姑母注意到了这情况，就在贾斯汀十二岁时，劝说她妈妈，让贾斯汀住到了我们家里。我国的共和制度比周围的大帝国专制更适宜于纯朴愉快的风俗流行，因此不同阶级的居民之间差别很小。下层的人不那么贫穷受轻贱，也就更有礼貌，更有道德。在日内瓦，仆人的意义跟在法国和英国是不同的。贾斯汀在我们家受到的就是这种对待。她虽然身为仆人，但在我们这幸运的国家里，那职责并不包含无知和牺牲人的尊严。

你也许还记得，你是非常喜欢贾斯汀的。我还记得你有一次说过，如果你心情不好，贾斯汀望你一眼就能让你改变——和阿里奥斯托谈起安吉莉卡的美丽时所说的话一样[1]。她看上去是那样坦率而快活。我姑母非常喜欢她，于是改变了当初的主意，让她受到了更好的教育。后来姑母的恩情也得到了回报。贾斯汀是世界上最懂得感恩的小家伙。我不是说她表述过感激之词——我从没听见她嘴里说出过半句。但是，你能从她的眼神里感到，她几乎是崇拜着她的保护人。虽然她生性调皮，有时粗枝大叶，可她对姑母的每个动作都非常留心。她把姑母看作一切优良品质的典范，模仿着她的言行举止。因此，直到现在，她还常常令我想起姑母。

我亲爱的姑母去世时，大家都太沉浸于自己的悲伤，没有注意到可怜的贾斯汀——她生病时贾斯汀以最深沉的关切服侍过她。可怜的贾斯汀病倒了，但还有更多的不幸在等着她呢。

她的兄弟姐妹一个个相继死去后，她妈妈除了她这个受到轻贱的女儿，就再也没有别的孩子了。她妈妈在良心上感到了不安，认为自己所喜爱的孩子的死亡正是上帝在鞭笞（chī）她的偏心。她妈妈是罗马正教徒，我相信她的忏悔神甫证实了她的忏悔。因此，在你离开这里去英戈尔斯塔特几个月之后，她妈妈就感到了悔恨，把贾斯汀接了回去。可怜的姑娘！她在离开我们这屋子时已是泪流满面。

姑母去世后贾斯汀变化很大，悲痛让她变得温柔和顺——在那以前她是有名的活泼乐观。住在她母亲那里并不能让她恢复开朗的性格。而且那可怜的妇女往往反复无常。她有时请求贾斯汀原谅她的冷酷，但更多时候却指责她，说害死她兄弟姐妹的正是她。没完没了的焦虑终于让莫里茨太太病倒了。病倒之后她脾气更大，不过现在她已永远平静下来——去年冬天，寒冷的季节一开始她就去世了。贾斯汀已回到我们这

[1] 罗德维克·阿里奥斯托（1474—1533），意大利文艺复兴时期的著名诗人，安吉莉卡是他的长诗《愤怒的奥兰多》（1516 年出版）中的女主人公。——译者注

里。我向你保证我很喜欢她。她极为聪明、温和，而且非常美丽。我以前就说过，她的样子加谈吐老让我想起我亲爱的姑母。

亲爱的哥哥，我还要对你说一说可爱的小威廉。我希望你能见到他。在他那个年龄他的个子算是高的。他长着含笑的可爱的蓝眼睛、深色的睫毛和卷曲的头发。只要一笑，他那健康的玫瑰色的面颊上就会露出两个小酒窝。他已有了一两个小妻子。他最喜欢的是露易莎·碧伦，一个五岁的漂亮小丫头。

现在，亲爱的维克多，我敢说你愿意听几句关于日内瓦好人的闲话了。美丽的曼斯菲尔德小姐快要和一位英国绅士约翰·墨尔本结婚了。有些人已在登门祝贺。去年秋天她那丑陋的姐姐曼农嫁给了有钱的银行家杜威亚先生。你喜欢的同学路易·曼努瓦自克莱瓦尔离开日内瓦后就一直倒霉。但是他的情绪已经恢复，据说马上就要和一个非常活跃的法国美女达文聂结婚了。达文聂是个寡妇，年纪比曼努瓦先生大得多，但是很受人尊敬和喜爱。

这封信我越写心情越好，亲爱的哥哥，但在结束时我又开始担心。给我写信吧，最亲爱的维克多，哪怕只有一行一个字，对我们也是一种祝福。为我对亨利表示一万个感谢，因为他的善良、关怀和那么多的信，大家都由衷地感谢他。再见了，哥哥，保重自己。务必来信！

伊丽莎白·拉文查

一七 ×× 年三月十八日于日内瓦

“亲爱的，亲爱的伊丽莎白，”读完信我叫了起来，“我马上就写信，不让他们不安——他们一定会感到不安的。”可写信一用神，我又非常疲倦了。好在我已慢慢恢复健康，半个月之后，我就能离开房间了。

我恢复健康后的任务之一就是把克莱瓦尔介绍给大学里的几位教

授。做这件事真叫我为难。我受过创伤的心已经伤痕累累。从结束工作、灾难开始的那个命运攸关的夜晚之后，我对自然哲学这个名字就极其厌恶。即使在我恢复健康后，一见到化学仪器，神经症状所导致的痛苦还会出现。亨利把这看在了眼里，就把全部器械都撤走了，不让我见到。他还把我的房间也换了，因为他看出，我对那地方（原来的实验室）也感到厌恶。然而，在我拜访了几位教授之后，克莱瓦尔的这些关心全都失了效。瓦德曼先生对于我在科学上的惊人进展所表示的热情而善意的赞扬折磨着我。他随即注意到我不喜欢这个话题，不过，他并没有猜到我如此反应的真正原因，只把这理解为谦逊。于是他改变了话题，不再谈我的进步，而是回到科学本身。其目的我也心知肚明，是引导我自己来提。我能怎么办呢？他原本想让我高兴，事实上却在让我受罪。在我看来，他似乎是精心安排了一台又一台化学仪器，缓慢但残酷地置我于死地。我在他的话语下挣扎，却不敢表现出自己的痛苦。克莱瓦尔的眼睛和心智对别人的痛苦一向敏感，于是他终止了这个话题。他借自己对此一无所知，将谈话转向了较为宽泛的话题。我打心眼儿里感激我的朋友，但我没有作声。我清楚地看出，他感到吃惊，却从没有打算引导我讲出秘密来。我对他虽然怀着无穷的爱与尊敬，却不能向他泄露总在我回忆里出现的问题。我担心向别人讲述只会加深我对这个问题的印象。

克兰普先生却不是那么愉快了。我当时几乎敏感得吃不消，他那干巴巴的不加修饰的赞美比瓦德曼先生那善意的认可更叫我难堪。“天哪！”他叫了起来，“喂，我向你保证，克莱瓦尔先生，他已经把我们抛在了后面。对，你要是乐意，就干瞪眼吧，可这是事实。一个小青年，前几年还像相信福音一样相信科尼利乌斯·阿格里帕，现在却跑到了整个大学前面。不立刻把他拽下来，大家不就太丢脸了吗！就是这意思。”他看见我脸上表现出痛苦，又说了下去，“弗兰肯斯坦先生很谦逊，对年轻人来说，那是优秀的品质。年轻人不宜太自信，你知道，克莱瓦尔先生。我年轻时也有这品质，但很快就丧失殆（dài）尽了。”

然后克兰普先生开始了自我歌颂，他这么做倒让我高兴，因为我不用忍受那个恼人的话题了。

克莱瓦尔从来就不理解我对自然哲学的兴趣。他对文学的追求和当初支配了我的那一套完全不同。他到大学来是想成为通晓东方各国语言的大师，希望开辟一个自己的园地。他既然下定了决心要开创一番光辉的事业，就把目光转向了东方，认为那才适合他的进取精神。波斯文、阿拉伯文和梵（fàn）文吸引了他的兴趣。受他感染，我也被引导进入了同样的研究——游手好闲对我来说是痛苦的。我既然仇恨以前的研究，想逃避回忆，那么，能让他成为我的朋友兼同学，自然可以为我带来极大的安慰。东方学者们的著作不但带给我知识，也让我的心灵得到了安慰。与克莱瓦尔不同，我并不想批判性地研究他们的语言，只是暂时将它们用作消遣。我只求理解意思，却也得到了很好的报偿。他们那种忧伤给人抚慰，他们那种欢乐使人高雅，使我获得了研究别国大师时从未有过的体验。你阅读他们的作品时，在美丽的敌人的一颦（pín）一笑里，在你心里燃起的火焰里，生命就似乎成了温暖的太阳和玫瑰的花园。那和希腊罗马的拥有丈夫气概的英雄诗歌是多么不同呀！

那个夏天就在这样的钻研里过去了。我原本打算秋末回日内瓦去，却被几件意想不到的事情耽误了。冬季一到，下起雪来，道路无法通行，我只好将行期推迟到了第二年春天。这耽误叫我很窝火，我渴望见到故乡和我所热爱的亲人。我久久不能动身，也是因为不愿把克莱瓦尔一个人扔在那个人生地不熟的地方。好在冬天过得还算愉快。春天来得特别晚，可一旦到来，她那美丽却是对她姗姗来迟的绝佳补偿。

五月来临，我每天都盼望着那封决定我出发时间的信。这时亨利建议我们在英戈尔斯塔特周围漫游一圈，让我和住了那么久的地方告个别。我高高兴兴地接受了建议。我喜欢运动，而当年在故乡的山水里漫游时，克莱瓦尔又一向是我良好的游伴。

这趟旅行花了我们半个月时间。我的健康和情绪早就恢复了，而宜人的空气、途中的美丽景物，以及朋友的谈话，又给了我新的活力。我以前的学习妨碍了我与人来往，使我拙于交际，但是克莱瓦尔从我心里诱导出了更好的感情，启发我爱上了大自然的美景和儿童的笑靥（yè）。出色的朋友啊！你对我的爱是多么真诚！你还提高了我的心理素质，让它达到了你的高度！我过去那自私的追求扭曲了我，使我狭隘，你的高雅和真诚却温暖了我的知觉，敞开了我的心扉。我又成了个快活的人，像几年前一样无忧无虑，对谁都喜爱，也受人喜爱。在我高兴时，静止的大自然有力量赐予我最欢乐的感受：宁静的天空和葱茏的大地都令我欢喜。眼前这个季节也确实像天堂。树篱上才开满春天的花朵，又绽出了夏日的蓓蕾。前一年压迫过我的念头再也不来骚扰我了，我在尽力摆脱那看不见的重担。

我高兴，亨利也高兴。他的感情和我发自内心地一致。他向我倾诉他心头的感受，想方设法让我开心。他心灵的智慧确实惊人。他的谈话充满想象，还常常模仿波斯和阿拉伯作家，发明许多故事，表现出他精彩的幻想和激情。有时他又背诵些我所喜爱的诗歌，或是向我挑起争论，争论时他又表现出非凡的才华。

一个星期天下午，我们回到了学校。农民们正在跳舞，我们遇见的每一个人都是那么欢天喜地。我自己也欢喜了，兴高采烈地蹦跶起来。

第七章

我回到住处时发现了父亲的来信。

亲爱的维克多：

你很可能在等候确定你回家时日的信，已经等得不耐烦了。开始时我只打算写几行字，告诉你你回来的日子。那样貌似很温馨，但对你却太残酷，我不敢那样做。在你期待着我们欢欢喜喜地迎接你回家时，见到的却是相反的东西：眼泪加痛苦。你会多么吃惊啊，儿子！而且，我该怎样向你讲述我们的不幸呢？你虽离家在外，却并不能对我们的辛酸痛苦无动于衷。而我又怎么能折磨我长期离家的儿子呢？我希望让你对这个悲惨的消息有所准备，但我知道那是不可能的。现在，你已经读着这封信，急切地搜寻着带给你这恐怖消息的字句。

威廉死了！可爱的孩子。他的微笑曾使我的心温暖，带给我快乐。他是那么文雅，那么快乐！维克多，他是被杀害的！

我不打算安慰你，只想简单讲述事情的经过。

上个星期六，五月七日，我和侄女，还有你的两个弟弟到普莱恩帕莱斯去郊游。那天晚上温暖而宁静，我们比早时走得远了一些。等我们想起回家时，已经快黄昏了，那时我们才发现走在前面的威廉和欧内斯特不见了。于是我们在一个地方坐下，等他们回来。不久，欧内斯特回来了，却问我们见到弟弟没有。他说他和威廉玩捉迷藏，威廉躲了起来，他到处寻找，却没有找到，又等了很久，威廉仍然没有回来。

他这话让我们相当吃惊，大家就继续寻找，直到天黑。那时伊丽莎白猜测威廉可能已经回家了。可威廉并不在家里。我们点了火把再回去找。想到我可爱的孩子可能迷了路，暴露在夜间的潮湿和雨露之中，我就无法安心。伊丽莎白也非常着急。早晨五点左右，我可爱的孩子终于被找到了。头一天晚上还那么鲜活健康的孩子直挺挺地躺在草地上，浑身青紫，一动不动，脖子上有掐死他的人的指印。

我们把威廉抬了回来。我脸上痛苦的表情向伊丽莎白透露了一切，她迫不及待，想看到尸体。开始时我还想阻止她，她却坚持要看。她进了停尸的房间，匆匆地检查了受害者的脖子，握紧双手大声叫道："啊，上帝呀！是我杀死了我可爱的孩子！"

她晕了过去，我们费了很大的力气才让她苏醒过来。然后她就不停地哭和叹气。她告诉我，那天晚上威廉一直缠着她，要她给他佩戴一个非常珍贵的小画像——你妈妈的画像。那本是她的东西。现在那画像不见了，引起凶手歹心的无疑就是它。现在我们还没有凶手的线索。虽然我们会全力追捕，但是，我心爱的威廉却回不来了！

回来吧，最亲爱的维克多，只有你才能安慰伊丽莎白。她不停地哭，硬是埋怨自己是造成威廉死亡的原因。她的话刺得我心疼。我们都非常痛心，我的儿子，这是否应该成为让你回家来安慰我们的又一个理由呢？你亲爱的母亲，唉，维克多，我现在要说，谢谢上帝，没有让伊丽莎白亲眼见到她亲爱的小弟弟被残忍杀害时的场景！

来吧，维克多，别考虑找凶手报仇的事了，以免增加你心灵的创伤和痛苦。你要让自己安静平和，然后痊愈。回到哀悼的家里来吧，孩子，但是带着对爱你的人的深情和挚爱，而不是对敌人的仇恨。

痛苦的挚爱你的父亲

阿方斯·弗兰肯斯坦

一七××年于日内瓦

我读信时，克莱瓦尔一直望着我的脸，他大吃一惊。他看见我从接到亲人来信时的欢喜变成了绝望，还用双手捂住了脸。

“亲爱的弗兰肯斯坦，”亨利见我哭得伤心，便大声问道，“你怎么一直这么伤心？亲爱的朋友，出什么事了？”

我让他自己拿信看，自己却非常激动地在房里走来走去。读到那不幸的叙述时，克莱瓦尔眼里噙满了泪花。

“我无法给你安慰，亲爱的朋友，”他说，“因为你的灾难是无法弥补的。你打算怎么办？”

“马上就去日内瓦，和我一起去找马车吧。”

克莱瓦尔在路上努力寻找能安慰我的话，可他只能说他由衷地同情我。“可怜的威廉呀！”他说，“亲爱的孩子！可爱的孩子！他现在和他天使般的母亲长眠在一起了！他可爱漂亮、聪明快活，见过他的人都不免要为他的早夭（yāo）流泪。他死得多悲惨呀！竟是被凶手活活掐死的！能杀死这样容光焕发的天真孩子的凶手，可是比一般凶手残忍多了！可怜的小宝贝！只有一点我们可以聊以自慰：他的亲人们在哀悼、流泪，他倒是休息了！痛苦对他已成过去，灾难已永远结束。黄土掩埋了他弱小的身躯，他已不知道痛苦了。我们应该把同情留给那些可怜的活着的人。”

克莱瓦尔在我们匆匆穿过街道时说了这些话。他这些话牢牢地印在了我的心里，以后我往往会在孤独时重新想起。这时，马车到了，我匆匆地上了车，和朋友告了别。

旅途中我非常痛苦。开始时我还希望能快一点，早点去安慰我所爱的悲悼中的亲友，与他们共同哀悼。但是等到靠近故乡时，我却放慢了步子。纷至沓（tà）来的无穷痛苦叫我吃不消了。我穿行在少年时就熟悉，却已差不多六年没见的景物中。在这段时间里可能出现多大的变化呀！一个悲惨的剧变突然出现了；而千百个细微变化也可能逐步成就了别的剧变。那变化虽更平静，带来的影响却无法忽视。恐惧压倒了我，我不敢再前进了。我畏惧千百种无名的邪恶，虽然说不清它们是什么。

怀着这种痛苦的心情，我在洛桑逗留了两天。我打量湖水，湖水平静，四周也平静。而那号称“大自然的宫殿”的皑皑雪山，也依然如故。天堂般的宁静恢复了我的精神，我向日内瓦继续前进。

马车沿湖岸行走，道路在靠近故乡时狭窄了些。朱拉岭黝黑的山坡和勃朗峰明亮的峰顶越来越清楚了。我像个孩子一样哀泣起来。“亲爱的群山呀！我美丽的湖水呀！你们是怎样欢迎我这游子的归来的呢？峰顶璀璨（cuǐ càn）明亮，天空和湖水都那么湛蓝宁静，这是为了宣告和平，还是嘲笑我的不幸呢？”

朋友，我担心我一直讲述这些开初时的细节会惹你生厌。可那段时间我还是相对快活的，回想起来充满快乐。我的祖国，我心爱的祖国呀！除了当地人，谁能知道我在看见您的溪流、峻岭，尤其是可爱的湖水时的欢乐之情呢！

然而，在我渐渐接近家园时，悲伤和恐惧再度压倒了我。黑夜降临，当我几乎看不见那黑黢（qū）黢的高山时，我更加感到沉闷和阴郁。那幅巍峨而邪恶的模糊图画，依稀地注定了我要成为最悲惨的人。嗐！我所预言的东西都应验了，只有一件事情出乎我的意料：我所想象出并且畏惧的全部痛苦，还不到我注定要承受的痛苦的百分之一！

我来到日内瓦附近时，天已经黑透，城门已经关闭。我只好在塞克朗村过夜——从那里进城还有半里格距离。天空静静的，由于无法入睡，我决定到可怜的威廉遇害的地方去走走。因为不能穿城而过，我只好在普莱恩帕莱斯坐船，渡过湖去。在那短短的旅途中，我看见闪电在勃朗峰顶嬉戏，映射出美丽非凡的景象。风暴似乎马上就要到来了。我上了岸，爬上一座小山去看风暴的进程。风暴来了，天空布满了乌云，我立即感到暴雨在大滴大滴地洒落，风暴的声势在急剧地增长。

天色越发黑暗，暴风雨也越发猛烈，我离开观察点继续前进。雷霆在我头顶恐怖地炸开后，又在塞勒夫峰、朱拉山顶和萨伏依的阿尔卑斯山间回荡。蹦跳的闪电耀花了我的眼睛，照亮了湖水，映出一片火光。随后，世上的一切又转入了黑暗，直到眼睛从刚才的闪亮中恢复过来。雷霆正如在瑞士常见的那样，同时在空中四处炸开，而最猛烈的风暴恰好就悬在城市以北的湖面上空，正在卑尔丽伏海岬和科佩特村之间。另一处风暴又以微弱的闪耀照亮了朱拉山。还有一处风暴则时明时暗地照亮了湖水东边的莫尔峰。

我一边观察着暴风雨，多么美丽，却又多么可怕！一边匆匆地大步前进。天空中这场高贵的战斗使我的灵魂高扬，我双手合十大声叫道："威廉！亲爱的天使！这是在为你举行葬礼呀！这是在为你高唱挽歌呀！"说这话时，我在黑暗里看见一个影子从树丛里悄悄来到了我的附近。我站定了仔细观察。我不可能看错。一道闪电照亮了他的模样，让我看得清清楚楚：他那高大的身躯、歪扭的形象、非人类的狰狞都立即告诉我，就是那怪物，我赋予了生命的那肮脏的魔鬼。他在这儿干什么？杀死我弟弟的人会是他吗？这么一想，我不禁打了个寒战。这念头在我脑海里一闪现，我就肯定了它是事实。我的牙齿咯咯打战，只好紧靠在一棵树上稳住自己。那影子迅速走了过去，消失在黑暗里。有人类形象的东西都是不会杀害那美丽的孩子的，我毫不怀疑凶手肯定是他！这念头的存在本身就是对事实无法否认的明证。我想跟踪那魔鬼，可我肯定办不到。因为随后的闪电就让我看见，他已经悬挂在塞勒夫山上的一个几乎是悬崖的陡坡上了——塞勒夫山紧靠在普莱恩帕莱斯的南面。那东西很快就爬上山顶不见了。

我一直呆站着。雷声停了，雨还在下，无法穿透的黑暗包围了我。我在心里反复思考我一直想忘掉的情景：整个的制作过程，我亲手制作的产品在我床前获得生命的过程，以及他的离去。从他开始获得生命那个晚上到现在，差不多两年过去了。这是不是他首次犯罪呢？上帝呀，我送到世上的竟是这样一个卑劣的怪物吗？竟能把屠杀和折磨当作乐趣吗！杀死我弟弟的就是他吗？

那晚随后的时间里我所遭受的痛苦，没有人能想象。我在露天里过了一夜，又冷，又湿，可我对天气的折磨已是毫无感觉。我的脑海里翻腾着种种邪恶与绝望的情景。我所考虑的是：是我把这个生灵送到了人世，给了他意志和力量，让他达到了恐怖的目的。他现在干出的事就是一个例子。这几乎像是我自己变成了一个吸血鬼，我自己的灵魂被从坟墓里释放出来，破坏我所热爱的一切。

天亮了，我向城里走去。城门已经开了，我匆匆来到父亲的住所。我最初的想法是找出我所知道的关于凶手的情况，然后立即安排追捕。但仔细考量之后，我却只好打住了。一个我自己制造并赋予了生命的东西，在人迹罕至的绝壁边和我见面，而且是在深夜。我又想起了我发过的神经性高烧，而那正好又在我创造生命的日子里。这些情况必然会让人觉得我在说胡话——不产生这想法是绝对不可能的。我很明白，如果是别人对我说这样一个故事，我也会把那看作神志不清的呓（yì）语的。

何况，即使我说服了亲友，得到了信任，组织了追踪，那动物凭他那奇特的能力也完全可以溜掉。追踪有什么用？一个可以攀登塞勒夫山的悬崖峭壁的东西，谁能抓得住？这些想法让我下定了决心：不要提起。

我踏进父亲的住所时，已是清晨五点。我让仆人别惊动家里人，自己进了书房，静候他们起床。

离家六年了，除了一些抹不掉的痕迹，我过得像一个梦。我现在就站在去英戈尔斯塔特之前和父亲告别、与他最后拥抱的地方。他仍然是我心爱的高贵的父亲！我凝视着壁炉架上母亲的画作。那幅画取材自一个历史场景，是按照父亲的意愿画成的，表现的是卡罗琳·波扶在绝望的痛苦中跪在她去世的父亲棺材边的情景。她衣着朴素、面容苍白，但神态中有一种不容人怜悯的尊严与美丽。那幅画的下面有一张威廉的小像，一看见它，我的眼泪就流了出来。我正望着画像，欧内斯特进了屋——他已听说我回来的消息，急忙来欢迎我。见到我他既高兴又哀伤。“欢迎你，最亲爱的维克多，”他说，“啊，我真希望你是三个月前回来的，那时你会发现我们全家人都那么快乐。而现在，你却是来分担一种无法减轻的悲伤的。但是，我希望，你的到来可以振作爸爸的情绪——他似乎已被悲伤压垮了。也希望你能劝说可怜的伊丽莎白摆脱她那毫无根据的自责。可怜的威廉呀！他可是我们的宝贝和骄傲！”

眼泪，无法控制的眼泪，从弟弟的眼里流下。剧烈的痛苦掠过了我的全身。以前我对家里的悲惨和痛苦还只是想象，现在却见到了现实，它又成了新的灾难，痛苦丝毫没有减少。我努力劝欧内斯特平静下来，也更仔细地问起了爸爸和我称为妹妹的姑娘的情况。

“最需要安慰的人，”欧内斯特说，“就是她。她责备自己造成了弟弟的死亡。那使她异常痛苦。不过，凶手既然已经找到了……”

“凶手找到了？仁慈的上帝呀！那怎么可能呢？谁能跟踪他呀？即

使以后有了能追得上风的人，能用干草挡住山洪的人，也不可能找到他呀。我昨天夜里还看见过他，根本没被抓住啊。”

“我不知道你这话是什么意思，”弟弟带着惊讶的口气回答，“但对我来说，凶手被抓使我们更加痛苦了。开始时谁也不信，即使到了现在，有了那样的证据，伊丽莎白也还没有被说服。事实上，谁又能相信一向友好而且热爱全家的贾斯汀·莫里茨会突然犯下那么凶残恐怖的罪行呢？”

“贾斯汀·莫里茨！可怜的、可怜的姑娘，被指控的人是她吗？那是错误的，谁都知道那是错误的，没有人会相信的。肯定不是她，欧内斯特，你说呢？”

“开始时谁也不信，但是后来发现的几件事情，几乎叫我们不能不相信了。而她自己的行为又是那么混乱，让证据更加确凿可信。我担心那已是令人无法怀疑的事实了。她今天就要受到审判，到时候你就可以听见一切了。”

他说，发现可怜的威廉死去的那天早上，贾斯汀正在生病——她已经在床上躺了几天。在这段时间里，有个仆人偶然翻了下凶杀案发生那晚她所穿的衣服，却在她口袋里发现了母亲的画像。那画像后来被判定为让凶手犯罪的诱因。那仆人立即给另一个仆人看了。那人一句话也没对家里的人讲，就到地方官员那里告发了。根据他们的宣誓证词，贾斯汀被抓了起来。在控诉那可怜的姑娘时，那姑娘的态度非常混乱，在很大程度上证实了这一嫌疑。

这是个离奇的故事，但没有动摇我的信心。我认真地回答道：“你们全都错了。我了解贾斯汀，可怜的善良的贾斯汀是清白的。”

这时，父亲进了屋子，我在他脸上看见了深沉的忧伤。但他努力快活地欢迎我回来。在双方怀着哀伤的心情彼此致意之后，话题本要转向我们家灾难以外的问题。但这时欧内斯特却叫道："仁慈的上帝呀，爸爸！维克多说他知道可怜的威廉是谁杀死的。"

"不幸的是，我们也都知道，"父亲回答道，"事实上我倒希望永远不知道。我不希望发现一个我评价很高的人竟是这么堕落和忘恩负义。"

"亲爱的父亲，你错了，贾斯汀是清白的。"

"如果她是清白的，上帝就不会让她因为犯罪而痛苦了。今天她就要受到审判，我希望，真诚地希望，她会被宣告无罪。"

这话让我平静了下来。我在心里坚决相信贾斯汀是无罪的。事实上，这凶杀案并没有凶手。我并不担心谁能有足够坚强的旁证说明贾斯汀有罪。可我又不打算公开我的故事——它那惊人的恐怖会被普通人看作发疯的。而且，除我之外，谁又能相信存在着我释放到这世上来的那个假想物呢？谁又能相信我那冒失而又愚昧之举呢？除非他亲眼见到或亲耳听到。

伊丽莎白不久也和我们见了面。自从上次见她以后，时间已经改变了她，赋予了她超级魅力，超越了孩提时代的姣（jiāo）好。她还是那么坦率、活跃，更增添了一种关切与智慧。她非常深情地欢迎了我，"你的到来，亲爱的哥哥，"她说，"让我充满了希望。你说不定能找出办法证明可怜的贾斯汀是清白的。天呀！如果她被判有罪，谁还能谈得上是安全的呢？我相信她的清白，跟相信自己的清白一样。祸不单行，我们已失去了可爱的男孩，而这个可怜的姑娘，我打心眼儿里喜爱的姑娘，也有可能被更残酷的命运带走。她要是被判有罪，我怕是再也不会知道什么叫快乐了。不过，她是不会的，我深信她不会。我会快乐起来的，虽然我的小威廉已悲惨地死去。"

"她是无罪的，伊丽莎白，"我说，"她一定能得到证明，什么都别担心。但是为了保证她被无罪释放，你得振作起精神来。”

“你是多么善良、多么宽厚呀！别人都相信她有罪呢，这叫我非常痛苦，因为我知道那是不可能的。他们怀着那么顽固的偏见，让我感到绝望而无可奈何。”伊丽莎白哭了。

“最亲爱的侄女，”我父亲说，“擦干你的眼泪吧。既然她像你所相信的那样清白无辜，你就信赖我们法律的公正吧，而且我也会采取行动，以防止任何不公正的行为。”

第八章

我们在忧伤中度过了几个小时，审判在上午十一点开始了。我父亲和家人都必须以见证人的身份出庭。我和他们一起上了法庭。在那整个嘲弄正义的荒谬过程里，我受到了现实的折磨。我这出于好奇心的违法制作是否会造成两个人的死亡，即将有个结果。一个是笑眯眯的孩子，满腔天真与欢乐；另一个的死可能更为凄惨，还得背上严重的罪名，在人们的记忆里留下恐惧。贾斯汀本是个优秀的姑娘，能过上幸福的生活。可是现在，她的一切都将在一个臭名昭著的坟墓里抹掉。而我却是这一切的始作俑者。我真恨不得认罪一千次，说那强加给贾斯汀的罪行其实是我犯下的。但是，凶杀案发生时我并不在场，即使我承认了，也只会被看作疯人说瞎话，救不了因我而惨遭冤屈的贾斯汀。

贾斯汀态度平静。她穿着丧服，由于怀着崇高的情感，她那一向迷人的面容更加美丽了。虽然遭到数以千计的人的注视与唾骂，她却因为坚信自己清白，并没有发抖。她的美丽所能唤起的好感已被群众想象里的恐怖罪行抹杀了。她那安详的态度显然产生于自己的镇定。她之前因为神色慌张被看作心虚。这时她努力镇定自己，露出无所畏惧的神情。进入法庭时她向四面望了望，很快就发现了我们。见到我们时，眼泪似乎模糊了她的眼睛。但她立即镇静下来。她那亲情里饱含的悲哀也似乎证明了她是完全无辜的。

审讯开始了，控诉人对她提出了控告，几个证人被要求出庭。证人提出的几件怪事组合在一起，对她很不利，可能会让听到的人骇然大惊——只要不是像我这样确知她是清白的人。杀人事件发生的那晚，她整晚都不在家。到天亮时，市场上有个妇女在后来发现男孩尸体的现场附近看见了她。那妇女问她在那里干什么，她的神色却很奇怪，只回答了一句含混不清的话。她在八点左右回家时，有人问她在什么地方过的夜，她答说一直在找那孩子，而且认真追问有没有听见关于那孩子的消息。看见那尸体之后，她立即歇斯底里，然后就在床上一躺几天。法庭出示了仆人从她口袋里取出的画像。伊丽莎白迟疑地说明，那正是威廉失踪前一小时她挂到他脖子上的那个画像。法庭里议论纷纷，人们纷纷表现出恐惧和憎恶。

法庭要求贾斯汀为自己辩护。盘问进行时她脸色变了，表现出强烈的惊讶、恐惧和痛苦，有时还得强忍着眼泪。到她为自己辩护时，她集中了精力，声音虽能听见，却常常忽大忽小。

“上帝知道，”她说，“我是完全清白的。但我并不奢望我的辩解能说明我的清白。对于大家质疑我的事实，我将作简单的陈述。我的清白就寄托在这份陈述上。我相信我的人品可以让法官在难以判断的情况下作出有利于我的审判。”

然后她交代说，凶杀案发生那一整天，她是在得到伊丽莎白的同意后，在谢纳村的一个姑母家度过的。谢纳村是距离日内瓦一里格左右的一个小村庄。晚上九点左右，她在回家路上遇见一个人问她是否知道关于那失踪的孩子的情况。她听见那消息时大吃一惊，于是也去寻找孩子。找了好几个小时，日内瓦城门关了，她只好在一个村庄的谷仓里熬了几个小时——她不愿惊动那里的居民，虽然和他们很熟。那天晚上大部分时间她都没睡着，只是在黎明时迷糊了几分钟。待到有脚步声惊醒她时，天已经大亮了。她离开了谷仓，打算继续去寻找弟弟。即使她曾从尸体旁路过，她也并不知道。市场上那妇女问她时，她有点混乱，因为她还不知道可怜的威廉的命运，而且一夜没睡。关于那个画像她没有作出解释。

“我知道这画像的问题，”可怜的受害者继续说，“知道它对我有多大的分量，它是性命攸关的。但是我无法解释。在我什么都不知道的时候，我只能猜测这东西是怎样放进我口袋里的。我相信我在世界上没有敌人，也不会有人恶毒到要不择手段地毁灭我。是那杀人犯放进我口袋里的吗？可我知道他没有机会这么做。那么，即使是他放进了我的口袋，可他为什么偷去了宝贝，又这么快就放回来呢？

“我的问题请求法官明鉴，我相信法官的公正。但我也看不出我有多大希望。我请求允许就我的人品问题询问几位证人。如果他们的证明否定不了强加于我的罪行，我只能认命，虽然我仍然要以自己的清白来为我的灵魂获救而辩护。”

几个认识她多年的证人被提了名，他们对她原本都是赞扬的，但因为对强加于她的罪行的畏惧与仇恨，他们胆怯了，不愿站出来说话。伊丽莎白看出被告这最后的机会——那出色的天性和无可挑剔的人品——也将无济于事，即使她极其激动，也要求允许她在法庭上发言。

“我是那不幸的被杀害的孩子的表姐，”伊丽莎白说，“或者，更准确地说，是那孩子的姐姐。因为在他出生之后，甚至早在他出生以前多年，我就和他父母生活在一起，并接受他们的教育。我在这时站出来说话，有人可能认为并不恰当。但是，在我看见一个和我同类的人，由于她号称朋友的人的胆小畏怯快要遭到毁灭时，我希望容许我谈谈她的性格。我和被告很熟悉，曾经和她在一个屋檐下生活。有一段时间长达五年，另一段时间差不多两年。在这整个时间里，我始终认为，她是最友好最善良的人。我的姑母弗兰肯斯坦太太上次生病，是她服侍的，非常尽心和仔细。然后她又服侍了她自己的母亲。那病非常麻烦，她也服侍得非常尽心。知道情况的人全都赞扬她。那以后她又住到我姑父家里，在那里也受到全家人的喜爱。她非常喜欢现在已经死去的孩子，对他像母亲一样钟爱。我可以毫不犹豫地说，在所有这些已经提出的不利于她的证据面前，我仍然相信，甚至可以发誓，她是完全清白的。没有什么东西可以诱惑她采取这样的行动。至于作为主要证据的那个小玩意儿，如果她极想得到它，我完全可以心甘情愿地送给她。我对她很尊重，评价很高。”

伊丽莎白这朴实而雄辩的倾诉引起了一片“嗡嗡”的赞许声。但赞许的是她敢于挺身而出进行干预，对可怜的贾斯汀却没有好处。公众对贾斯汀的愤怒反倒更加强烈了。他们责备她忘恩负义到如此地步。伊丽莎白发言时，贾斯汀哭了，却没有回答。在这整个庭审过程中，我非常激动，也非常痛苦。我知道她是清白的，我相信她。那个杀死了我弟弟（对此我一分钟也不怀疑）的魔鬼，是否又玩起了地狱的游戏，把清白无辜的人出卖给死亡和恶名了呢？我的处境极为恐怖，简直吃不消了。当我看见群众的声音和审判官们的脸色已判定受我残害的无辜者有罪时，只好怀着满腔痛苦冲出了法庭。在我眼里，那被控诉的人的痛苦还不如我心里的痛苦严重。她还有清白无辜的心灵作为支持，而悔恨的獠牙却紧紧地咬啮（niè）着我的良心。

我过了一个惨痛不堪的夜晚。第二天早上我又到法庭去了。我嘴唇干裂，喉咙嘶哑。我没敢问那最后的问题，可他们都认识我。那官员猜到了我去那里的目的，就告诉我，他们已经投票，全是黑票，贾斯汀被判有罪。

我不敢贸然描述我当时的感受。我曾经有过种种恐惧的感觉，我曾努力用恰当的词汇去表达，但是，我当时所经受的撕心裂肺的痛苦却是语言所无法描述的。和我谈话的人还补充说，贾斯汀已经承认了自己的罪行。“在这样明显的罪行面前，”他说，“那个物证可有可无。但她既然已经招供，对此我倒是高兴。事实上，我们几个法官也不愿仅仅依靠间接证据就作出有罪判决，无论那证据有多大的分量。”

这是个令人意外的奇怪消息。可它有什么意义呢？是我的眼睛欺骗了我吗？我真是发狂了吗？我如果揭露出自己所怀疑的对象，人们会不会认为我在发狂呢？我急忙回到家里，伊丽莎白迫不及待地问起了结果。

“妹妹，”我回答，“那判决是你可以估计到的。所有的法官都是宁可错判十个也不肯放走一个的。而且，她已经承认了。”

这对可怜的伊丽莎白真是痛苦的一击。她完全相信贾斯汀是清白的。“天呀，”她说，“我以后还能相信世人的善良吗？贾斯汀，我像姐姐一样深爱一样相信的贾斯汀，怎么可能装出那副清白无辜的笑容来欺骗我们呢？她那温和的目光似乎是不可能包含任何凶残与欺诈的。可她居然杀了人！”

我们随即听说，那可怜的受害者提出要求，要见我妹妹。我父亲不愿她去，却只说让她凭自己的判断和感情作出决定。“我要去，”伊丽莎白说，“要去，即使她有罪我也要去。你，维克多，要陪我一起去，我不能一个人去。”这次见面对我是个折磨，可我不能拒绝。

我们进了那阴暗的牢房，看见贾斯汀坐在对面尽头的一点干草上。她双手戴着镣铐，脑袋靠在膝盖上。看见我们进去，她站了起来。到只剩下我们和她在一起时，她就跪倒在伊丽莎白脚下，悲惨地哭了起来。

我妹妹也哭了。

“啊，贾斯汀，”伊丽莎白说，“你为什么夺走了我最后的安慰？我相信过你的清白，虽然那时非常痛苦，可我还没有现在这么难堪。”

“你也相信我有那么邪恶吗？你也站在我敌人的阵营来谴责我是杀人犯，打击我吗？”抽泣噎住了她的声音。

“站起来，可怜的姑娘，”伊丽莎白说，“既然你是清白的，为什么要跪下？我不是你的敌人，我相信过你没有罪，我没有理会任何证据，直到我听说你自己承认了罪行。你得说你那话是假话。相信我，亲爱的贾斯汀，什么都动摇不了我对你的信念，一刻也不会，除非你自己承认。”

“我确实是承认了，但是我承认的是一个谎话。我是为了得到上帝的豁免才承认的。但那句谎言反倒压在了我的心上，比其他一切罪行都沉重。愿天上的主宽恕我！自从我被判罪之后，我的忏悔神甫就揪住我不放。他威胁我，恐吓我，弄得我几乎自己也相信，我就是他所说的那个魔鬼。他说我如果继续顽抗，最后就会被逐出教门，要遭到地狱烈火的焚烧。亲爱的小姐，没有人支持我，大家都把我看成了坏人，一个注定要遭到唾弃的万劫不复的坏人。我能怎么办？我在一个不幸的时刻，承认了一个谎言。现在我才感到了真正的痛苦。”

她哭泣着住了嘴，然后又继续说：“我想起来就恐怖，亲爱的小姐，你能相信你的贾斯汀，你受到祝福的姑母曾非常信任的、你也很喜欢的贾斯汀，能干出那样恐怖的事来吗？那是除了魔鬼，谁也干不出来的罪行呀。亲爱的威廉，受到上帝祝福的最亲爱的孩子！我马上就要在天堂里和你相见了，在那里我们俩都会幸福的。这给了我安慰，虽然我马上就要承受死亡和骂名。”

“啊，贾斯汀，饶恕我，因为我曾经动摇过对你的信心。你为什么要承认呢？但是不要悲伤，亲爱的姑娘，不要害怕，我要向世人宣布，我要证明你是清白的。我要用我的眼泪和祈祷软化你的敌人的铁石心肠！我不会让你死去！你，我的游伴，我的好友，我的姐姐，要在绞刑架上死去吗？不！不！这样恐怖的不幸我是无法接受的。”

贾斯汀凄惨地摇了摇头。“我不怕死，”她说，“我怕死的痛苦已经过去了。上帝消除了我的软弱，给了我勇气，去接受最沉重的磨难。我离开的是一个忧伤痛苦的世界。只要你还能记得我，而且认为我是冤死的，我就把自己交给等待着我的命运。请向我学习耐心地顺从上天的旨意吧，亲爱的小姐！”

她俩谈话时我退到了牢房的一角，以掩饰那折磨着我的痛苦。绝望！谁还敢谈绝望！这个可怜的受害人明天就要跨越生和死的可怕界线了。可她所感到的痛苦却远远不像我的痛苦那么深沉和严酷。我死命地咬着牙，咬得咯咯响，从灵魂最深处发出了呻吟。贾斯汀吓了一跳，当她看到是我时，就来到我面前，说：“亲爱的先生，你非常仁慈，竟然来看我。我相信，你并不认为我有罪，对吗？”

我无法回答。“他不相信，”伊丽莎白说，“他比我更相信你的清白。因为即使在听见你已经承认之后，他仍然没有相信。”

“我真诚地感谢他。在这最后的时刻，我对怀着善心对待我的人表示最真诚的感激。对于我这样不幸的人，别人的真情关切是多么甜蜜呀！它消除了我大半的痛苦。亲爱的小姐和你的哥哥，你们既然认为我是清白的，我觉得自己就可以安心地死去了。”

这个可怜的受苦人就是这样努力地安慰着别人，也安慰着自己。她似乎确实得到了她所追求的安心。但是我，我这个真正的杀人犯，却感到那只永远不会死亡的虫子老在咬啮我的心，不容我得到希望或安慰。伊丽莎白很伤心，她也在哭，但她的痛苦也是良心清白的痛苦。就像浮过皎洁的月亮的云翳，可以暂时荫蔽，却遮挡不住月光。而插入我心灵正中的痛苦与绝望却把我的心变成了地狱，那是任何力量也不能使之消失的。我们和贾斯汀一起待了好几个小时，伊丽莎白费了很大的力气才终于离开了她。“我希望，”她哭着说，“能和你一起死。我在这个痛苦的世上已经活不下去了。”

贾斯汀强压住自己的辛酸泪，装出快活的样子，拥抱了伊丽莎白，然后吃力地压抑着情绪说道：“再见了，亲爱的姑娘，最亲爱的伊丽莎白。我挚爱的、唯一的朋友。但愿宽宏的上天保佑你、护卫你，但愿这是你所经受的最后一次忧伤！幸福地活下去，也让别人幸福吧！”

第二天，贾斯汀就死掉了。伊丽莎白那可以让人心碎的雄辩并没能打动法官的心。他们对那圣徒般的受难者怀着死板的成见，认为她犯了罪。我激动而愤怒的求告对他们也没起作用。听见他们那冷冰冰的回答和麻木不仁的推理时，我原本打算向他们揭露的真相就从我嘴唇上消失了。即使我宣布自己是个狂人，落在受我残害的人身上的判决也已无法撤销。贾斯汀以杀人犯的身份死在了绞刑架上！

从我自己心里的痛苦，我又想到了伊丽莎白那不出声的深沉的痛苦（那也是我的罪过呀），还有我父亲的痛苦，以及不久前还充满欢笑的全家人的痛苦。那也都是我这双手，这双受到反复诅咒的手所闯下的大祸！恸（tòng）哭吧！不幸的人们，这还不是你们最后的眼泪呢！你们还会在新的葬礼上哀号的，还会一再哀号的！你们的孩子、亲人弗兰肯斯坦，你们十分喜欢过的朋友弗兰肯斯坦，愿意为你们流尽鲜血而死。可他已失去了思想，失去了对欢乐的感知——除非欢乐反映在你们那亲爱的脸上。他希望上天赐福于你们，希望终生侍奉你们左右，可他却让你们流下无尽的泪水。如果那无情的命运就此罢手，毁灭之神就此善罢甘休，直到你们平静地离开人世，那他就暗自庆幸了！

这就是我这预言性的灵魂所说的话。我受到悔恨、恐惧和绝望的折磨。我看见我所爱的人们在威廉和贾斯汀的坟茔（yíng）前徒然地悲啼。他们俩是最早被我这亵渎神灵的技术杀害的不幸的人。

第九章

连串急速出现的事件让我们百感丛生、心情跌宕（dàng），之后所能得到的却只是无能为力的死亡般的平静，灵魂也没有了希望和畏惧，对于人类的心灵来说，最痛苦的事莫过于此。贾斯汀死了，她安息了；我却活着，血液还在我血管里自由地流动，沉重的绝望和悔恨还紧压在我的心头，无法摆脱。我夜不能寐，因为干出了无法描述的恐怖勾当，我像个邪恶的妖魔一样不安。而且，我深信以后还会出现更多的祸害，多得多的祸害。虽然弥漫在我心里的是善意和对德行的爱——我是怀着善意开始生活的，渴望有机会施展抱负，造福于人类，可现在，这一切都化为泡影。我的良心无法平静，我被悔恨攫住了。良心的平静可以让我在回忆往事时心安理得，从而产生新的希望，而悔恨却把我匆匆送进了地狱般的折磨。那是言语所无法形容的。

这种心境侵蚀着我的健康，很可能从遭到第一次打击后我就没有完全正常过。我对所有人都避而远之，一切欢声笑语对我都是折磨。我的唯一安慰就是孤独——死亡一样的深沉幽暗的孤独。

父亲注意到了我的性格和日常行为上的变化，便努力用他那清白的良心和平静的生活所推导出的生活真谛唤醒我的勇气，驱除覆盖着我心灵的阴霾。“维克多，你不觉得——”他说，“我也痛苦吗？我比谁都更爱你的弟弟（说这话时他流下了眼泪），可是，活着的人不是还有责任控制自己，不让无节制的忧伤增加别人的痛苦吗？你对自己也有责任，因为过度的悲伤会影响人的进步和欢乐，甚至影响日常工作的完成。如果是这样，这个人是不适宜在社会上生活的。”

这个建议虽然很好，在我身上却根本不适用。如果我的痛苦里没有混杂悔恨、惊人的恐惧和其他情绪，我本应该控制住悲哀，去安慰大家。现在我却只好绝望地看了父亲一眼，算是回答，尽量避开他的目光。

这时我们全家又搬回了卑尔丽伏。我特别高兴。住在日内瓦城里，一到晚上十点就固定要关上城门，我就不能再在湖上流连了。现在，我自由了。我常常在全家上床之后泛舟湖上，一游就是几个小时。有时还升起船帆，让风推着走，来到湖心再让船自由漂荡，自己则沉浸于痛苦的回忆中。除了靠近湖岸时能听到青蛙和蝙蝠发出刺耳的鸣声之外，我就是这万籁（lài）俱寂的美丽天堂里唯一的生灵。这时，我产生过一个念头：跳进那寂静的湖水，把我和我的灾难永远淹没。但是，我又想起了我那受着苦的勇敢的伊丽莎白，于是打消了这个念头。我深爱着伊丽莎白，她和我的生命是联系在一起的。我也想到了父亲和我那还活着的弟弟。我能像这样卑劣地逃走，把他们暴露在我所释放的魔鬼面前而无人保护吗？

在这些时刻我总是失声痛哭。我很希望自己的心复归平静，为人们提供安慰和快乐，但那已是不可能的了。悔恨消灭了一切希望，我干出的坏事无法挽救。我每天都在担心，怕我炮（páo）制出的魔鬼又犯下新的罪孽（niè）。我隐隐约约有一种感觉：事情还没有结束，那东西还可能干出更为彰明较著的，几乎可以抹掉对过去的一切记忆的极其恐怖的罪行。只要我身后还有我所爱的人和物，我就总是提心吊胆的。我对这魔鬼的憎恶确实是无法想象的。一想到我稀里糊涂炮制出的这个生命，我就咬牙切齿、双目喷火，恨不能立即把他消灭。一想到他的罪行和恶毒，我就按捺（nà）不住满腔的仇恨和报复情绪。如果我能在安第斯山的顶峰把他扔下崖去，我就能以朝圣的虔诚攀登到峰顶。我希望再次遇见他，把我最严厉的憎恶扔到他头上，为威廉和贾斯汀报仇。

我们家成了一个哀悼之家，最近的事件之恐怖深深地影响了父亲的健康。伊丽莎白悲痛而消沉，无法再从日常生活中获得任何乐趣。她似乎觉得一切快乐都是对死者的亵渎，永远的忧伤和眼泪才是对那被摧残的无辜者的致敬。她不再是当初那个和我一起在湖岸漫步，欢天喜地地谈论着我俩未来光景的快活姑娘了。要让我们对这世界不存幻想的种种悲伤降临到她身上，令她消沉，让她失去了最可爱的笑容。

“我亲爱的哥哥，”她说，“在我想到贾斯汀·莫里茨的痛苦的死亡时，我对这世界和它的各个组成部分的看法就和过去完全不同了。以前我把从书本上见到和听别人说起的邪恶和不公正都看成往昔的故事或想象里的东西，至少是很辽远的，要理解它们，凭的是人们的理性而不是想象。但是现在，痛苦已进入我们家。在我眼里人变成了妖怪，渴望喝彼此的血。这当然是邪恶的。大家都认为那可怜的姑娘有罪，如果她真犯下了她因之遭难的罪行，她就绝对是全人类里最堕落的人。为了区区珠宝，竟然杀死了她恩人和朋友的儿子，她自己从小带大的孩子——表面上她非常喜爱他，就像喜爱自己的孩子一样！我不赞成处死任何人，但也觉得这样的人不适宜在人类社会里存留。可她是无辜的，我知道，也能感觉到她的清白。你也有同样的看法。这更坚定了我的信念。哎！维克多，在假象看上去是那么真实的时候，谁还能保证自己肯定能幸福呢？我感到自己似乎走在悬崖边上，而千百万人还在往那里挤，想要把我挤下万丈深渊。威廉和贾斯汀都已被杀害，而杀人犯却逃掉了，在世上逍遥，甚至受到尊敬。可是，即使我以同样的罪名被送上绞刑架，也不愿和这样的恶棍交换位置。”

我怀着最深沉的痛苦听着这番议论。我没有杀人，却是真正的杀人犯。伊丽莎白从我脸上看出了痛苦，便安慰地抓住我的手说：“我最亲爱的朋友，你必须镇定自己。只有上帝才知道这些事对我的影响有多深。可我没有你那么痛苦，你脸上有一种绝望的，有时甚至是复仇的表情，令我发抖。亲爱的维克多，赶走你这阴暗的情绪，记住你身边的朋友吧。他们的希望都在你身上。我们是否就没有能力让你快乐呢？啊，只要我们彼此相爱，真诚相待，在这里，在这个和平而美丽的地方，你的故乡，我们都可以获得宁静的福佑。还有什么能够破坏我们平静的生活呢？”

我把她看得比命运所能给我的一切都宝贵，可是，她这话能赶走藏在我心里的魔鬼吗？她说这话时我不由自主地靠近了她，仿佛是害怕了，怕的是那毁灭者就在附近，要把她抢走。

如此，无论是友谊的温馨还是大地与天空的美丽，都无法让我的灵魂摆脱那痛苦。就连爱的语言也都没有效力了。一团迷雾裹住了我，那是一切善意都无法穿透的。受了伤的鹿拖着快麻木的腿钻进无人进入过的林中空地，在那里呆望着射穿腿的箭而死去。我的命运也将如此。

有时我也能和压倒了我的沉重绝望作斗争，可有时，我灵魂里那情感的旋风却驱使我费尽力气，借助于身体活动或更换环境，来暂时缓解那无法忍受的剧烈心情。有一次我突然离开家，向附近的阿尔卑斯山峡谷走去，希望那崇高而永恒的美景能使我暂时忘记自己在人间感到的忧伤。我往沙穆尼峡谷走去。以前我常来这里，六年已经过去，我已精神崩溃，可是这冥顽的原始景色依然如故。

这次行程的前半段我是骑马走的，后来我雇了一头骡子——山路崎岖，骡子比较稳当，不易造成伤害。时值八月中旬，离贾斯汀的死已快两个月（我的全部苦难就是从那时开始的）。天气晴朗，在我往阿尔伏峡谷走去时，精神上的负担明显减轻了。高耸在我周围的莽莽群山和悬崖峭壁，奔腾在岩石间的滔滔山洪，倾泻在周围的隆隆瀑布，全都宣示着造物主的无穷威力。于是我不再恐惧，不再屈从于任何生灵，因为他们都比不上那创造并支配万物的力量，而这力量正以其最令人目眩神骇的形象展示在我周围。随着我越爬越高，那峡谷还显露出一种更加壮丽和惊人的景色。郁郁葱葱的松林绝壁上的城堡废墟，奔腾直下的阿尔伏河的流水，森林间东一处西一处往外窥探的农舍，构成了一种独特的美。而为白雪覆盖、闪闪发亮的巍峨的阿尔卑斯山的山峰和隆丘，高耸在那一切之上，更是增添了这景致的美感和崇高，仿佛那已是另一个世界，在那里居住的是其他种类的生灵。

我过了佩里西尔桥，跨越了河流切出的深谷，向前面山上的峭壁走去，很快就进入了沙穆尼峡谷。这个峡谷更加神奇和崇高，尽管不如刚才经过的塞沃克斯那么美丽、那么风景如画。高峻的雪山是它的自然边界，但是我没有再见到城堡的废墟和肥沃的原野。路边不远处就是辽阔的冰川。我听见了雪山崩塌的轰隆声，看见了崩塌掀起的雪雾。勃朗峰，崇高壮丽的勃朗峰，它那巍峨的圆顶俯瞰（kàn）着峡谷，耸立在围绕着它的山峰之间。

在这次旅行期间，一种久违的快乐之感常常在我心头泛起。某个转弯处，某个突然见到的熟悉而又陌生的东西，都会让我回忆起往昔的日子，联想起快乐的童年时代。就连风的细语也令我安慰，那是大自然母亲在叮咛我不要再忧伤啼哭。可是很快，这些安慰就不起作用了，我发现自己再次落入了悲哀的桎梏（zhì gù），陷入了思索的痛苦。这时我催了催乘坐的牲口，努力忘记世界，忘记恐惧，尤其是忘记自己。此外，我还以某种更彻底的态度，索性下了骡子，往草地上一倒。我被恐惧与绝望压倒了。

最后，我终于到达了沙穆尼村。随着心灵和身体的极度消耗，我已是筋疲力尽了。我在窗口停留了一会儿，望着勃朗峰峰顶闪电的嬉戏，听着阿尔伏河的奔流。这种舒缓的声音对我那过分敏感的神经起到了催眠的作用。我把脑袋往枕头上一放，睡眠就悄然而至。我感觉到了它的到来，感谢它让我暂时忘却了一切。

第十章

第二天我一直在峡谷里漫游。我站在阿维农河的源头，那源头是一条冰川。冰川从山坡上缓缓流下，在峡谷里形成了冰河。陡峻的山坡耸立在我眼前，悬在我面前的就是冰川的冰墙。几株松树被冲倒了，散落在我身边。富丽堂皇的大自然威严肃穆，一片寂静，只偶然能听到波涛声、群山间大块流冰的撞击和破裂声以及雪崩声。积聚的冰块宛如大自然的玩物，按照无声的永恒法则挤压和崩裂。崇高壮丽的景色给了我所能得到的最大安慰，把我从琐碎的情绪里解放了出来。虽然我的烦恼尚未消除，但还是有所缓解，我的心情得以平复，也在一定程度上摆脱了一个多月来的种种思虑。晚上，我回房休息，在昏睡里（如果能称之为昏睡的话），我白天为之深思的雄伟形象在我身边聚集：洁白的雪峰、闪亮的冰柱、苍翠的松林、光秃秃的深谷，翱（áo）翔云霄的雄鹰。它们全都聚集在我身边，嘱咐我安睡。

可当我次日清晨醒来时，它们到哪儿去了呢？激励我灵魂的这一切都随着睡醒化为乌有。阴暗的忧伤又给我的每一个念头笼上了阴霾。外面下着倾盆大雨，浓雾掩盖了山顶，我再也见不到我巍峨的朋友们的面容了。可我仍然要穿透那雾幕，到它们茫茫的隐身处去寻找它们。狂风暴雨算得了什么？我把骡子牵到门前，决心爬到蒙坦弗特山的顶峰去。我想起了那永远在移动的浩瀚冰川，想起了我第一次见到它时的感受。它给我带来了崇高的狂喜，给我的灵魂装上了翅膀，让它从这昏暗的世界向光明和欢乐的天空飞去。大自然令人敬畏的巍峨景象总让我心灵肃穆，使我忘却生活的忧患。因为我对那道路很熟，而第三者在场又可能破坏那景色独立的浩瀚感，我决心不用向导，一个人往山上去。

山很陡，但沿着蜿蜒曲折的山路，还是可以爬上那陡峻的高峰。景色荒凉得可怕。冬季的冰崩留下的千万道划痕历历可见，被压倒的树木到处偃卧。有的被全毁了，有的被折弯了，靠在伸出的岩石上，有的则斜搭在别的树上。越往上走，小路被横插的雪谷阻断得越厉害，还有石块时不时地落下。有一种山石特别危险，即使是最小的声音，比如大声说话，也能震动空气，给说话者带来灭顶之灾。松树不高，也不苍翠，但是凝重森严，为景色平添了几分肃穆。我俯瞰身下的峡谷，漫漫的雾霭从流穿峡谷的河面升起，化作一个个云雾的圈，缭绕在对面的一座座山上。山顶就隐藏在那永恒的雾霭里。雨从黑暗的空中洒下，加重了周围一切留给我的凄凉抑郁。天呀！人类为什么要夸耀自己比别的生灵更敏感呢？这反而使他们更受制于外界事物。如果我们的冲动只限于满足饥渴与欲望，我们大体是能够自由的。但是现在，每一股吹来的风，每一句偶然的话，以及那话所表达的意境，都能令我感动。

我们休息，可一个梦境就足以毒害睡眠。
我们起床，可一个念头就足以污染一天。
我们感受、思考、推理、啼哭，或欢笑，
或陷于想入非非的烦恼，或是自在逍遥，
全都一样。因为，无论是痛苦或是欢畅，

让它们消失的路都永远开放。
人类的过去不可能像他的未来：
除了不变本身，没有什么能永远存在。

我到达峰顶时差不多已是正午。我在岩石上坐了一会儿，俯瞰着冰海。一重薄雾笼罩着冰海和周围的群山。不久以后，微风吹散了薄雾，我下坡来到了冰川附近。冰川表面有起有伏，升起处如怒海波涛，落下处露出深深的裂口。只有差不多一里格宽的冰川，我却花了差不多两个小时才横穿过去。对面的山是一道笔陡的、光溜溜的悬崖。我现在所站的地点正好面对着蒙坦弗特山，离它大约有一里格远。勃朗峰以令人心悸的威严耸立在蒙坦弗特山后面。我在一个岩窟里停了下来，注视着那浩瀚神奇的景色。那海，或者说那巨大的冰河，在它所依傍的山峰间流动着——险峻的峰顶宛如悬在一个个岩窟上。闪亮的冰峰穿出云层，在阳光里闪耀。此时，我这烦恼的心似乎舒缓了些，感到了某种欢乐。我惊叹道："游荡的精灵啊，如果你们真在游荡，就不要在你们那狭窄的床上休息吧！容许我获得点微弱的快乐，否则就把我带走，让我离开生命的欢乐，去做你们的伴侣。"

话音未落，我突然看见远处有个人影正以超人的速度向我走来。那些冰河裂口我是小心翼翼才走过来的，可他几蹦几跳就过来了。到他靠近时，我才发现他那身材也超乎常人。我一着急，眼前一阵模糊，差点晕过去。可很快我就被凛冽的山风吹醒了。那人越走越近，我看清楚了：他就是我制造的那个魔鬼，一个恐怖的庞然大物！我既愤怒又恐惧，浑身直发抖，决定等他过来之后再逼近他，和他决一死战。他走近了，脸上表现出极度的痛苦，还混杂着憎恶和恶毒。而他那非人的奇丑使他恐怖得几乎叫人类的眼睛无法直视。我根本不想打量他。刚开始时，愤怒和仇恨使我几乎说不出话来。回过神来以后，我只想用愤怒的仇恨和表示轻蔑的话语压倒他。

“魔鬼！”我大叫，“你还敢到我面前来吗？你就不怕我严厉地制裁你，伸出胳臂打破你那恶毒的脑袋吗？滚！凶险的害人虫！要不你就站住，让我把你碎尸万段！啊！我真希望能结束你那恶毒的生命，让被你杀害的人复活！”

“我早就料到你会这样对待我，”魔鬼说，“卑鄙的人谁都厌恶，可我是最苦难的人，竟也遭到所有人的厌恶！你也厌恶我，叫我滚。我是你制造的，我和你紧密相连。除非毁灭我们其中之一，否则我们无法一刀两断！你还想杀死我！你怎么敢拿生命开这样的玩笑？倒不如履行你对我的义务，我也会保证你和其他人平安。否则，我就把死神的嗉（sù）子塞得满满的，直到它喝饱了你亲友们的鲜血！”

“多么歹毒的怪物！魔鬼！你犯下如此罪行，即使遭受地狱酷刑的惩罚也嫌太轻！恶毒的妖怪！你这个恶魔！因为我制造了你，你就来责备我。那好，你就来吧，让我把自己不经意点燃的生命之火扑灭吧！”

我满腔无法抑制的怒火，怀着拼个你死我活的情绪向他扑去。

他却轻轻地闪开了，说：“别激动！在你把仇恨发泄到我这忠诚之人身上之前，请听我说几句。难道我受的苦还不够多，还要你来加重我的苦难吗？生命对我是宝贵的，尽管它可能只是一大堆烦恼。我会保卫我的生命，记住，把我制造得比你更强大的人是你自己。我比你高大，关节也更灵活，可我不想跟你搏斗，只要你能扮演好自己的角色，我甚至会表现得很驯服，听从我的天然主人和君王的命令。啊，弗兰肯斯坦，对别人你都讲公平，对我就别粗暴了吧。你最应该公平、宽厚，甚至慈爱对待的人，就是我。记住，我是你制造出的生命，原应是你的亚当。

可如今，我倒更像是你的堕落天使[1]了。你不乐意我幸福，想让我滚蛋。可我并没有办错事呀。我随处所见的都是幸福，只有自己被关在门外，幸福不起来。我满怀善意，也很驯服，可厄运却把我变成了魔鬼。只要你让我高兴，我是可以重新讲究道德的。”

“滚开，我才不会听你这一套呢，我们之间不可能一致。我们是敌人。滚！要不然我们就打上一架，斗个你死我活。”

“我要怎样才能感动你呢？我就无法乞求你正眼瞧我一眼吗？我可是在乞求你的善意和同情呢。相信我，弗兰肯斯坦，我是善意的，我的灵魂燃烧着爱与人性。我难道还不够孤独吗？还不够痛苦吗？你是我的创造者，可你也厌弃我，我从你的同类那里还能希望什么呢？他们谁都不欠我什么。他们仇恨我，把我踢开，我只能躲到荒凉的大山里，躲到恐怖的冰河上。我在这里已经游荡了许久。冰窟窿是我的住处，也是人家容许我居住的唯一地方——只有在这里我才不会感到害怕。我向阴霾惨淡的天空致敬，因为它比你的同类对我更好。如果人们知道了我的存在，他们会像你一样对待我，拿起武器来毁灭我。他们既然可以仇恨我，我为什么不能仇恨他们呢？我是不会跟敌人妥协的。我既然很痛苦，他们也应该痛苦。只有你有能力给我补偿，将他们从苦难里解救出来。否则，这场灾难将演变成弥天大祸，不但可以吞没你和你的家族，还可以吞没成千上万其他人。可我希望的是唤起你的同情，不要鄙弃我。听听我的故事吧！听过之后再决定是放弃我还是同情我。听我说，人类虽然血腥，可按照人类的法律，一个人在被判刑之前也还是可以为自己申诉的。听我说，弗兰肯斯坦，你们控诉我杀人，可你们呢，你们不也屠杀自己的同胞，而且满不在乎吗？啊，赞美你那人类的永恒正义去吧！我并不请

[1] 堕落天使，基督教新教借用中国原有词语，将《圣经》中所说的“上帝使者”称为天使。天使如果堕落，则被罚下地狱成为魔鬼，如撒旦。

求你们饶恕。听我说完，然后，你就可以毁灭掉你亲手创造的我——如果你办得到的话。”

“你凭什么要求我回忆？要求我回忆那些叫我心惊胆战的经历？”我回答，“我是那惨痛经历的来源和制造者。但愿你见到光明的那个日子受到诅咒！可恨的魔鬼！但愿那双制造了你的手受到诅咒！——虽然我诅咒的就是我自己！你带给我的痛苦无法描述。我已不想去思考对你是否公平。滚蛋吧！别再让我看见你那可憎的样子了！”

“那我就如你所愿，我的制造者，”他说着就把那可恶的双手向我伸来，却被我使劲搡开了，“我就像这样带着你所厌恶的模样离开你吧。不过，你仍然可以听我说完，向我表示同情。我以曾具有过的美德要求你听听我的故事。不过，这故事很长、很离奇，而这地方太冷，不适合你多愁善感的性格。来，到山上的小屋去吧。太阳还高挂在天上，不等它躲到辽远的雪山背后去照亮另一个世界，你就可以听完我的故事，作出决定了。我究竟该离开人类居所，去过不妨害任何人的生活，还是成为你同胞的灾难，成为导致你自己迅速毁灭的祸害，都由你决定。”

说着他就引领我穿越冰川。我满脑子想法，没有回答他。我掂量了他所讲出的各种道理，决心至少听听他的故事——既是受到好奇心的驱使，也是出于对他的同情。我一直以为杀死我弟弟的凶手就是他，现在也急于肯定或否定这想法。同时，我也第一次感到了制造者对自己造物的责任。在我有理由指责他邪恶之前，是应该让他感到愉快的。这些动机使我满足了他的要求。于是我们过了冰河，爬上了对面的岩石。寒气凛冽，又霖雨霏霏。我们进了小屋。我顺从了他的意愿，那魔鬼就一脸得意。我却心情沉重，精神萎靡。我那可恶的伙伴燃起了一炉火，我坐到了炉火旁。他讲起了他的故事。

第十一章

"我费了很大的力气才回忆起我生命的最初阶段。一切都显得混乱而模糊。种种离奇的感觉抓住了我。视觉、听觉、嗅觉和触觉是同时出现的。而我体会到各种感受的区别则是很长一段时间以后的事。记得是一种很强的光刺激了我的神经，我只好闭上眼。然后我就被黑暗笼罩，心里深感不安。可我刚因为这感觉睁开眼，光又落到了我身上。我走动起来，我相信是下了楼。但很快我就感到了知觉上的一个巨大变化。以前我周围全是半明不暗或黑暗的东西，我看不见也摸不着。可现在我感到已经可以随意走动，没有不能回避或克服的障碍了。光对我的压迫越来越大，热也令我厌倦。我寻找能荫蔽自己的地方，在离英戈尔斯塔特不远的森林里找到了。我在那里的小溪边躺下，消除身体的疲劳，一直躺到饥渴难忍。这痛苦使我从近乎休眠的状态中惊醒过来。我吃了一些挂在树上和落在地上的浆果，喝了点溪水解渴，然后躺了下来，又被睡眠征服了。

"我醒来时天已黑了。我感到了冷，也很害怕，似乎从本能上感到了自己的孤独凄凉。在我离开你的住所之前，由于感到冷，我穿了几件衣服。但是那也不能让我抵挡夜间的风露。我是个孤苦伶仃、走投无路的可怜人。我一无所知，什么都分辨不清，只感到痛苦从四面八方向我逼来。我坐下来，哭了。

“很快，一片柔和的光从天上悄悄闪现，给了我愉快的感觉。我惊跳起来，看见一个辉煌的东西[1]从树木间露了出来。我惊讶地呆望着。那东西移动得很慢，却照亮了我的路。我又出去找浆果。我在一棵树下发现了一件很大的外衣，我仍然感到冷，就把它披在身上，坐了下来。我心里一团糟，没有清楚的意识，只感到光、饿、渴和黑，耳朵里有数不清的声音。各种气味也从四面八方招呼我。我唯一能分辨出的就是那明亮的月亮。我眼望着它，心里感到快活。

“白天和黑夜交替了几次，晚上那圆球缩小了许多，这时我也开始能区别出不同的感觉了。我逐渐看清了给我水喝的清澈的小溪和用枝叶遮蔽我的树木。最初发现一种美妙的声音传入我耳里时，我非常高兴。后来才发现那声音发自一种小东西的喉咙，那东西长了翅膀，常常遮去我眼前的光。我也能更准确地观察周围东西的形象，看见了包围我的光的天篷的边缘。有时我试着发出像鸟儿那样好听的歌声，却没有做到。有时我想以自己的方式表达情绪，可我迸（bèng）发出的那种含混刺耳的声音反倒吓得我不敢出声了。

“月亮在夜空中消失了，然后再次出现，不过变小了。我还待在树林里。这时我已经有了清楚的感觉，头脑里每天都有新的概念。我的眼睛习惯了光，看见了事物的确切形象。我区别开了虫子和野草，然后又一步步地区别开了不同的野草。我发现麻雀发出的声音不好听，而乌鸦和画眉的声音却悦耳动人。

“有一天，我冷得难受了，找到了流浪乞丐留下的一个火堆。火堆给我的温暖叫我快活得不得了。我一高兴就把手伸到火炭上，却立即大

[1] 指月亮。——译者注

叫了一声,缩了回来。好奇怪呀!同样的东西竟能产生完全相反的效果!我检查了火的原料,发现是木头烧的,急忙弄到了一些树枝,可树枝是湿的,点不燃。我心里难受,就静静地坐着,望着火燃烧。我放在火堆边的树枝给烤干了,烧了起来。我想了想,摸了摸不同的树枝,发现了原因。于是我花了些工夫,弄来大量的树枝,烤干了就有大量的柴火了。黑夜的到来,带来了睡意,我非常担心火会熄灭。我用干柴火把它压上,再盖上潮湿的树枝,然后才在地上铺开大衣,进入了梦乡。

“醒来时天已亮了,我第一个担心的就是火。我揭开树枝,很快,一阵微风就扇出了火焰。这个我也观察到了,于是用枝条做了一把扇子。火快熄灭时,我一扇,火就旺了。夜幕再次降临时,我还快活地发现,那火不但发热,而且发光。这个发现对我的食物也大有用处。因为我发现某些旅客扔掉的东西比我从树上摘来的浆果好吃多了。我也就学着用同样的办法烘烤食物。我把食物放到火炭上,发现浆果一烧就焦了,而坚果和块茎类食物却好吃了许多。

“不过,食物越来越少了。我常常要花一整天才能找到几颗橡果来解决难熬的饥饿。发现这个问题后,我决定离开栖身之地,去寻找更容易满足欲望的地点。但如果离开,我就不得不放弃偶然得到的火堆。我非常难受,因为我不知道怎样造火。我花了很多时间严肃思考了这个难题,却想不出任何办法,只好放弃了留住火的打算。我用大衣把自己一裹,就穿过树林,向落日的方向走去。我像这样随意走了三天,终于来到了一片开阔地。前一天晚上那里才下过雪,土地上白皑皑的一片,很荒凉。我发现地上有一种湿的东西,冰凉的,冻得脚生疼。

“那时是早晨七点左右,我非常想得到食物和荫蔽之所。最后终于发现了一间小茅屋,无疑是为了方便牧羊人而搭成的。我非常好奇地仔细观察,见门开着,就走了进去。一个老头坐在屋里的火炉边,正在炉子上做早饭。他听见声音，转过头来，一见到我就大声地尖叫，蹿出屋子跑进了旷野。凭他那病弱的身躯，竟能跑得如此之快。他那样子和我所见过的东西都很不同，再加上他的逃跑，叫我多少吃了一惊。但那小茅屋的样子却迷住了我。那里雪和雨都进不去，地面也是干燥的。这就为我提供了一个精妙的庇护所，我就像受了火海焚烧的魔鬼来到了群魔殿一样，狼吞虎咽地吃掉了牧羊人剩下的早餐：面包、牛奶、奶酪（lào）和酒——我不喜欢酒。然后就被疲劳所征服，躺在干草上睡着了。

“我醒来时已是中午。太阳照在白皑皑的地上，明晃晃的，它的温暖吸引了我。我找出一个袋子装好那农民剩下的早餐，决定继续前进。我在原野里走了几个小时，黄昏时来到了一个村庄。村庄那东西看上去多神奇呀！在我面前陆续出现的一间间茅屋、整齐的农舍和高大的建筑，使我不能不肃然起敬。见到园子里的蔬菜、农舍窗台上放着的牛奶和奶酪，我产生了食欲。我进了一家最漂亮的农舍。可我的腿刚迈进门，孩子们就尖叫起来，一个妇女吓得晕了过去。整个村子都惊动了。有的人跑了，有的人则过来攻击我。石头、棍子，各种武器都向我飞来，我满身是伤。我向原野上跑，然后就心惊胆战地躲进了一个低矮的棚屋。屋里东西极少。在见识过村里那些‘宫殿’后，这里显得很寒碜（chen）。不过棚屋却在一家农舍隔壁。农舍看上去倒是规整，令人愉快。由于刚才那惨痛的经历，我不敢再进那门了。我的隐蔽地是用木头建造的，太矮，我要是进去就几乎坐不直身子。地上没有木板，是泥地，却也干燥。虽然有风从无数缝隙吹入，但它仍是个能躲雨避雪的好地方。

“于是我钻进去躺了下来。我很高兴找到了一个隐蔽地，虽然寒碜，却可以逃避季节的折磨，更可以逃避野蛮的人类。

“天一亮我就从窝里爬出来，想看看隔壁的农舍，再决定能否在我找到的这个住处待下去。这住处和农舍背靠背，三面都被包围，只有一面敞开着，通向猪圈和一个清澈的水池，我可以从那里进出。我用石头和木柴把所有缝隙都堵上了，以免被人看见。石头和木柴可以在必要时取掉，我出入自由。只有猪圈方向透过些许光线，但对我说来已经够了。

“像这样安排好了住处，我又在地上铺上干草。这时，我看见远处有个人影，就立马躲了起来，因为我对昨晚的遭遇记忆犹新，不愿受他摆布。好在我已准备好一天的粮食：一大块粗面包，偷来的。我还偷来了一个喝水用的杯子，有了它就比用手从附近干净的小溪里捧水喝方便多了。垫高之后地面能保持干燥。因为靠近农舍的烟囱，这小窝倒相当暖和。

“像这样作好了安排，我就决定在这个棚屋里住下去，直到出现新情况使我改变决定为止。这地方和我原来栖身的荒凉的树林相比，确实是个天堂——树林里地面总潮湿，树枝还滴雨。我高高兴兴地吃了早餐，正想拆下一块木板去取点水，却听见了脚步声，从缝隙里一看，只见一个年轻女人，头上顶着个水桶，从我的棚屋前走过。她很年轻，样子很温和，和我见过的村民和农舍仆人不同。但是她穿得很寒酸，只有一条粗布蓝裙子和一件亚麻布短外衣。金色的头发编成辫子，没有装饰。她看上去很坚毅，但是流露出忧伤。大约一刻钟以后，她回来了，头上顶着的水桶里装了不少牛奶。那负担似乎让她感到沉重。一个面色更加绝望的青年在路上迎了上去。他带着悲哀的情绪发出一些声音，从她头上接下奶桶，送进了农舍。她跟了进去，和他一起不见了。很快我又看见那青年，他手上拿了工具，穿过农舍后面的原野。那姑娘也在忙，有时在屋里，有时在院子里。

“我检查了我的住处，发现农舍以前有扇窗户开在我这小棚屋的墙上，只是用木板遮了起来。一块木板上有条几乎看不出的窄缝，眼睛可以望过去。通过这缝隙我可以见到一个小房间，粉刷过，很干净，但是几乎没有家具。在一个角落里坐了一个老人，靠近小火炉，双手支着头，似乎心情很差。姑娘忙着收拾房间。不一会儿，她从抽屉里取出一个东西，双手捧着，来到老人身边坐下。老人顺手拿起一个工具，在那东西上演奏起来，发出一种比夜莺和画眉的歌声还好听的声音。即使我这样从没见过美丽事物的可怜虫也觉得那场面十分甜蜜！那老人的银发和慈祥面容赢得了我的尊敬，年轻女人温和的态度也博得了我的喜爱。老人演奏了一支甜蜜又忧伤的曲子，我看见他那可爱的伙伴眼里涌出了泪水。可那老人没有注意，直到她发出了可以听到的抽泣声。这时老人发出了一些声音，那美丽的人儿放下手里的活儿，来到他面前跪下了。老人扶她站了起来，慈祥深情地望着她笑了。我感到一种独特的情绪，混合了快乐与忧伤，具有无法抵抗的力量。以前我无论饥寒还是饱暖，从没有过如此感受。那情绪叫我吃不消，我离开了窗户。

“那以后不久，男青年背着一捆柴火回来了。年轻女人到门口迎他，帮他取下柴火，抱了些进屋，放到炉火上。然后他俩去了农舍一角。他拿出一大块面包和一片奶酪，她似乎很高兴，就进菜园采了些蔬菜的叶和根，放进水里，端到火上，然后又去做家务。男青年又上菜园去了，似乎是忙着挖地，拔出菜根来。像这样忙了差不多一个小时，那年轻女人又和他一起干了会儿活儿，之后两人就进屋来了。

“这期间那老人一直在沉思，见他俩进来，就露出了较为快活的神色。他俩坐下来用餐，很快就吃完了。年轻女人又忙着收拾房间。老人由男青年搀扶着出门，在阳光下走了一会儿。这两个杰出的人的对比真是美妙得无法比拟。一个满头银发，老迈年高，慈祥地微笑着；一个则颀长文雅，五官匀称，无比精美。他们的目光和神态都流露出极度的忧伤和绝望。老人回到农舍，男青年拿起早晨没有用过的工具，到田野里去了。

“不久，夜幕降临。但令我异常惊讶的是，村民们用蜡烛制造了光，延长了白天。我还高兴地发现，太阳落山并没有结束我观察这些人类邻居的快乐。到了晚上，那年轻女人和她的伙伴各有各的活动——我不懂得的活动。老人再次拿起乐器，让它发出了早晨曾令我沉醉的异常美妙的声音。他刚停下，那青年又开始了活动。不是演奏，而是发出声音。那声音很单调，既不像老人的乐声，也不像鸟儿的啁（zhōu）啾。之后我才明白，他是在朗读。但那时我对字词的道理还完全不理解。

“像这样活动了一会儿，他们就灭掉了蜡烛，停止了活动，估计是休息了。”

第十二章

“我躺在干草上，没有睡着，回忆着白天的事。这些人给我的主要印象是态度和蔼。我很想和他们在一起，但是不敢。我还清楚记得前天晚上那些野蛮的村民是怎么对待我的。我决定，无论以后有什么打算，目前还得躲在这棚屋里，不出声地观察他们，看看他们行为的动机。

“第二天，太阳还没出来，这家人就起身了。年轻女人收拾房间，准备早餐。男青年吃完早饭就外出了。

“这一天过得和前一天一样。男青年总在户外忙碌，年轻女人则在屋里辛苦。我很快就发现那老人是个盲人，他的闲暇时间都用在了乐器和沉思上。两位年轻村民对那可敬的伙伴所表现出的爱戴与尊重简直无法描述。他们为他做各式各样的琐事，表示出孝心与尊敬，老人则报之以慈祥的微笑。

“他们并不十分快乐。男青年常常和他的伙伴走到一边去，似乎在哭。我看不出他们悲哀的原因，但是深受感动。连这样可爱的人都痛苦，像我这种有缺陷的孤独的可怜虫受点苦，也就不奇怪了。可是，这样温文尔雅的人为什么会不快活呢？他们有一套舒适的房子（在我看来，那是够舒服的了）和一切奢侈品。冷了有火烤，饿了有美味的食物，衣服也非常好，而且享受着彼此的亲情，每天都交换深情与相爱的眼神。他们的眼泪意味着什么？确实是代表痛苦吗？起初我还真不能回答这些问题。但是通过长期的观察，我也看出了一点端倪（ní），解释了一些看上去令人疑惑的问题。

“在相当长的时间以后，我发现了这个可敬的家庭的一个不安的原因，那就是贫穷。他们穷到了令人痛心的程度，营养主要靠的是园子里的蔬菜和一头母牛的奶。到了冬天，主人几乎无法给母牛弄到食物，它的奶也就出得很少了。我想，他们常常遭到饥饿的痛苦煎熬，尤其是那两位年轻人，因为有时他们把食物放到老人面前，却没有给自己留下吃的。

“这种孝心让我深受感动。以前我晚上常常偷他们的食物充饥，现在发现自己给他们带来了痛苦，就控制了自己的行为，靠从附近树林里采掘来的浆果、坚果和菜根填饱肚子。

“我还找到了另外一个办法帮助他俩。我发现那男青年每天要花大量时间为家里的炉子收集柴火，就经常在晚上拿起他的工具（它的用法我很快就摸索出来了），砍好足够他们几天用的柴火背回来。

“我还记得第一次这样做的情景。那年轻女人早晨开门时，发现门外有一大堆柴火，表现出非常惊讶的样子。她大声说了些话，男青年就出来了，也露出惊讶的样子。我高兴地看到，那一天他没有再去树林，而是去修理村舍，侍弄菜园。

“渐渐地，我又发现了一个更加重要的情况。我发现他们有一种交流经验的办法——发出不同的声音。我看出他们说的话有时会让听见的人心里和脸上表现出快乐或痛苦、微笑或难过。这确实是一门神奇的学问，我迫切地想要学会它。但我为此所做的努力都失败了。他们说得很快，而他们所说的话，因为没有具体的东西相联系，我也找不出线索理解它们的意思。但我非常用功，几次月圆月缺之后，我弄清楚了谈话里表示某些很熟悉的东西的字的意思。我学会了一些字，而且运用自如，例如‘火’‘牛奶’‘面包’‘柴火’。我也学会了农舍里人的名字。男青年和他的伙伴各有几个名字。老人却只有一个，就是‘爸爸’。那年轻女人的名字是‘妹妹’或‘阿加莎’，男青年是‘费利克斯’‘哥哥’或‘儿子’。当我能确认这些声音的意义而且能照着发音时，我所感到的快乐是无法描述的。我还分辨出了几个字，却不懂得意思，也不会用，比如‘好的’‘最亲爱的’和‘不快活’。

“我就是这样度过了冬天，农舍里的人文雅而美丽，我非常喜爱他们。他们沮丧时我也沮丧，他们高兴时我也和他们一起高兴。除了他们，我见到的人很少。偶尔有人进入农舍，来人那粗野的态度和鲁莽的步伐都只让我更加感到我的朋友们的文雅。我可以看出，那老人常常多方鼓励他的‘孩子’们（我听见他叫他们‘孩子’）把忧伤撇到一边。他的话语温和，口气快活，也让我感到快活。阿加莎尊敬地听着，有时眼里还噙着泪水——她设法悄悄地抹掉了。我常常发现她在听完父亲的鼓励后，表情和口气就快活了些。费利克斯的态度却不一样。他是这几个人里最忧郁的。即使在我这个没有经验的人眼里，他的创伤看起来也比他的亲人更深。但是，如果说他的样子更忧伤的话，他的口气却比他的妹妹更快活，尤其是在跟老人说话的时候。

“我可以举出无数的例子，虽然琐碎，却反映了这家农舍人的友好态度。在贫穷和匮乏的时候，费利克斯给他的妹妹带来了从雪地里探出头来的第一朵小白花。早上很早，趁她还没有起床的时候，他就给她清理了通向牛棚的路上的积雪，打好井水，再把木柴从外屋抱进去——他总是在外屋吃惊地发现许多柴火，这是一只看不见的手送来的。我想他有时还为旁边的一个农民干活。因为他常常一出去就要到午餐时才回来，也不见带柴火。有时他也在菜园里工作。但是在霜冻的日子里没有多少活儿干，他就给老人和阿加莎念书。

“起初这种朗读叫我非常不理解，但是我逐渐发现他在读和说的时候多次重复同样的声音，因此我猜测，他在书上发现了一些他懂得的符号。我也迫切想知道那是些什么。但是，在我连各种声音所表达的意思都还不清楚时，又能怎么办呢？不过，在这门学问上我也明显地进步了，只是还不够，还跟不上他们的谈话——虽然我已竭尽全力。我清楚地发现，虽然我迫切地想和他们见面，但是在我掌握他们的语言之前，还不能那样做。只有掌握了他们的语言，我才可能使他们不在意我这奇形怪状——摆在我眼前的鲜明对比一直给我提醒，让我不要忘了自己的问题。

“我一直很羡慕他们那完美的样子，那风度，那美丽，那细嫩的肤色。当我在一个清澈的水洼里看见自己的样子时，我是多么惊恐呀！起初我被吓得直往后退，不能相信那真是我映照在‘镜子’里的样子。到我完全相信我事实上就是那魔鬼的时候，我是满肚子最痛苦的羞惭和绝望。哎！这种奇形怪状带给我的致命后果，那时我还没有充分意识到呢！

“随着太阳越来越温暖，白天越来越长，雪消失了。我看见了光秃秃的树木和黑色的土地。

“从这以后，费利克斯更加忙碌了。令人难堪的饥饿威胁消失了。后来我发现，他们的食物虽然粗糙，却很健康。而且他们的收获也很丰富。园子里长出了几种新的植物。他们侍弄着，这类舒心快活的事情也越来越多。

“只要不‘下雨’（天上掉水他们就这么叫），老人每天中午都要由儿子扶着出门散步。天常常下雨，但是大风一吹，地面就干了。天气比以前舒服多了。

“我在棚屋的生活很有规律。上午我观察邻居的活动，当他们各自干自己的事时，我就睡觉。白天剩下的时间我也用来观察我的邻居。他们上床以后，如果有月亮或是很多星星，我就到树林里去采集自己的食物和邻居的柴火。回来时，只要有必要，我就给他们扫清路上的雪，也做些费利克斯平时会做的事情。后来我发现，这些看不见的手干出的活儿让他们非常惊讶。在这样的时候我听见他们使用过一两回‘善良天使’和‘神奇’这类词，但是我并不懂得这些词的意思。

“这时我的思想更加活跃了。我很想弄清楚这些可爱的生灵的动机和感情。我很好奇，想知道费利克斯为什么看上去那么痛苦，而阿加莎也那么悲哀。我这个愚蠢的可怜虫竟然以为我有能力让他们获得他们应有的快乐。在我睡觉或离开这里的时候，那值得尊敬的瞎眼父亲、温和的阿加莎和杰出的费利克斯就在我面前闪现。我把他们看作优秀的生灵，我将来的命运还得由他们做主。我想象了无数这样的画面：我去到他们面前时的情况，他们见到我时的情况。我想象他们会厌恶我，但我可以用温和的态度与和善的言辞先获得他们的欢心，再赢得他们的喜爱。

“这些念头让我欢欣鼓舞，给了我更大的力量去学习语言艺术。我的口腔器官确实粗糙，但还算灵活，虽然我的声音跟他们那柔和甜蜜的嗓音无法相比，但只要是我理解的词，我也能相当轻松地发出来。就像是《毛驴和小狗》中的毛驴，虽然动作粗重，却温和而深情，应当得到比拳头和咒骂更好的对待。

“春天的阵雨和宜人的和煦大大地改变了原野的面貌。冬日里蛰（zhé）伏不出、似乎躲在山洞里的人纷纷出现了，从事着各种种植活动。鸟儿的歌声更快活了，树木也发芽了。幸福的、幸福的大地哟！前不久还是那么荒凉、潮湿和病态，现在却成了连神灵也适宜居住的地方！大自然迷人的风光大大地鼓舞了我的精神。不愉快的过去从我脑子里抹掉了。现在，万物一片安宁，光明和幸福的希望给未来镀上了黄金。”

第十三章

“现在我要赶快讲述我故事里更动人的部分了。我要谈到的几件事以某些情感感动了我，改变了我，使我成了现在的样子。

“春天的脚步很快，天气温和，万里无云。令我感到惊讶的是，过去那么荒凉阴沉的地方，现在却是绿茵遍地，开满了最美丽的花朵，千百种馨香和美景愉悦着我的感官，使我神清气爽。

“就在这样一个日子里，这家人正稍作休息，老人弹着吉他，孩子们听着时，我注意到费利克斯脸上露出了无法描述的忧伤。他不停叹气，老人听到后，停止了演奏，从他的样子我猜想他问了孩子悲哀的原因。费利克斯以快活的口气作了回答。老人又开始弹奏，这时有人敲门了。

“是一位骑着马的女士，有个乡下人陪着，给她带路。女士一身深色服装，戴着厚厚的黑面纱，阿加莎问了她一个问题，那女士只简单地提起一个名字：费利克斯。那声音很悦耳，但和我所有的朋友的声音都不同。一听见这名字，费利克斯急忙来到女士身边。女士一看见他就掀起了面纱，我看见了天使般的面孔和表情：一头鸦羽般光亮的黑发梳成一个独特的发髻，一双黑色的眼睛顾盼生姿，却又温和似水，五官匀称，皮肤惊人地白皙，面颊上泛着可爱的红晕。

“费利克斯一见到她就快活异常，脸上的忧伤完全消失，取而代之的是令我难以置信的极度欢乐。他眼里闪着光，脸上泛起了欢乐的红晕。我觉得他那时简直和客人一样美丽了。这时，那女士似乎百感交集，她从她那可爱的眼角边抹去了几滴泪水，向费利克斯伸出手来。费利克斯狂喜地吻了她的手，从我能辨明的声音看来，他是叫她‘甜蜜的阿拉伯人’。她好像没有听懂他的意思，只笑了笑。他扶她下了马，打发走了她的带路人，引她进了农舍。他和他爸爸交谈了一会儿，那年轻的客人跪到了老人膝前，想要亲他的手。他却扶她站了起来，热情地拥抱了她。

“我很快就发现，虽然客人发出的声音很清晰，说的却是自己的语言。村舍居民听不懂她的话，她也听不懂村舍居民的话。他们打了许多我不懂的手势，但是我能看出，她的到来给这里带来了欢乐，驱散了他们的忧伤，有如阳光驱散了晨雾。费利克斯似乎特别高兴，满面笑容地欢迎了他的阿拉伯人。阿加莎，那永远温和的阿加莎，亲了亲可爱的客人的手，指着她哥哥做了几个手势，我猜那意思是：在客人到来之前哥哥一直很悲伤。几个小时就这样过去了。从脸上看去，他们都很高兴，是什么道理我就不明白了。很快，我从客人反复跟随他们说出的某些声音猜测，客人是在努力学习村舍居民的语言。我马上就意识到，我也应该利用这个机会，多学习他们的语言。客人在第一次上课时学会了二十来个词，大部分都是我以前就理解的。但我也有所收获，学会了几个新词。

“夜幕降临后，阿加莎和阿拉伯人很早就休息了。分手时费利克斯亲了亲客人的手，说了声‘再见，可爱的莎菲’。他自己却迟迟未睡，坐下来和他父亲谈了很长时间的话。因为他俩常常重复那可爱的客人的名字，我猜想他们谈话的主题就是她。我很想听懂他们的意思，就集中了注意力，却发现仍是徒劳。

“第二天早晨，费利克斯出门干活儿去了。阿加莎做完日常家务后，那阿拉伯人就坐到老人膝前，拿起吉他弹奏起来。调子很美，非常迷人，我立即流下了悲喜交集的泪水。她唱了起来，声音时而高昂嘹亮，时而抑郁低回，带着丰富的起伏，有如林里的夜莺。她唱完之后，把吉他递给了阿加莎。阿加莎起初还推让，后来就弹了一支朴素的曲子，和客人那神奇的调子很不相同。老人似乎激动了，说了几句，阿加莎努力向莎菲解释。老人似乎是想表示：莎菲的音乐给了他最大的快乐。

“现在，他们的日子过得跟从前一样平静。唯一的变化是我朋友们的脸上总是欢欢喜喜，不再忧伤了。莎菲总是那么快活，她的语言和知识都在飞快地进步，我也在跟着进步。两个月后，我已开始懂得我的保护者们的大部分话语。

“与此同时，草木覆盖了黑色的土地，翠绿的河岸上点缀起了无数芬芳美丽的花朵，森林在月光下反射出星星点点的光。太阳更温暖了，黑夜晴和而馨香。晚上的漫步带给我极大的快乐，只是太阳出山晚了落山早了，黑夜长了许多。因为害怕再碰上我进入第一个村庄时所碰上的那类灾难，我从不敢在白天出门。

“为了更快地掌握语言，我的白天都用来仔细观察。我可以夸口说，我的进步要比那阿拉伯人快。她理解得很少，说话老结巴，而我却能听懂，而且几乎可以模仿出他们说出的每一个词。

“在口语进步的同时，我也跟那客人一起学习文字的学问。这给我打开了广阔的视野，令我又惊讶又高兴。

“费利克斯给莎菲上课用的课本是沃尔涅[1]的《帝国的灭亡》。如果费利克斯在读这本书的时候没有作非常细致的解释，我是不会懂得那书的含义的。他之所以选这本书，他说，是因为它的文风承袭了东方作家的衣钵，适合阅读。通过这部作品，我学到了一点粗略的历史知识，

[1] 沃尔涅，法国哲学家、历史学家、资产阶级思想家。

也知道了世界上现存的若干帝国的情况，还了解了世界各国的风俗、政府和宗教。我听到了亚洲人的懒散，希腊人惊人的智慧和思想，早期罗马人的战争，他们惊人的美德、之后的堕落，以及那个强大帝国的衰亡。我知道了骑士精神、基督教和国王们，还听见了美洲大陆的发现。我和莎菲一起为那里的原住民的不幸命运流泪。

“这些惊人的叙述让我产生了种种奇怪的感觉。人难道真是那么强大、那么道德、那么高尚，却又那么恶毒、那么卑鄙吗？人难道真能在这个时候看上去像邪恶魔王的子孙，在另一个时候又攀越想象力的巅峰，像神灵一样光明磊落吗？成为一个有道德的伟人似乎是最高的荣誉，而史书记载中的许多人之无耻凶狠又似乎庸劣到了极点，超过了瞎眼的鼹（yǎn）鼠和无害的昆虫。我很久都想不通：人为什么会杀死自己的同类？我甚至不知道为什么需要法律或政府。但是，等到我听见关于罪恶和流血的细节之后，就不再惊讶了，我满怀厌恶与难堪地背过了身子。

“现在，这些村民的每一次谈话都让我感到惊奇。费利克斯在给阿拉伯人讲解时，也向我解释了人类社会的奇怪制度。我听到了财产的划分、财产之庞大和贫穷之严重，听到了身份、门第和贵族血统之类的概念。

“这些话让我想起了自己的处境。我知道你们的同胞最崇拜的是高贵无瑕的门第和财富。有了二者之一就可以受到尊敬。若是二者都没有，就会被看作流浪汉和奴才，注定要给上帝选择的少数人做苦力！可我是什么呢？我对我的创造和创造者一无所知，我没有钱，没有朋友，也没有财产，只有一副奇形怪状、令人厌恶的外表。我甚至连人都不是。我比他们灵活，可以靠更粗糙的食物过活，比他们更能忍受极度的酷热和严寒。我的个子也比他们大得多。我环顾四周，就没见过一个像我这样的人，也没听说过。那么，我是魔鬼吗？是世上的污点吗？谁都不承认我是他的同类，一见到我就逃跑。

“这类思考给我带来的痛苦我无法向你描述。我努力摆脱这些念头。但我的烦恼却随着知识的增加而增加。啊，要是我一直停留在当初那座森林里，除了饥饿、口渴和暑热什么都不知道，那会多么好呀！

“啊，知识的本性是多么独特！一旦它抓住你的心就附着在上面，像苔藓附着在石头上一样。有时我希望摆脱所有的思想和感情，但我懂得的摆脱办法只有一个，那就是死亡。可死亡却是我非常畏惧且不理解的东西。我崇拜美德和善良的情感，也喜欢这些农舍住户温和的态度和友好的性格，但是我和他们是隔绝的，不能往来——只能偷偷摸摸地观察他们，而这恰恰又加强了我与他们往来的欲望。阿加莎的言谈温和，阿拉伯人的话语迷人，微笑也动人，却都不是冲我而来的。老人那温和的训示，受到喜爱的费利克斯的生动的谈话，也都不是对我说的。啊，痛苦的、不幸的、可怜的我呀！

“还有的课程给我的印象更为生动。我听说了性别的差异以及孩子的出生和成长，父亲是怎样钟爱地望着婴儿的微笑，听着幼儿调皮的话语，母亲的一生是怎样和她宝贵的孩子分不开的，青年的心灵是怎样扩展而获得知识的，兄弟姐妹和各种关系是怎样把人联系到一起的。

“可是，我的亲戚朋友在哪里？婴儿时期没有父亲望过我，没有母亲用微笑和爱抚给过我幸福，或者说，即使有过，我过去的生活也成了一段茫然，一个空白，一片污渍。我从其中区别不出任何东西。从最早的回忆起，我就是现在这样牛高马大。我还从没见过像我这样的人，也没人说过他跟我有什么关系。问题又来了：我是谁呀？回答只能是一个叹息。

“这些情感产生了什么样的影响，我马上就会解释。现在还是回到我的农舍住户身上吧。他们的故事激发了我一连串的情感：愤怒、欢乐、惊讶，可最终全都转化成了我对我的保护者们更多的爱与敬——我喜欢这样叫他们，既是出于天真，也是出于一种痛苦的自我欺骗。”

第十四章

“不久以后我就知道了我的朋友们的历史。那是一段段不能不在我心灵上留下印痕的历史。对于我这种完全没有经验的人来说，桩桩事件都是非常有趣又非常精彩的。

“那老人名叫德拉塞，出身于法国一个良好的家庭，在那里过了多年富裕的生活，受到达官贵人的尊重和同胞们的喜爱。他的儿子一出生就有官职，女儿是地位显赫的名媛。我来这儿之前的几个月，他们还生活在巴黎，一个奢侈的大城市，周围全是朋友，享有着德行、睿智、品位，再加上相当的财富所能提供的种种欢乐。

“莎菲的父亲给他们带来了灭顶之灾。她父亲是个土耳其商人，已经在巴黎住了多年，由于某种我不可能知道的原因，遭到了政府的厌恶。就在莎菲从君士坦丁堡赶来和他聚首那天，他被抓进了监狱，然后就受到审问，判了死刑。这判决之不公正异常明显，整个巴黎都愤怒了。大家认为他被判刑并非由于他所谓的罪行，而是由于宗教和他的财富。

“审判时费利克斯恰好在场，听见法庭判决后他愤怒得难以抑制，非常鄙弃。他当即发下庄严的誓言，要营救他出狱。然后他就四处奔走。在多次寻找门道进入监狱失败之后，他发现那建筑物的一侧没有守卫，那儿有扇结实的铁窗，从那里光线可以照到那不幸的伊斯兰教徒的地牢。老人在那里戴着镣铐，绝望地等候那暴虐判决的执行。费利克斯晚上来到了铁窗边，把营救他的打算告诉了囚徒。土耳其人很意外，也很高兴，为了燃起营救者的热情，他答应给他报酬和财富，费利克斯却拒绝了，对他的许诺嗤（chī）之以鼻。这时，可爱的莎菲正好来探视父亲。费利克斯一见那姑娘，就不能不在心里承认：这囚徒有个宝贝，足以回报他将经历的危险和痛苦。

“土耳其人立即看出自己的女儿在费利克斯心里留下了印象。为了让他更加专心致志地营救自己，他答应一逃到安全的地方就把女儿嫁给他。费利克斯处事稳重，没有接受这个建议，却也盼望着那种可能性，认为那将给他带来终身幸福。

“在随后的日子里，营救那商人的准备工作一直在进行。那可爱的姑娘写来的几封信提高了费利克斯的热情。她设法用爱她者的语言表达了她的想法——她父亲的一个懂法语的仆人帮助了她。她用最热情的词句对他打算为她父亲所作的努力表示了感谢，同时也稍稍哀叹了自己的命运。

“我住在棚屋时，想办法弄到了他们的书写工具。那些信大多是阿加莎和费利克斯的笔迹。我离开前会把复件留给你——它们将证明我这故事是真实的。但是现在，太阳快落山了，我只能简要为你复述一下信件的内容。

“莎菲说她的母亲是个阿拉伯人、基督徒，被土耳其人抓去做了奴隶。由于她的美丽，她赢得了莎菲父亲的欢心，就成了他的妻子。那年轻的姑娘总是用热情崇高的话语来讲述她的母亲。她说她原本是个自由人，现在却成了奴隶，但是她蔑视枷锁。她以自己的宗教教义教育女儿，让她追求更高的智慧和独立的精神——这些对穆罕默德的女教徒来说都是犯忌的事情。她的母亲死了，可她的教育却永不磨灭地印在了莎菲心里。她一想起回到亚洲，被关进闺房的四壁之间，只允许以一些和她的性情追求格格不入的幼稚娱乐混日子，心里就难受。现在她已经习惯于恢宏的思想和崇高的道德，向往着和一个基督徒结婚，在一个妇女有一定社会地位的国家里生活。

"土耳其人的死刑日期已经定了，但就在行刑前的那个晚上，他却逃出了监狱，去了离巴黎若干里格的地方——费利克斯以他父亲、妹妹和自己的名义办好了护照。之前他和父亲谈过这个计划，得到了他的支持。父亲以旅行的名义离开家，和女儿躲到巴黎的一个秘密地点去了。

"费利克斯领着逃亡者穿过法国，经过里昂，翻过切尼山，来到了意大利的来亨。商人决定在那里等候有利时机进入土耳其管辖的某个地点。

"莎菲决定在父亲离开之前一直陪伴着他。这时土耳其人重提了自己的承诺，要她和解救了他的人结合。于是费利克斯就陪伴着他们，等着结婚。在这段时间里，他与这位阿拉伯姑娘为伴。阿拉伯姑娘向他表达了最朴素最温柔的感情。他俩通过一个翻译对谈，有时也凭眼神交流。莎菲还为他唱她祖国的圣歌。

"土耳其人表面上纵容这样的亲密关系，让两个年轻的情人燃起希望，可心里却另有计划。他极不愿让女儿嫁给基督徒，却又怕自己的不冷不热引起费利克斯的不满。因为他知道，如果费利克斯把他出卖给意大利当局（他们那时住在意大利），他就在劫难逃了。他想悄悄带女儿跑掉。他作了许多计划，继续哄骗费利克斯，想一直欺骗到不需要欺骗的时候。从巴黎来的消息帮助他实施了这一计划。

"法国政府对囚犯逃跑一事非常愤怒。他们竭尽全力追捕越狱设计人，要予以严惩。很快，费利克斯的计划就被发现了。德拉塞和阿加莎被抓进了监狱。费利克斯得到了消息，他的幸福梦破灭了。一想起他那瞎眼的父亲和温和的妹妹被关在吵闹的地牢里，而自己却享受着自由的空气，而且和他所爱的人在一起，他就感到那是一种折磨。他立即和土耳其人商定，如果土耳其人能在他回到意大利之前找机会跑掉，莎菲便可以寄宿在来亨修道院里。安排妥当之后，他离开了那可爱的阿拉伯姑娘，赶去巴黎自首，以此来换取德拉塞和阿加莎的自由。

“但他并没有成功。德拉塞和阿加莎在监狱里关了五个月，直到审判开始。审判的结果是没收两人的全部财产，把他们永远驱逐出祖国。

“他俩在德国找了个村舍暂住。我就是在那里遇到他们的。费利克斯很快便发现，虽然他们因为那土耳其人遭到了旷古未有的迫害，那奸诈的土耳其人却在发现他的解救者遭到那样的贫穷和毁灭时，背弃了善良和荣誉，带着女儿离开了意大利，只侮辱性地给费利克斯送去了一点小钱，让他维持生活。

“我刚见到费利克斯时，正是这样的事情咬啮着他的心，使他成为全家最痛苦的人。他可以忍受贫穷，即便营救他人给他带来了不幸，他也引以为荣，但那土耳其人的背信弃义和他心爱的莎菲的失踪，却让他痛苦得无以复加，这才是无法弥补的。现在，这阿拉伯姑娘来了，把新的生命注入了他的灵魂。

“费利克斯被剥夺财产和地位的消息传到来亨时，那商人命令女儿作好回祖国去的准备，不要再思念她的情人。这命令违背了莎菲宽厚的天性。她想和父亲争辩，但是他重申了自己独断的训示后就怒气冲冲地离开了她。

“几天后那土耳其人来到女儿的房间，匆匆告诉她，他有理由相信他在来亨的住处已经暴露，当局马上就会将他引渡给法国政府。因此，他雇了一条船，在几个小时后就能将他送到君士坦丁堡。他打算把女儿托付给一个可靠的仆人，等他的大宗财产到达之后，从容地返回土耳其。

“待她单独一人时，莎菲下定了决心，作出了行动计划。她讨厌返回土耳其，她的宗教和感情对此都很抵触。她父亲有几份文件落到了她手里，从那儿她获悉她的情人被放逐了，也知道了他的居住地的名字。她犹豫了几天，终于下定决心，带上一些首饰和钱，又带了个女仆，离开了意大利，去往德国方向。女仆是来亨人，懂得土耳其的通用语言。

“她们安全到达了一个离德拉塞的农舍二十里格的市镇。但这时，她的女仆却得了重病。莎菲非常精心细致地照顾她，但那可怜的姑娘却死掉了，丢下阿拉伯姑娘孤身一人，既不懂得那个国家的语言，也不理解当地的风俗。不过，她却遇到了好人。那意大利女仆曾提起过她们要去的地方的名字。女仆去世后，她所住的房子的房东就作好安排，让莎菲安全到达了她情人的村舍。”

第十五章

“这就是我喜爱的那家人的遭遇。它深深地打动了我，让我见识了社会生活的方方面面，学会了崇尚美德，唾弃人类的邪恶。

“可我仍然把罪恶看成一种遥远的坏事，而在我面前的永远只有慈祥善意和慷慨大方。这在我心里激发出一种欲望，要在那么多可敬品质被唤醒的舞台上充当一个角色。在我智力的发展过程中，还有一件事我不能不讲，那事发生在那年的八月初。

“有一天晚上，我按老规矩到附近的树林里去为自己采集食物，也为我的保护者们砍柴。回来路上我发现了一个旅行箱，里面有几件衣服和几本书。我迫不及待地抓住宝贝回到了窝棚。那几本书是《失乐园》、普鲁塔克[1]的《名人传》和《少年维特之烦恼》[2]。幸运的是，我已在窝棚里学会了这些书的语言的基本知识。这些宝贝的获得给了我极大的快乐。现在，我在老朋友们忙于日常生活时，就不断研究这些故事，拓展我的思想。

[1] 普鲁塔克，古罗马时代希腊作家。出身贵族，其著作《希腊罗马名人传》是欧洲传记文学的先驱，为研究古希腊、罗马历史提供了重要资料。

[2] 《少年维特之烦恼》，德国作家歌德创作的中篇小说。描写进步青年维特对当时鄙陋的德国社会的体验和感受。

“这几本书对我的影响之大几乎是无法描述的。它们在我心里形成了许许多多新形象和新情感。它们有时使我狂喜，可更多的时候却使我消沉到了极点。《少年维特之烦恼》不仅故事生动易读，还描述了许多思想，阐述了许多我一直不理解的问题。我在其中不断地发现引起我猜测和惊讶的话题。它所描写的朴实而温馨的家庭生活，是与崇高的情操和思想结合在一起的，撇开了个人的得失，这与我的保护者们的经历很相似，也与一直涌动在我心里的需求相一致。但是我认为维特本人却比我所见过和想象到的任何人都要圣洁。他的性格深沉，从不装腔作势。关于死亡和自杀的讨论让我充满惊讶。我并不想对这事妄加评论，但我认同主人公的看法。我为他的逝去哭泣，虽然并不确切理解。

“我在读这本书时，常常设身处地地加以思考。看着我读到的人物，听着他们的谈话，我觉得自己跟他们像又不像，这种感觉很离奇。我同情他们，也在一定程度上理解他们，但是我并没有成熟的看法。我无依无靠，无亲无故。‘我要是想走，路是敞开的。’我要是死了，也没人哀悼。我的长相狰狞，身材庞大，这意味着什么？我是什么人？是干什么的？是从哪儿来的？要到哪儿去？这些问题老是出现，我却无法回答。

“我手上那本普鲁塔克的《名人传》写的是古代共和国创始人的历史。这书对我产生的影响和《少年维特之烦恼》很不相同。我从维特的想象学会了绝望和忧郁。但是普鲁塔克教给我的是崇高的思想，让我从自己的苦思冥想中摆脱出来，向高处攀升，去崇拜和热爱古代的英雄人物。我读到的许多东西都超过了我的理解能力和经验。我对各个王国、辽阔的乡野、浩瀚的河流和无边的海洋仅有些支离破碎的知识，对城市和人群更是完全没有概念。我唯一的学校就是我的保护者的村舍，我在那里学到了人性。可是这本书却向我呈现了更加广阔的画面。我读到管理国家事务的人的故事，他们统治着或是屠杀着自己的同类。我感到心中涌起了最强烈的情感：热爱美德，痛恨罪恶——就我的理解而言，这两个词的含义是相对的，我便将它们理解为快乐和痛苦。在这种感觉的影响下，我当然就崇拜提倡和平的立法者，比如努玛[1]和梭伦[2]，而不喜欢罗慕路斯[3]和提修斯[4]。我的保护者的家族关系让这些观念在我心里扎下了根。如果我对人类的最早认识是由一个为荣誉和砍杀所激励的青年军人启蒙的话，我心里的感觉也许就全然不同了。

“但是，《失乐园》所唤起的情绪却很不相同，它给我的感受要深沉得多。与我手里别的书一样，我把它当作真实的历史。它激起了我全部的惊奇与敬畏。全能的上帝与诸神交战的场面令人激动不已，我常将书中人物的遭遇当作我自己的遭遇，因为他们的处境和我很相似。我显然也和亚当一样，现存的东西与我没有任何关系。可是，在其他方面，他的处境却又和我截然不同。他是上帝亲手创造的一个完美的生灵，幸福兴旺，受到他的创造者的特殊关注。他能和一个个有着超常禀赋的生灵谈话，获得知识，而我却很凄凉，独自一人，孤立无助。我多次觉得，撒旦的处境倒更像我，因为我也常在我的保护者幸福快乐时从心里涌起尖锐而痛苦的嫉妒。

“还有一件事也加深了我的这种情绪。我到这窝棚后不久，就从你实验室的衣服口袋里发现了一些文件。起初我并没在意，但现在我能阅读书面文字了，就在上面花了些工夫。那是你在制造我的那四个月期间

---

[1] 努玛，全名努玛 · 庞皮留斯，古罗马统治者，王政时代的奠基者。

[2] 梭伦，古希腊雅典政治家，诗人。出身贵族。公元前 594 年任雅典执政官，立法实行政治、经济改革。

[3] 罗慕路斯，传说中罗马城的建立者。据说他和他的孪生兄弟勒莫斯是战神马尔斯的儿子，被母狼哺乳并由牧人抚养长大。在台伯河边建城，杀害其弟，以自己的名字命名新城为罗马。

[4] 提修斯，一译忒修斯，希腊神话中的英雄。雅典王埃勾斯之子，生于异乡，长大后为了寻父，一路斩妖除怪，除掉吞食童男童女的牛头怪物。后回国登上王位，修建雅典城。

的日志。在日志里你细致地记录了工作进程的每一个步骤——这段历史和你的家事记录混杂在一起。那些稿纸你自然都记得。它们就在这里，记录了一切，见证了我那倒霉的诞生。一连串可憎的细节全都在，描写了你所感到的恐怖和对我抹不掉的记忆。我读时感到恶心。‘给了我生命的可恨的日子呀！’我痛苦地惊叫起来，‘受到诅咒的创造者呀！你为什么要创造一个那么狰狞的魔鬼？就连你自己见了都厌恶得转过头！上帝出于怜惜，他制造的人是美丽的、可爱的，模仿的是他自己的样子。可我的样子却是最丑陋的人的形象——因为像人，所以才显得特别恐怖。撒旦还有伙伴呢，有一伙魔鬼做伴，崇拜他、鼓励他。可我却是独自一人，人人见了都恐惧。’

“这些，就是我在绝望和孤独时的想法。但是，当我想到村舍居民的德行、他们那友好善良的品质时，我就安慰自己：在他们知道了我对他们的崇拜时，他们是会同情我，不在乎我这奇形怪状的。他们能把一个来到门前乞求同情的人赶走吗？他毕竟是在乞求同情和友谊呀，尽管他是那么狰狞！我打定主意，至少不能绝望。我得作好一切准备，创造机会和他们见面。那将决定我的命运。我把见面时间推迟了好几个月，因为会面成功与否非常重要。我内心惴（zhuì）惴不安，害怕失败。而且我还发现，我的理解力每一天都在进步，因此我还不愿开始冒险，宁愿再等几个月，等我更加清醒之后。

“这时，村舍里又发生了几件事。莎菲的到来给大家带来了快乐。我还发现，他们的日子也越过越好了。费利克斯和阿加莎有更多时间娱乐和闲谈。他们还雇了仆人帮助干活。他们即使还不算富裕，但已心满意足，欢欢喜喜，情绪平和。可我的内心却是一天比一天激动。知识的增长只让我更清楚地发现自己是个多么不幸的被抛弃的可怜虫。不错，我还怀着希望。可当我看见自己在水里的倒影和在月光下的身影时，我的希望就像那倒影和黑影一样消失了。

“我努力打消这类恐惧，鼓励自己在几个月后去面对考验。有时我还听凭自己的想象信马由缰地跑进天堂的原野，不受理智约束，大胆地想象出一些友好可爱的生灵。他们同情我的感受，驱散我的阴霾。他们天使般的脸上露出安慰的笑容。可那却全部是梦。我的忧伤并没有夏娃来安慰，我的苦思也没有夏娃来同情。我是孤零零的一个人。我想起了亚当对造物主的哀求。可我的造物主是谁呀？他已经放弃了我，心里一痛苦我就诅咒他。

“秋天就像这样过去了。我带着惊讶和忧伤看见树叶慢慢地凋萎，然后飘落。大自然又恢复了那光秃秃的凄凉面貌，又成了我第一次见到树林和可爱的月亮时的景象。我并不在意天气的肃杀，我的体质更能承受寒冷，而不是炎热。但我喜欢花鸟和夏季美丽的盛装。待这一切都离开我时，我只好把更多注意力转向了村舍里的人。他们的欢乐并没有因为夏季的消失而减退。他们彼此相爱，其乐融融，并不受环境凋萎的影响。我越是观察他们，越是渴望他们的保护和善意。我在心里渴望自己得到这些友善的人的理解和喜爱。我的最大心愿就是能看见他们对我笑脸相迎，深情地看着我。我不敢想象他们会厌恶我、怕我，见到我就跑掉。来到他们门口的穷苦人从没被赶走过。事实上，我所需要的不是食物和休息，而是更宝贵的东西：关爱与同情。我不相信自己没有资格获得。

“冬天继续前行。这是我获得生命苏醒后第一次看完四季循环。目前我唯一关注的就是我的计划：和村舍里的人见面，向他们介绍自己。我设计了很多办法，但最终决定：在瞎眼老人独自在屋里时进去。我清醒地意识到，以前见到我的人害怕的主要是我这违背自然的奇形怪状。我的声音虽然难听，却未必可怕。因此我想，趁德拉塞老人的孩子们不在身边时获得他的善意，请他来介绍我，通过他获得我年轻的保护者们的宽容。

“有一天，太阳照在满地红叶上，虽已不再温暖，却仍弥散着欢乐，莎菲、阿加莎和费利克斯离开家，到田野里远足去了。老人自愿独自留在村舍里。孩子们走掉后，他就拿起吉他，弹奏了几支甜蜜又凄凉的曲子，比以前我听到过的还要甜蜜，还要凄凉。起初他脸上还闪着快乐的光。可是，继续弹奏下去，他就面露无声的悲凉。终于他放下乐器，坐在那里陷入了沉思。

“我的心跳加速了。考验的时刻到了。我要么将希望变为现实，要么将恐惧变为现实。仆人们都到附近的集市去了，村舍内外一片寂静。这是绝好的机会。但是，我想实行计划时，四肢却瘫软了，我坐到了地上。我鼓起浑身的力气站了起来，拆掉了将窝棚和村舍隔离的那几块板子。新鲜空气让我缓过了气，我再次下定决心，来到了村舍门口。

“我敲了敲门。‘谁呀？’老人说，‘进来。’

“我进去了。‘原谅我的打扰，’我说，‘我是个过客，需要休息。您要是能让我在火炉边坐几分钟，那就太好了。’

“‘进来吧，’德拉塞说，‘我会尽量满足你的要求。但抱歉的是，孩子们都不在家，我又是个瞎子，我担心自己不能给你准备食物。’

“‘别费事了，善良的主人。食物我是有的，我只缺温暖和休息。’我说。

“我坐下了。随后便是沉默。我知道每一分钟都很宝贵，可仍然举棋不定，不知道怎样开始谈话。这时老人对我说：‘从你的口音听来，客人，我估计你和我是同一个国家的人。你是法国人吗？’

“‘不是。但是我受到的是法国的家庭教育，只懂得法语。我现在想请求几个朋友保护。我真心喜欢他们，希望获得他们的好感。’

“‘他们是德国人吗？’

“‘不，是法国人。但是，我们换个话题吧。我是个被人遗弃的不幸的人，举目无亲。我想见的这些善良的朋友从没见过我，对我也所知甚少。我满肚子担心，因为如果我在这儿失败了，就成了被全世界永远抛弃的人了。’

“‘别绝望，没有朋友确实不幸。但是人嘛，只要心里没有明显的自私成见，都是充满兄弟之情和怜悯之意的。因此，相信你心中的希望吧！只要这些朋友是善良的、友好的，你就不要绝望。’

“‘他们是善良的，而且是世界上最优秀的人。可不幸的是，他们对我怀有成见。我是一片好心，这辈子从来没有伤害过谁，对人反倒有过些好处。但是，他们被一种严重的偏见蒙住了眼睛，分明是个善良而友好的朋友，他们却只看成可怕的妖怪。’

“‘这倒确实很不幸。不过，如果你确实没有伤害过谁，你就不能给他们解释清楚吗？’

“‘我正打算这么做。正因为如此，我才感到极其恐惧。我非常喜欢这些朋友，好几个月来我每天都在对他们表示善意。这对我都成了习惯，他们却还不知道，倒是认为我可能伤害他们。我想克服的就是他们这个成见。’

“‘你这些朋友住在什么地方？’

“‘就在这附近。’

“老人停了停，又说了下去，‘如果你把你的故事毫无保留地告诉我，我也许可以帮助你向他们解释。我是个瞎子，无法看到你的外表。但是你的言语说服了我，我相信你是真诚的。我是个穷人，被放逐到了国外，但是只要我的努力对别人真有好处，我是会感到高兴的。’

“‘杰出的人呀，我感谢您而且接受您慷慨的帮助。您这善意将我从困境中解救出来。我相信，有了您的帮助，我就可以得到您同胞们的

同情，不会被社会赶走了。’

“‘上天不会允许的！即使你真的犯了罪，上天也不会容许他们对你毫无怜悯之心——因为那样只会让你走投无路，不可能让你改邪归正。我也是不幸之人，虽然我和我的家人都清白无辜，却被判了刑。因此你想想看，我怎么会体会不到你的不幸呢？’

“‘我该怎么感谢您呀，我最好的也是唯一的恩人！从您的嘴里我第一次听见对我发出的慈祥之声。我会永远感谢您的，您现在的仁慈让我有把握在见到我的朋友时能取得胜利。我马上就要见到他们了。’

“‘你能告诉我你那些朋友住在哪儿吗？’

“我停了停。我认为这是决定性的时刻。它将决定我是获得快乐还是继续不幸。我努力让自己坚强起来回答问题，但是，没有用，我的努力耗尽了我浑身的力气。我趴到椅子上，大声呜咽起来。这时，我却听见了我的几位年轻恩人的脚步声。一点时间都不能耽误了，我急忙抓住老人的手，大叫：‘现在正是您拯救我、保护我的时候！您和您的全家正是我所寻找的朋友。现在正是考验的时候，请别抛弃我！’

“‘伟大的上帝呀！’老人惊叫起来，‘你是谁呀？’

“就在这时，农舍的门开了。费利克斯、莎菲和阿加莎走了进来。他们看见我时的恐惧和惊讶谁也无法描述。阿加莎晕倒了，莎菲什么也顾不上了，跑出了村舍，费利克斯却扑上前来，使出超自然的力气把我从他爸爸身边拽开了——我正抱着他的腿。费利克斯气得发了疯，把我往地上一搡，便抓起棍子，狠狠地揍我。我要是动手，是可以把他的手脚扯断，有如狮子撕裂羚羊似的。但是我心里难过，没有那勇气，就忍住了。我被痛苦和悲伤压倒，见他第二棍就要打来，便跑出了村舍，趁着混乱偷偷躲进了我的棚屋。”

第十六章

“该死的、该死的创造者呀！我为什么要活下来呀？为什么不在那一刻熄灭你荒唐赐予我的生命火花呢？我还没有完全绝望，我的感觉是愤怒和报复。我可以欢欢喜喜地毁掉那个村舍和其中的居民，看着他们尖叫和痛苦，以解我心头之恨。

“夜幕降临时，我离开了躲藏的地方，到树林里去游荡。我再也不用担心被谁发现了。我用恐怖的号叫发泄我的痛苦，像一头挣破了罗网的野兽，摧毁了阻挡我的一切。我像鹿一样在树林里飞快地奔跑。啊，那是一个多么痛苦的夜晚呀！冷冰冰的星星嘲弄似的照耀着我，光秃秃的树在我头顶摇晃着枝条。万籁俱寂，只偶尔有几声美妙的鸟鸣。一切都在休息，或是在享乐，只有我例外。我就像魔王，心里有一座地狱。我发现自己得不到同情，就恨不得把树木都拔起来，在四周制造灾难，大搞破坏，然后再坐下来欣赏破坏的成果。

“可这是一种无法长久的感官享受。精疲力竭之后，我只好躺倒在潮湿的草地上，满心绝望，无能为力。人类有千千万，可他们没有一个同情我、帮助我。我还要向我的敌人表示友善吗？不，我宣布，从那时起，我要对所有人发动永久的战争，尤其要对那个制造了我、把我送进这痛苦得无法忍受的世界的人发动战争。

“太阳升了起来。我听见了话语声，知道那天白天我是不能再回到那个藏身处了。于是我躲进了一个稠密的灌木丛，决心用随后的时间对自己的处境进行反思。

“愉快的阳光和白天纯净的空气让我在一定程度上恢复了平静。当我仔细思考了村舍里出现的问题后，我不能不承认自己的结论下得太仓促。毫无疑问，我行事不谨慎。我的谈话显然已经引起了那位父亲的兴趣，这对我有利。可我让自己被他的孩子们看见，引起了他们的恐惧这一做法却是愚蠢的。我应该让德拉塞老人和我熟悉起来，然后再一步步地让他家人看见，让他们对接近我有所准备。但是我觉得那错误仍有可以挽救的余地。经过长时间的思考，我决定重回农舍，找到老人，通过解释把他争取过来。

“这些想法让我平静下来。下午，我舒舒坦坦地睡了个好觉，但是我血液里的烈火却不容许我平静地做梦。前一天那恐怖的场面一直在我眼前浮现。女人们被吓得飞逃，愤怒的费利克斯把我从他父亲脚边拉开。我筋疲力尽地醒来时，发现已是晚上。我从隐藏处爬了出来，去寻找食物。

“吃饱了肚子，我又沿着那条熟悉的小路向农舍走去。那里一切平静。我钻进窝棚，悄悄地等待那家人平时起床的时间。时间已经过了，太阳已升得很高，他们却没有出现。我猛烈地颤抖起来，担心会出现可怕的不幸。农舍里很黑，我听不见动静。这种等待的痛苦简直是无法描述的。

“很快，两个乡下人从那里经过，在村舍旁停下了。两人指手画脚地交谈起来。因为说的是那个国家的话，和我的保护者说的话不同，我听不懂。不过，费利克斯和另一个人很快就来了。我很惊讶，因为我没有看见他那天早上离开农舍。我迫切地等待着，想从他的话里听出那些反常情况的原因。

"'你考虑过没有，'他的伙伴对他说，'你得白付三个月的房租，而且损失菜地上的收获。不该得到的好处我是不愿得到的，因此，我请求你再花几天时间考虑好你的决定。'

"'完全不用考虑了，'费利克斯回答，'你这房子我们再也不会住了。我父亲的生命遭到了巨大的威胁。那可怕的情况我已告诉过你。我的妻子和妹妹也吓坏了，不会再回来了。我求你别再和我争辩，把房子收回去，让我逃离这地方吧！'

"费利克斯说这话时颤抖得非常厉害。他和伙伴进了村舍，在里面逗留了几分钟，然后就走掉了。从此以后我就再没见过德拉塞家的任何人。

"我在窝棚里度过了后半天，彻底绝望，心如死灰。我的保护者都走掉了，我和世界的唯一纽带断掉了。复仇和仇恨的情绪充满了我的心，我第一次没有压制它，任由情绪波动。我想到了伤人和杀人，可一想到我的朋友们，老德拉塞那平静的声音，阿加莎那温和的眼神，阿拉伯姑娘那无比的美丽，这类念头又终止了，我流下了滚滚的热泪，心绪稍稍得以平复。但是，我又想起他们痛打我、赶走我，不禁又发起了脾气。我勃然大怒，由于无法伤人，我就拿不会动弹的东西出气。黑夜到来时，我把各种易燃物堆放在农舍周围，清除了菜园里的所有植物。我压抑着心头的冲动，想等到月亮落山后再行动。

"夜深了，森林里刮起一阵狂风，急速地驱散了空中的残云。那股狂风之猛烈，犹如山崩地裂，吹得我头脑昏聩（kuì）、神志不清、不会思考了。我点燃一根枯枝，在我要献祭的农舍边愤怒地跳起舞来。我的眼睛一直盯着西方的地平线，等到月亮快挨着地面，圆球亏蚀了一点，才挥舞起燃烧的树枝。月亮落下了，我发出尖声的号叫，挥舞起火把，点燃堆积的干草、石楠和灌木。火借风势，村舍转瞬间燃起了大火。熊熊烈火包围了房屋，无数条毁灭性的火舌舔舐（shì）着它。

“等我深信无论谁来救火都无法挽救那房屋后，我才离开那里，钻进森林躲了起来。

“现在，茫茫大千世界就在我面前，我该何去何从？我决心远离这伤心之地。可是我遭人恨，惹人轻蔑，无论哪里，对我来说都同样可怕。最后，我想到了你。我从你那日志知道，你就是我的父亲，我的创造者，除了给了我生命的你，我还能理直气壮地找谁帮忙呢？费利克斯为莎菲讲述的功课里包含有地理知识,我从中学到了世界各国之间的相对位置。你既然把日内瓦说成是你的故乡，我就下定了决心到日内瓦去。

“可是，我能怎样确定方向呢？我知道要到达目的地必须往西南方走，而我的向导却只有太阳。我不知道要经过的城市的名字，也不能向任何人打听。不过，我没有绝望，我有希望得到支持，那人就是你——虽然我对你的感情只有仇恨，没有别的。麻木不仁的、没有良心的创造者呀！你把种种知觉和情感给予了我，却又抛弃了我，让我去承受人世的种种轻蔑和侮辱。我是有权要求你的怜悯和补偿的，我也只能要求你。因此我决心向你要个公道。我总是期望其他长着人的形象的生灵公平对待我，却从未成功过。

“我的旅途很漫长，历尽千辛万苦。我是在深秋季节从我长期居住的地点出发的。我害怕遇见人，只在晚上行动。大自然在我周围枯萎衰败，太阳失去了热力，雨雪绵绵。大河开始结冰，地面也冻结了，很冷，光秃秃的。我找不到地方隐蔽。啊，大地呀！我多少次诅咒那给了我生命的人呀！我天性里的温驯消失了，内心塞满了怨恨与痛苦。我离你的住处越近，越能在心里感到复仇之火的燃烧。下雪结冰了我也没有休息，旅途中时而出现的一些情况为我指引了方向。我还有一张这个国家的地图，但我常常偏离路线漫游。痛苦折磨着我，不容我稍息片刻。每出现一次意外我都更加愤怒和痛苦。等我来到瑞士边界时，太阳已恢复了热力，地面重新出现了绿色，这时，又出了一桩怪事，大大加深了我的痛苦与恐怖。

“我一般都是白天休息晚上走路——晚上不会被人看见。不过，有一天早晨，我发现我要穿过一片深邃的树林，就冒险在太阳升起后继续走。那是一个初春的日子，阳光明媚，空气馨香，就连我都愉快了起来。我感到心平气和，心满意足——那感觉似乎死去了很久。这叫我非常惊讶。我让这情绪引领着前进，忘掉了自己的孤独与奇形怪状，竟然壮着胆子高兴起来。温和的泪水再次流满了我的面颊。我甚至怀着感激之情抬起泪眼望向神圣的太阳，是它给了我这样的欢乐。

“我继续踏着树林里的小径蜿蜒前进，终于来到了密林的尽头。一条水流湍（tuān）急、深不见底的河流绕着树林边缘奔腾。许多树木都弯下腰，把绽着绿芽的枝条伸在水上。我在那里站住了，不清楚该走哪条路。这时我听见了人声。我藏进了一株柏树的阴影里。我刚躲起来，一个姑娘就哈哈笑着向我藏身的地点跑来，仿佛在躲着什么人。她沿着陡峭的河岸跑着，突然，她踩虚了脚，摔进了滚滚急流。我从躲藏的地点冲了出去，竭尽全力和波浪搏斗，抓住了她，把她拉上了岸。姑娘已没有了知觉，我又竭力进行抢救。可突然来了个乡下人，他制止了我。他大概就是那姑娘笑着躲开的人吧。他一见我就蹦了过来，把姑娘从我手上拽开，带着她向树林深处匆匆地跑去。我不知道为什么，急忙追了上去。但是那人见我靠近，就用随身带的枪瞄准我开了火。我摔倒在地，伤害我的人以更快的速度钻进了树林。

“我的好心得到的就是这样的回报！我救了一个人的命，得到的报答却是残酷的伤害。我躺在地上抽搐，子弹射穿了我的骨头和肌肉，我非常痛苦。前不久我还是满心温情与善意，现在已只有咬牙切齿的地狱般的愤怒了。伤痛刺激了愤怒，我发誓要永远仇恨整个人类，而且要报复。我痛得非常厉害，坚持不住，昏死过去。

“我在树林里熬过了痛苦的几周，努力疗伤。子弹打进了我的肩膀，我不知道是留在了那里，还是穿了出去。总之，我无法取出。我之所以受伤，是由于对方忘恩负义、蛮不讲理。这让我更加痛苦。我发誓要复仇，我的誓言一天比一天深沉、严厉和凶狠。我要为自己受到的侮辱和痛苦复仇。

“几个礼拜后我的伤好了。我继续前进，再也没有春天的阳光和微风冲淡我的艰辛了。一切欢乐都嘲讽着我的孤独，让我更加痛苦地意识到，我就不是为享乐而生的。

“但我旅途的痛苦已接近尾声，两个月后我来到了日内瓦郊区。

“到达时已是黄昏，我在周围的原野里找了个隐秘处栖身。我考虑着用什么办法找到你。受到疲劳和饥饿的煎熬，我非常难堪，无法享受黄昏的微风和巍峨的朱拉山的落日美景。

“我昏昏沉沉地睡着了，这缓解了我劳心焦思的痛苦。这时，一个漂亮的孩子跑过来惊醒了我。那孩子跑进了我选择的隐秘处，满身的调皮劲。望着他时，我突然产生了一个念头：这小宝贝不会有成见，他还小，对奇形怪状也不会觉得恐怖。如果我能抓住他，把他当成伙伴和朋友培养，我在这人世上就不会那么孤独了。

“受到这念头的驱使，我就在那孩子经过时，抓住他往我身边拉。他一见到我这样子，就双手捂住眼睛尖声大叫。我把他的手从脸上硬拉开，说：‘孩子，你干吗那么叫呀？我没有伤害你的意思，听我说。’

“他仍然使劲挣扎，‘放开我，’他叫道，‘妖怪！丑八怪！你想吃我，想把我撕成碎片。你是个魔鬼！放了我，否则我就叫我爸爸。’

“‘孩子，你再也见不到你爸爸了。你得跟我走。’

“‘恐怖的怪物！放开我。我爸爸是市政官，是弗兰肯斯坦先生——他会惩罚你的，你不敢不放我。’

“‘弗兰肯斯坦！那你就是我敌人的家属了，就是我发誓不共戴天的家庭的人了。我第一个要收拾的正是你。’

“那孩子继续挣扎，用许多难听的话骂我，使我从心里感到了绝望。我抓住他的喉咙，不让他叫喊，不一会儿他就死去了，倒在了我的脚下。

“我盯着他看，因为那残酷的胜利我心里非常得意。我拍掌大叫：‘我也能制造不幸了！我的敌人并不是不能征服的。这孩子的死能让我的敌人绝望，无穷的痛苦将要折磨他、毁灭他！’

“我注视着孩子时，看见一个东西在他胸口闪闪发亮。我把那东西取了下来。那是个非常可爱的女人的肖像。尽管我满怀恶意，那画像仍吸引着我，软化了我。有好一会儿工夫，我一直快活地注视着她那黑色的眼睛、浓密的睫毛和可爱的嘴唇。但是马上，我的愤怒又回来了。我想起我已永远没有机会享有这类美丽生灵所给予的快乐了。我见到的画面上的人在见到我时，她那面容的完美与和蔼也会一变而为厌恶和恐怖的。

“想到这一切，我不由得怒火中烧，你能想象吗？但我唯一感到奇怪的是，我当时只是通过吼叫来发泄情绪，并没有冲着人类，在毁灭他们的斗争中让自己毁灭。

“当这种情绪压倒我时，我离开了杀人现场，寻找一个更加隐秘的地点躲藏。我走进了一个我以为是空着的仓库。那里有个女人睡在干草上。她很年轻，虽然没有肖像上的女人那么美丽，却也清秀，绽放着青春和健康的魅力。‘这儿就有这么一个人，’我想，‘她的微笑能令一切人欢乐，除了我。’我对她弯下身来，悄悄地说：‘醒来吧，最美丽

的姑娘，爱你的人就在你身边。只要你怀着深情望我一眼，我愿意为你贡献生命。亲爱的，醒来吧，我的情人！’

“睡觉的人动了动，一阵恐惧穿透了我。她要是真醒来，看见了我，会不会责骂我，谴责我这个杀人犯呢？——如果她那闭着的眼睛睁开来见到我，她肯定会那么做的。这个念头使我丧失了理智，惊醒了我心中的魔鬼——该倒霉的不是我，而是她。我杀人，是因为我永远被剥夺了她可以给我的东西，她应该作出补偿。罪恶的根源既然在她，她就应该受到惩罚！多亏费利克斯给我上的课和人类那血腥的法则，我学会了制造灾难。我对她弯下身去，把那肖像稳稳当当地放在了她衣服的褶子上。她又动了动，我跑掉了。

“我在发生这些事件的地点转悠了好几天，有时希望见到你，有时又决心永远离开这个世界和它的苦难。最后，我信步来到了大山里，逛完了它的高岩深窟。一种只有你能满足的愿望燃烧起来，折磨着我。在你答应满足我这愿望之前，我是不会离开你的。我孤独，我痛苦，别人都不和我来往。但是，一个跟我同样奇形怪状的可怕女人，她是不会拒绝我的。我应该有一个和我同类、跟我有同样缺点的伴侣。你必须制造这样一个女人。”

第十七章

那东西说完了，就瞪大了眼望着我，等我回答。但我很惶惑，很迷乱，无法整理好思想，充分理解他那要求的意义。他又说了下去："你必须为我制造一个女人，我和她能交流思想感情，那是我的生命所必需的。这事只有你一个人能办到，我有权要求你满足我，你是无法拒绝的。"

在他叙述村舍居民的平静生活时，我对他的愤怒已经平息，可他那故事的后半部分却在我心里再次燃起了愤怒，我再也按捺不住了。

"我就是要拒绝，"我回答，"无论受到什么折磨我也不会同意。你可以让我成为最痛苦的人，却不能让我成为自己都唾弃的人。我能制造一个和你同样的人，让你俩的邪恶共同摧毁世界吗？滚开！我已经回答了你：你可以折磨我，可我绝不会同意。"

"你错了，"魔鬼回答，"我不会威胁你，我愿意和你讲道理。我是因为痛苦才凶狠的。我不是遭到了所有人的回避和仇恨吗？你得记住，你，制造了我的人，可以把我撕成碎片，取得胜利；可你得告诉我，既然人家谁都不愿怜悯我，我干吗就该怜悯别人呢？你可以把我扔进冰窟窿，毁灭我的身体，而不把那叫作谋害，因为我是你制造的。那么，要是别人想毁灭我，我还要尊重他吗？谁能和我一起生活、互相关爱，我就不会伤害他，不但如此，我还会流着激动的眼泪感谢他接受我的帮助，给他一切好处。但那是不可能的。人类的理智是我们之间无法逾越的障碍。可我永远不会卑躬屈膝，像个下贱的奴隶。受到了伤害我就要报复。我既然不能让人爱，就得让人怕，主要是让我的头号敌人你怕。我发过誓要永远恨你，我的创造者。你得小心，我要设法毁灭你。不弄到你的心灵也感到孤独，我决不罢休。我要让你咒骂自己为什么出生。”

说着说着一阵魔鬼般的愤怒感染了他，他脸上露出了太过狰狞、没人敢看的皱纹。但是，他随即平静下来，说：“我打算讲理，这样冲动对我不利，因为你还不明白我之所以走极端，原因全在你。只要有一个人对我怀有善心，我都会一百倍、几百倍地报答他。因为他，我可以与全体人类讲和！但是，我现在抱有的种种幸福美梦却是无法实现的。我对你提出的要求合情合理，不算过分。我只要求一个女人，一个和我一样狰狞的女人。这要求不高，我能得到的也只能是这个了，我会知足。不错，我和她都是妖怪，和全世界都有隔阂。但也正因此，我们会更加互相依靠。我们的生活不会幸福，但也不会受到伤害，不会遭到我现在这样的痛苦。啊！创造了我的人呀！让我幸福吧！让我因为这恩惠而感激你吧！让我看见自己引起了某个活着的人的同情吧！不要拒绝我的请求。”

他感动了我，可一想到我同意他的请求所能引起的后果，我又不免心惊胆战。我觉得他的说法有些道理。他的遭遇以及他现在所表现出的情绪，说明他是个通情达理的人。而我，作为他的制造者，不也确实有责任给他我所能给予的快乐吗？他看出了我情感的变化，又说了下去：“你要是同意的话，你和别人就不会再看见我了。我要到南美洲辽阔的荒原上去。我的食物与人类不同。要填饱我的肚子，不用杀死山羊、绵羊什么的，橡果和浆果就可以给我足够的营养。我伙伴的天性也和我差不多，也能满足于同样的食物。我们将以枯树叶为床，太阳会像照耀人类一样照耀我们，也让我们的食物生长。我为你描绘的图景是和平的，富有人情味的。除非你心地凶残或滥用权力，否则你是不能拒绝的。你对我一向就是这样残忍，可现在我在你眼里见到了同情。让我抓住这有利时机说服你，满足我迫切需求的东西吧。”

“你的意思是，”我回答，“离开人类的居住地，到荒原去，那里只有野兽和你做伴。你这个渴望人类的爱与同情的人，怎么能在荒野里坚持下去呢？你还是会回来要求人们善待你，进而遭到厌恶。那时你的邪恶又会出现，而你又多了个搞破坏的同伙。这可不行，别再争辩了。我不能同意。”

“你的感情为什么这么反复无常？我的诉求刚才还打动了你，现在你怎么又硬起了心肠？我以我所居住的大地向制造了我的你发誓，我将和你给我的同伴离开人类居住的地点，到我所知道的最野蛮的地方去。那时我的邪念就会消失，因为我可以得到同情！我的生命就可以平静地结束，也不会在弥留时咒骂制造我的人了。”

他的话让我产生了一种异样的感觉。我同情他，甚至还希望能安慰他。但是，在我注视着他，见到那庞大的丑八怪的言行举止时，我又感到恶心，产生了恐惧和敌视的情绪。我努力加以克制。我想，我虽不能同情他，却也无权不给他我能给予的一点点欢乐。“你发过誓不害人，”我说，“可你已经表现出很大程度的恶意，让我有理由信不过你了，对不对？你如此信誓旦旦，这甚至可能是你制造的假象，对不对？就是为了扩大复仇的范围，取得更多的胜利。”

“你这是什么意思？我要求你回答。我可没有开玩笑，如果我没有约束，没有感情，就得有仇恨和邪念。对人类的爱可以根除我的罪恶，让我成为一个销声匿迹的人。我的种种邪恶都产生于被迫的孤立，而我厌恶这种孤立。当我跟和我平等的人一起生活、互相关爱时，我必然会表现出美德。感情敏锐的人对我的关心我是能感受到的，我能让自己成为万物之链的一环——可我现在却是被排斥在这一切之外的。”

我停顿了一会儿，想了想他所说的一切，以及他提出的种种理由。我想到了他在生命开始时是有可能表现出善良的，又想到了随后他的保护者们对他的厌恶和鄙弃使他失去了拥有善良情操的可能性。但是我也没有忽略他那力量和威胁。要想和一个能在冰窟里生活、在无法攀缘的悬崖峭壁上轻松上下的人作斗争，那是做梦。我想了很久，作出决定，为了公正地对待我的同胞，也为了还他一个公道，我应该满足他的要求。

因此我转过身来，对他说：“我同意你的要求。当我按照你的要求给了你一个女人，你就得遵从你那庄重的誓言，带着她永远离开欧洲，离开靠近人类的一切地方。”

“我向太阳发誓，”他叫了起来，“向蓝天发誓，也向我心里燃烧着的爱情发誓，只要你满足了我所企盼的要求，只要太阳和蓝天还存在，你就绝对见不到我了。去吧，回家去吧，做你的工作去。我会怀着万分焦虑的心情关注你的进展。别担心，在你完成工作之后我肯定会出现的。”

也许是怕我改变主意，他说完立马离开了我。我看见他比鹰飞还快地下了山，在崎岖不平的辽阔冰河上消失了。

他的故事讲了一整天，离开时太阳已接近地平线。我知道我得赶快下山，因为黑夜马上就会将我笼罩。但是我心情沉重，步履迟缓，这天发生的种种事情使我焦虑，在山间小径上穿行，又得步步踩稳，既累人又焦心。等我来到半途的休息处，在泉水边坐下时，夜已很深。星光随着云朵的飘移时隐时现，黑黢黢的松林矗立在我面前，地上到处是倒下的树。那庄严神奇的地点在我心里唤起了许多奇思怪想。我放声大哭，痛苦地绞着双手喊叫："啊，星星呀，云彩呀，风呀，你们都在嘲弄我。如果你们真可怜我，就该粉碎我的感觉和记忆，让我什么都不知道！要不然，你们就消灭我，让我留在黑暗里！"

这些都是痛苦的狂想，可我无法描写那永远闪耀的星星是怎样压迫着我，我是如何倾听每一次狂风的吼叫，仿佛那就是笨重丑陋的西罗科风[1]在刮向我，企图要消灭我。

我还没走到沙穆尼村，天就亮了。我没有休息，立即回到了日内瓦。我心里是什么感觉，连我自己也无法描述。它像山一样镇在我心上，异常沉重，让我连痛苦都已感觉不到。我就像这样回到家里，进了屋子，和家人见了面。我那憔悴疯狂的样子引起了极度的惊慌，但是我什么问题都不回答，几乎是一言不发。我似乎遭到了诅咒，没有权利要求他们的同情，永远也不能享受他们的亲情。但即使如此，我仍然很爱他们，敬仰他们。为了拯救他们，我决心把自己奉献于我最厌恶的任务。一想到这任务，我眼前的一切都成了梦，只有那念头才是生活的现实。

[1] 西罗科风：吹过南欧和地中海的一种暖湿风，往往夹着雨和沙尘。——译者注

第十八章

回到日内瓦后，日子一天天一周周地过去。我仍然鼓不起勇气开始工作。我害怕那魔鬼失望后的报复，却也厌恶那强加于我的任务。我发现，不花上几个月深入地研究和刻苦地探索，是无法制造一个女怪物的。我听说过一个英国博物学家的某些发现，那方面的知识对我的成功非常重要。为此，我想得到父亲的同意去英国一趟。但我又老是以某些理由拖延，不肯迈出第一步，老觉得这事对我又没那么必需。这时我的身体也出现了变化。原先衰弱的我现在健康多了。在精神上，只要没有想起那不愉快的未来，我也比先前愉快许多。我父亲见了这变化很高兴，就想根除我残余的忧郁——那忧郁还是不断出现，一出现就如一片漆黑挡住了即将吐露的阳光。在这样的时刻，我总是钻进绝对的孤独里躲藏起来。我到湖上去，独自一人划着小船度过一天。我望着云彩，听着水声，没精打采，一言不发。新鲜的空气和明朗的阳光往往在一定程度上让我恢复平静。回来后我也能用更快活的心情和更自然的微笑来迎接亲人的话语。

有一天我漫游回来，父亲把我叫到一边，对我说："我很高兴地发现，亲爱的儿子，你已经恢复了过去的快乐情绪，似乎要回到当初的样子了。可你仍然不幸福，仍然回避和我们交往。我好些日子想不通其中的道理。可昨天我有了个想法。如果我这个想法有根据，我要求你同意此事。在这样的问题上保守不但无用，而且会给大家带来更大的痛苦。”

他这开场白使我猛烈地颤抖起来。父亲说了下去：“我承认，儿子，我一直盼望着你和我们亲爱的伊丽莎白结婚，那是家庭幸福的纽带，也是对我衰朽之年的支撑。你俩自幼年起就一起读书，互相喜爱。你们的品行和趣味看来完全是一致的。但是人的经验都很盲目，我认为最有利于我的计划的东西，却可能整个地推翻它。你也许只把她看作你的妹妹，并不想和她结婚；也可能遇见和爱上了别人，却担心在道义上应该和伊丽莎白结合。这个矛盾恐怕就是让你感到极度痛苦的原因。”

“亲爱的父亲，你放心好了。我打心眼儿里真诚地喜欢我表妹，像伊丽莎白那样引起我最热烈的崇拜和喜爱的女人，我还没有见过。我未来的希望和前景都是与我俩的结合分不开的。”

“亲爱的维克多，你在这个问题上的表态给予我的快乐，比我很久以来所感受到的强烈得多。你既然有这种想法，我们肯定都高兴。我觉得，目前的情况虽然给我们带来阴影，但是，阴影终究能被驱散。看来严重笼罩了你心灵的也是这件事。那么，你就告诉我，你是否愿意立即举行结婚仪式呢？我们一直不幸，最近的事件破坏了我们平静的生活，对我这衰迈之年的人尤为不利。你还年轻，可我认为，你既然有可观的财富，早日成婚也不会干扰你得到未来的荣誉。不过，你也别以为我有命令你们的意思。就算你们推迟结婚，我也不会感到不安。我要求你充分理解我的话，然后坦率而自信地回答我。”

我默默地听着父亲的话，好一会儿不知如何回答。我心里翻腾着一千种思绪，努力寻找答案。唉！立即和伊丽莎白结合是个令我惊慌的恐怖话题。一个庄重的诺言制约了我，那诺言我还没有实现，又不敢违背。要是违背了，落到我和我亲爱的家人身上的苦难会是多么沉重呀！我能在脖子上挂着那么巨大的重负进入婚姻吗？我的腰已经被压得弯到地上！我必须先办完我承诺的事，让那魔鬼带着同伴离开，然后才有希望获得和平，才能享受婚姻的欢乐。

还有一件事我必须完成：或是去英国一趟，或是和英国的博物学家长期通信。他们的知识和发现对于我目前要从事的工作是必不可少的。后一种办法旷日持久，而且未必能得到令人满意的结果，何况我还有种无法克服的厌恶：如果采取这种办法，我得在我父亲的大院里搞那恶心的工作，同时和我所爱的家人亲密往来。我知道可能发生的可怕意外有一千种，其中最轻微的小事也会泄露天机，把家人吓个半死。我还意识到，进行这项非人的工作时，我常常会控制不住自己，隐瞒不住自己的烦乱。做这项工作我必须远离我所爱的人，一旦着手就必须迅速完成，然后才可能与家人一起过平静愉快的生活。而诺言兑现后，那魔鬼也才会永远消失。我还想入非非，希望那时会出现意外将他毁灭，永远结束我这受奴役的生活。

我怀着这种感觉回答了父亲的问题。我表示想去英国一趟，但找了个借口，隐瞒了真实动机，不愿引起怀疑。我摆出认真的样子提出要求，父亲很容易就同意了。长时间以来，我一直深沉忧郁，其紧张程度类似于疯狂，现在，我竟然对这样的旅行产生兴趣，父亲很高兴。他希望环境的改变和种种消遣有可能在我回来之前就让我完全恢复健康。

旅行时间的长短完全由我自己决定。我估计的是几个月，最多一年。父亲对我关怀备至，为我找了个旅伴，没有告诉我就和伊丽莎白商量好，让克莱瓦尔在斯特拉斯堡[1]和我碰头。我一心想独自完成任务，但是旅行的一开始有朋友一道并不会造成干扰。事实上我倒很高兴，因为可以省去许多陷入疯狂思考的孤独时光。不但如此，亨利还可以阻挡敌人对我的干扰。如果我是独自一人，那东西会不会不断地让他那令人厌弃的身影出现，提醒我工作，追问我的进度呢？

因此我就决定了去英国。不言而喻，回来后就要和伊丽莎白结婚，父亲年迈，已经很讨厌婚期一拖再拖了。而对于我呢，这也是我所厌恶的工作给我带来的报偿，作为这无法比拟的痛苦的安慰：我解脱痛苦的奴役后，和伊丽莎白结婚的日子就会到来，然后就和她一起生活，忘掉过去。

我开始安排旅行事宜，却总有个感觉纠缠着我，让我惴惴不安，充满恐惧：我离开后，我的亲友们并不会意识到有敌人存在，没有人保护他们。而那家伙见我走掉了，一定会生气，然后去骚扰他们。但是他答应过我，无论我去什么地方，他都会跟着，他会跟我去英国吗？这想法本身很可怕，但是也让我感到安慰，因为这意味着我的亲友们是安全的。我所担心的反倒是出现相反的情况。在我成为那东西的奴隶后，我总是听凭自己的一时冲动行事。可我目前却强烈地感觉到，那魔鬼会跟着我。如此我的家人还不至于被他祸害。

我是九月底再次离开祖国的。旅行是我自己提出的，伊丽莎白也就默许了。但一想到我旅途劳顿，离开了她，独自在外风餐露宿，她就很不放心，安排克莱瓦尔和我同行做伴——不过，让女人放心不下的许多细枝末节，男人往往是看不见的。她很想让我早点回来，各种矛盾的情绪却让她难于启齿，只好默默地流着泪和我告了别。

我倒进了载我离去的马车，几乎不知道要去什么地方，也无心注意

[1] 斯特拉斯堡，法国东北部城市和最大的边境城市，位于莱茵河西岸。

经过了哪里。我只记得把化学器械收拾好，带着上路了。想到这一点，我心里百感交集。我经过了许多美丽和雄伟的风景，却目光呆钝，视而不见，只有满脑子恐怖的想象。我能想到的只有我旅行的目的地和要在旅行中完成的任务。

就这样倦怠地走了几天，走了很多里格，我到达了斯特拉斯堡，在那里等候克莱瓦尔。等了两天，他来了。天呀！他和我的差别有多大呀！他见了每一个新的景色都激动。一见到美丽的落日他就高兴，见到旭日东升，新的一天开始，他更喜欢。他向我指出沿途风景的色彩变化和天空的种种奇景。“这就叫生活！”他大叫，“我此刻就在享受生活！可你呢，我亲爱的弗兰肯斯坦，你干吗那么沮丧，垂头丧气？”事实上，阴沉的思想的确控制了我。我既没有见到黄昏的星星下落，也没有注意到莱茵河上的金色朝霞。要是你的话，我的朋友，见到克莱瓦尔用充满欢乐与感情的目光注视着沿途的景物时，一定会觉得他非常好玩，比听我叙述要有趣多了。我，一个痛苦的可怜虫，身边有一个诅咒出没，堵死了一切通向欢乐的路。

我俩商量好了，先从斯特拉斯堡坐小船沿莱茵河下行，到鹿特丹[1]，再从那里坐大船去伦敦。航行时我们见到了许多杨柳依依的小岛和几座美丽的城市。我们在曼海姆[2]停留了一天，离开斯特拉斯堡五天后就到达了美因兹[3]。过了美因兹，莱茵河更是风景如画。河水湍急地下泻，在小山间蜿蜒奔流。小山不高，但是陡峭，造型美丽。我们见到许多被郁郁苍苍的树林环绕的古堡废墟矗立在悬崖边，难以攀缘。这一段莱茵河真是多姿多彩。在这儿你见到的是嶙峋的山峰，峭壁上败落的

---

[1] 鹿特丹，荷兰第二大城市，也是欧洲重要的海港城市。

[2] 曼海姆，德国西南部港市，位于莱茵河右岸。

[3] 美因兹，德国古城，位于莱茵河和美因河交汇处。

城堡俯瞰着奔流的黑黝黝的莱茵河。突然绕过一个山包，你所见到的又是茂密的葡萄园、绿茵茵的河岸、蜿蜒的小河，以及一个个人口辐辏的城市。

我们这次航行正值收获季节。顺流而下时我们听见了劳动者的歌声。即使是心情沮丧、常为阴沉情绪左右的我，也都高兴了起来——我躺在船底，凝望着一碧如洗的蓝天，似乎被吸进了久违的宁静。连我都有这种感受，克莱瓦尔的心情还有谁能描述？他宛如进入了神仙世界，享受了凡人难于品味到的欢乐。“我见过自己国家的很多美景，”他说，“游览过卢塞恩和尤里的大小湖泊，那儿的雪山几乎笔直地插入湖水，投下了忧伤的似乎穿不透的黑影。要不是一座座翠绿非凡的小岛的欢快色调加以调剂，那景色肯定会带上阴沉与忧郁。我见过暴风雨袭击湖面时的情景。狂风掀起的波涛给人的感觉仿佛是把海洋化作了滔天飞注的瀑布。风涛愤怒地冲击着山麓（lù），牧师和夫人被山呼海啸击倒了，据说在晚风间隙里他们那垂死的喊叫还不时地依稀可闻。拉瓦莱州和佩德沃德州的山脉我都见识过。可这个国家，维克多，却比那些奇迹都更令我欣喜。瑞士的高山更巍峨，更离奇，但这美妙的河流两岸却有一种没有地方能比的魅力。你看看那边从峭壁上俯瞰的古堡吧，几乎全被可爱的绿叶遮住了，岛上的古堡也一样。再看那群从葡萄藤里走出的劳动者和被山坳隐蔽了一半的村庄吧。啊，在这里居住和守护的精灵呀，他们的灵魂一定和凡人息息相通，超过了我国那些住在冰河上或退避到人迹罕至的高山里的精灵。”

克莱瓦尔！亲爱的朋友！即使是现在，我也为记下你的话而高兴，而且对你赞扬备至——你非常值得赞扬。克莱瓦尔是个用“大自然诗情本身”铸就的人。他那热烈狂放的想象经过心灵感悟的磨砺（lì），灵魂里流溢着炽烈的真情。洞明世事者教育我们，他那种忠诚神奇的友谊只可能在想象里找到。但是，即使是全人类的共鸣也还不能满足他那迫切的需求。对外部自然景色别人只是仰慕，而他却是炽烈地爱：

大瀑的喧哗
如激情般萦绕着他；高耸的岩壁、
山岳，深邃幽暗的林地，
其色彩、形象，那时对他
都成了欲望、感受和爱恋。
无须依靠更遥远的思想
提供魅力，也不需要从眼睛
转借来的兴趣。[1]

可是，他此刻在什么地方？这个温和可爱的人，难道这个用那么多恣肆壮丽的思想构筑了一个世界的心灵（它的存在得依赖于其创造者的生命）永远消失了吗？他现在只在我的记忆里存在吗？不，不是的。你那铸造得如此神圣的、闪着美丽光芒的形象已经衰亡，但你的精神仍在访问你那不幸的朋友，给他安慰。请原谅我这番忧伤的倾诉。这些话是对亨利无可比拟的价值的赞美，虽然无用，却也能抚慰我这一想起他就难受的心。我还是讲故事吧！

离开科隆后我们去了荷兰平原。随后的旅行我们决定乘坐驿车——因为出现了逆风，水流太缓，无助于我们的航行。

这一段旅行再也没有美丽的风景引起我们的兴趣了。几天后我们到了鹿特丹，然后经海路去了英格兰。那是十二月下旬一个晴朗的早晨，我第一次见到了不列颠的白色峭壁。泰晤士河提供了一种新的景色，一

[1] 选自华兹华斯的诗《丁登寺》。——译者注

片片肥沃的平芜（wú）。几乎每一个市镇都令我们想起一个故事。见到蒂尔伯里[1]就想起西班牙的无敌舰队，而格雷夫森德、伍尔维奇和格林尼治这些地方，我在我的国家，就知道它们的名字了。

最后我们见到了伦敦的众多尖塔，圣保罗大教堂尤其雄伟，而伦敦塔则在英国历史上大名鼎鼎。

[1] 蒂尔伯里，位于英国伦敦东边泰晤士河口，1588 年曾作为抗击西班牙军的军事基地，英女王伊丽莎白一世巡幸此地，激励英军战败无敌舰队。

第十九章

我们在伦敦休息，并决定在这座神奇的名城住几个月。克莱瓦尔希望和当地有才华有成就的名人见见面，可对于我那却是次要目标。我主要忙于取得资料完成我的承诺。我很快就用到了介绍信，都是写给当时最杰出的自然哲学学者们的。

如果这次旅行是在我幸福的学习时期，我可能从中获得难以描述的快乐。但我的生命却遭遇了灾难，我拜访那些人只是为了获得他们可能给我的资料，与我的目的和利害生死攸关的资料。我生来不爱和别人交往。单独一人时我还可以用天上和地下的种种形象充满自己的心，亨利的语声也能给我安慰，我还可以欺骗自己，取得暂时的宁静。但是人们那些忙忙碌碌、欢欢喜喜、千篇一律的面孔又把失望送到了我的心里。我看见自己和人们之间有一道无法逾越的障碍，那是用威廉和贾斯汀的血筑成的。一回忆起与这两个名字有关的事件，我就满心痛苦。

我在克莱瓦尔身上看见了自己当年的形象。他很好奇，急于追求经验和知识。他所观察到的风俗习惯的差异对他来说是知识和快乐的无穷源泉。他还在追求一个向往已久的目标：去印度。他相信自己已经掌握了当地的种种语言，他对印度社会的见解可以大大地促进欧洲在那里的殖民活动和商业发展。而只有留在英国，他才能推进这个目标。他永远匆忙，只有我这忧伤沮丧的心情干扰了他的愉快（虽然我已竭尽全力地掩饰）。他刚进入一种崭新的生活，又没有忧患和悲痛的回忆，因此感到欢乐很自然。可我为了独自待着，就常常硬说有别的事，拒绝陪他出去。我开始收集进行那新创造所需的材料。那就像是把折磨一滴滴地不断滴到自己的头上——我说出每个有关它的想法都是一种极端的痛苦，每一个字都使我嘴唇颤抖，心跳加剧。

在伦敦过了几个月，我们收到一个人从苏格兰写来的信。当年他曾来日内瓦我家做过客。他在信上谈到他故乡的美景，然后问我们，那美景能不能诱使我们往北远行到珀斯——他所居住的地点。克莱瓦尔迫切地希望接受邀请。而我呢，虽然厌恶跟别人一起，却喜欢看山看水，看大自然用以装点自己居住地的精彩成就。

我们是十月初到达英格兰的，现在已经是二月了。我们决定一个月后就开始北行。这一次远征，我们不打算走通往爱丁堡的大道，而是去温莎、牛津、马特洛克和坎伯兰湖区，并决定在七月底左右结束旅行。我把我的化学器械和收集的资料打了包，决定在苏格兰高地北部某个偏僻角落把工作完成。

我们三月二十七日离开伦敦，在温莎逗留了几天，到美丽的树林里去逛了逛。那对我们山居的人说来是一种新的景色，参天的橡树，无数的飞禽走兽，一群群神态庄重的鹿，看上去都非常新奇。

我们从那里又去了牛津。进入城市时，我们心里充满了对一个半世纪前发生在那里的事件的记忆。查理一世[1]就是在这里聚集起他的部队的。当整个国家都抛弃了他的事业，聚集到国会和自由的旗帜下时，这

[1] 查理一世，英国国王。在位期间（1625—1649）与西班牙和法国进行战争，对内压迫清教徒，对抗国会，打击新兴工商业，引起英国资产阶级革命，两次挑起内战，战败后被处死。

个城市还忠于他。对于那不幸的国王、王后、王子和他的同伙（友好的福尔克兰、怪脾气的戈林）的记忆，使得这座城市的每一个角落都显得特别有趣——那时他们很可能在这里住过，往日的精神在这里落了脚。我们追寻着它的足迹，兴味盎然。如果这一类感受还没有在想象里得到满足的话，这城市的外貌也有足够的美让我们赞叹。一所所学院古色古香，街道几乎算得上堂皇，可爱的艾西斯河沿着街道流动，穿过一片片翠绿的草地，然后散开，化为一片片宁静的水面，倒映出一座座被古树环绕的塔楼、尖顶和圆拱。

我很欣赏这类景色,但对过去的回忆和未来的展望破坏了我的兴趣。我本是为平静的欢乐而生，青年时代从未感到过不满。即使曾被厌倦压倒，大自然的绮丽景色和杰出崇高的人的作品总可以吸引我的心，提升我的精神。然而现在我却成了一株遭到雷击的树，一直击到了灵魂。这时我更感到应该活下去，展示出我马上就将展示不出的东西：被摧毁的人性，别人觉得可怜、我自己觉得难堪的人性。

我们在牛津住了相当久，在近郊漫步，努力辨识出那些与英国历史的活跃时代有关的古迹。我们小小的发现之旅往往为随之出现的一系列景物而延长。我们参观了功勋卓著的汉普顿[1]的墓地，那爱国者倒下的战场。一时，我的灵魂竟提升了，摆脱了低贱卑劣的恐惧，思考起这些景物所体现的自由和自我牺牲的崇高意义来。我竟怀着崇高与自由的精神踌躇四顾，想要摆脱桎梏了。但我的桎梏是咬进肉里的。我又颤颤巍巍地倒了下去，回到可怜巴巴的自己，没有了希望。

我们恋恋不舍地离开牛津，来到下一个落脚地——马特洛克。这村子附近的田野风光在很大程度上像瑞士，只是都小巧些，翠绿的山峦后

[1] 汉普顿，全名约翰·汉普顿（1594—1642），英国国会领袖，1642 年在反对国王查理一世的战争中死亡。——译者注

也少了故乡那松林密布的阿尔卑斯雪峰。我们还参观了那神奇的岩洞和几个自然博物馆。那里的古玩珍奇的展出方式与塞沃克斯和沙穆尼没什么不同。当亨利说出沙穆尼这个地名时，我不禁颤抖了。我急忙离开了马特洛克，因为这地方令我想到那可怖的场景。

我们离开德比继续北行，在坎伯兰和威斯特摩兰过了两个月。现在我几乎可以想象自己就是在瑞士的群山里了。高山北部依然残留的小片积雪，处处的湖泊，岩石边湍急奔流的小溪，对我来说都是宜人的熟悉景物。在这儿我们还结识了几个朋友，他们几乎使我误以为自己已经快活起来。相比之下，克莱瓦尔比我高兴得多。因为和有才华的人在一起扩展了他的心智，他在自己的天性里发现了更大的潜力和智慧，那是与不如他的人在一起时难以企及的状态。“我可以在这儿过一辈子，”他对我说，“在这样的山里我几乎可以不怀念瑞士和莱茵河了。”

可他发现旅游生活的快乐里也包含了遗憾。他老感到紧张，到他平静下来时，却又发现自己不得不放弃使他愉悦的东西，去追求新的事物，然后再抛弃这个新事物，去追求另一个新事物。

我们还没游完坎伯兰和威斯特摩兰的几个湖泊，还没对某些居民产生感情，和苏格兰朋友约定的时间就到了。我们只好离开新朋友，继续前进。我倒不感到遗憾，对自己承诺的工作我已很久没有理会，只是担心让那魔鬼感到失望的后果——他可能还在瑞士，正拿我的亲友泄愤。这想法紧随着我，我一有时间休息，它就折磨我。我像发高烧一样迫切地等待着来信。信一耽误我就着急，为千百种恐惧担心。信到时我若见到信封上是伊丽莎白或父亲的笔迹，就几乎不敢看，不敢确认我的命运。有时我以为那魔鬼已跟我来了，会杀死我的伙伴，以惩罚我的拖延。有了这种念头，我就像影子一样跟着亨利，时刻不离，保护他不受我想象中的毁灭者的暴怒袭击。我觉得自己像犯了大罪，这感觉萦绕着我。我没有犯罪，但一种可怕的诅咒确实落在了我的头上，像犯罪一样致命。

我耷拉着眼皮，心不在焉地逛了逛爱丁堡。可那座城市却连最倒霉的人也能吸引。克莱瓦尔对它的兴趣不如对牛津，因为他更喜欢牛津的古色古香。但爱丁堡这座新城市的美丽和规整，它那浪漫的城堡和环境，在全世界范围内也是令人赏心悦目的。亚瑟王宝座[1]、圣伯纳德古井和彭特兰丘陵是对旅途匆匆的补偿，令克莱瓦尔满心欢喜和崇拜，但我却迫不及待地想到达目的地。

一周后我们离开了爱丁堡，穿过了库珀尔、圣安德鲁斯，顺着泰河来到了珀斯。我们的朋友在那里等候着我们。但我却没有兴致和陌生人说说笑笑，没有用他们所希望的做客者的快活心情去理解他们的感受和计划。因此我就告诉克莱瓦尔，我想一个人游游苏格兰。“你自己找快活去吧，”我对他说，“我们就在这里会面。我可能要离开一两个月。但是我求你不要干涉我的行动，让我一个人安静几天。我希望回来时心情会轻松一些，和你的心境更合得来。”

亨利想劝阻我，但发现我决心已定，就不再反对了。他要求我多写信。“你一个人去游览，我倒很想和你一起去，就不用和这些不认识的苏格兰人厮混了。你早点回来吧，亲爱的朋友，你回来了我更自在些，你走了我不愉快。”

离开了我的朋友，我决定在苏格兰找个偏僻处所，独自在那里完成工作。我不怀疑那魔鬼会跟着我，我的工作一完成他就会出现，接受他的伴侣。

我带着这个决心穿过了高地北部，选定了奥克尼群岛中最远的一个小岛作为工作地。那里很适宜干这类活儿。那小岛光秃秃的，四壁陡峭，

---

[1] 亚瑟王宝座：爱丁堡附近的一个火山熔岩形成的地貌，高 251 米，在上面可以俯瞰爱丁堡市。——译者注

惊涛拍岸。贫瘠的土地只能为几头母牛提供点草料，为居民提供点燕麦。居民只有五个人，瘦骨嶙峋（lín xún）的手臂见证了他们那可怜巴巴的食物。如果他们要享用蔬菜、面包之类的奢侈品，就得从差不多五英里外的大陆送来，连淡水也不例外。

整个岛上只有三间可怜巴巴的茅屋。我去那里时有一间空着，我租了下来。那茅屋有两个房间，表现出严重的贫穷所导致的肮脏与破败。茅草屋顶下陷，墙壁没有粉刷，大门的铰链也松了。我找人将它们修理好，买了几件家具，然后住了进去。要不是那里的人被贫穷与肮脏弄得麻木了，我租房这件事肯定会让他们吃惊。但我入住时没有人来看热闹或打扰。我给他们一点食物和衣服，他们几乎也没有道谢——人类最朴素的感受力差不多被苦难消磨光了。

在这个隐蔽地点，我上午工作，晚上只要天气容许就到石头海滩上去散步，听听海涛在脚下拍打和咆哮。那景色虽然单调，却总是变化不息。我想起了瑞士。和这荒凉可怕的地点比起来，那里的景色迥然不同——山上长满了藤蔓，平原上处处有村舍，秀丽的湖泊倒映着和煦的蓝天。与这茫茫大海的咆哮相比，那里即使有大风吹刮，也只像个活跃的小儿在嬉戏。

初来时我就像这样安排好我的工作。但是一干起来，那工作却一天比一天可怖与可憎。有时我一连几天都劝说不了自己进实验室，有时我又昼夜不停地干，一心想着赶紧干完。事实上我所进行的是份肮脏的工作。上回做实验时，我的心思完全集中在工作的完成上，一种狂热让我对所从事的工作的恐惧视而不见。但是现在，我没有了激情，对手上的工作感到的只有恶心。

我从事着最可厌的工作，又沉浸在绝对的孤独里，没有任何东西能让我的思绪离开现场，哪怕是一小会儿。在这种情况下，我的精神状态简直是无法描述的。我感到不安、紧张，随时都担心见到那迫害者。有时我坐着，眼睛呆望地面，不敢抬头，怕的是见到我非常怕见到的那个东西。我也怕邻居离开，怕我独自一人时那东西会来向我要老婆。

我继续工作，取得了相当大的进展。我迫切地希望完成工作，同时又感到畏惧。我不敢让自己怀疑，心里却隐约混杂了不祥的预感，觉得恶心。

第二十章

有一天晚上，我坐在实验室里，太阳已经下了山，月亮刚从海上升起。光线不足，我难以工作，闲着没事，思考着是把活儿留到晚上还是不要休息一直干完。坐在那儿时我想了一连串的问题，思考起眼前这工作的后果。三年前我干着同样的工作，造出了一个魔鬼。他那无法比拟的野蛮使我的心荒芜了，永远充满最沉痛的悔恨。而现在，我又要造出另一个魔鬼，却不知道她以后的倾向。她有可能比她的伴侣还要狠毒一万倍，就喜欢为杀人肇（zhào）事而杀人肇事。那男的还发过誓要永远离开人类，到沙漠里去生活。但这女的却没有。她非常可能成为一个能够思考和推理的动物，拒绝签署一个在她生前制订好的合约。他俩甚至有可能彼此仇恨。那已经活着的人非常厌恶自己的畸（jī）形，他对以配偶形式出现在他眼前的畸形是否会更加仇恨呢？女的会不会对那男的厌恶地转开身子，去追求漂亮的人类呢？她可能离开他，让他再次陷入孤独。而被自己的同类抛弃会不会让这男的再次大发淫威呢？

即使他们俩都离开了欧洲，到新大陆的荒漠里去居住，他们渴望的同居生活的第一个后果就是生孩子。一个魔鬼民族就会在地球上繁衍生息，为人类制造一种充满恐惧的危险局面。我有权为了自己的利益而把这样的灾祸带给无穷的未来世代吗？我曾被自己制造出的魔鬼的诡辩所打动；我曾被他的魔鬼威胁弄得头脑不清。可这时，我第一次想到我的承诺可能带来的后果。我想到未来的世人会咒骂我，说我铸就了他们的灾祸，我由于自私自利竟然毫不犹豫地以很可能是全人类的生存为代价，换取自己的平安。

我发起抖来，心里感到畏缩。我抬起头，却在月光里见到那魔鬼就在我窗前，望着我干他所指派的任务，嘴角挂着一个狰狞的笑。是的，他确实是跟随我来了。他在树林里逗留，在岩洞里栖身，或是在辽阔的荒原里躲藏。现在他来看我的工作进展了，来要求我实践诺言了。

我望着他，他脸上露出了最恐怖的狰狞与狡诈。我想到自己还要再制造一个像他那样的祸害，就愤怒得发了狂。我浑身颤抖，把正在制造的东西哗啦哗啦地掰扯成了几块。那东西见我扯破了要和他一起过幸福生活的东西，就发出了一声魔鬼式的绝望与报复的号叫，然后走掉了。

我离开房间，锁上门，在心里发下庄重的誓言：决不再干这活儿了。然后我颤颤巍巍地找到了我的卧室。我独自一人，没有人在身边冲淡那阴霾，把我从最可怕的白日梦的恶心中解放出来。

几个小时过去了，我还在窗前望着大海。风浪已经平息，大海几乎一动不动。大自然在月亮的注视下休息了，只有几只渔船还点缀在水面上。微风偶尔送来点话语声，那是渔人们在彼此呼叫。我感受到了那寂静，直到岸边的桨声突然惊醒了我，我才意识到这寂静是多么深沉。有个人在我的住房附近上了岸。

几分钟后我听见我的门“吱”的一声响，似乎有人想轻轻推开。我浑身发抖，预感到了那是什么，很想惊动一个住在我草舍不远处的农民。但是我身不由己，站在那里呆住了——就像在恐怖的梦里，你总想在逼近的危险前逃跑，却站在原地无法动弹。

我立即听见脚步声从走廊里传来：门开了。我害怕的坏蛋出现了。他关上门向我走来，压低了嗓子说：“你把你已经开始的工作毁掉了，你想干什么？你敢破坏诺言吗？我跟随你离开瑞士，经受了无尽的痛苦和辛劳。我在莱茵河岸和杨柳岛上潜行，翻过了一道道山。我在英格兰的荒原和苏格兰的沙漠里住了几个月，忍受着无法预估的疲劳、寒冷和饥饿，你竟敢破坏我的希望？”

“滚！我就是要破坏我的诺言，我决不会再制造一个像你一样的东西了，像你一样恶毒、奇形怪状的东西。”

“混蛋！我本来是想跟你讲道理的，但是你证明了自己不值得我客气。记住，我有的是力量，你以为自己很痛苦，可我能让你痛苦得连天都仇恨。是你制造了我，可我是你的主人。服从命令吧！”

“我犹豫不定的时期已经过去，已经到了结束你的时候了。你的威胁不能逼我干邪恶的勾当，反倒让我下定了决心不给你制造作恶的伙伴。我能干出冷血的事，把一个以制造死亡和痛苦为乐的魔鬼放到世上来吗？滚！我坚决不干！你的话只会让我更加愤怒！”

魔鬼见到了我脸上的决心，知道发脾气也没用，就龇了龇牙。“每个人身边都有老婆，对吧？”他说，“每个野兽也都交配，对吧？我也是有感情的呀。可你们给我的感情却是厌恶和藐视！小子！你可以仇恨我，可你得小心！你以后的日子只会在痛苦与恐惧里度过。那时雷霆会劈下，永远夺去你的幸福！我在艰难困苦里挣扎，能让你快乐吗？我的其他情绪你可以不理会，可我这仇总是要报的。报仇，从今以后，报仇比阳光还要重要，比吃饱肚子还要重要。我可以死，但是你得先死。折磨我的人，暴君，你得先咒骂那望着你遭罪的太阳。小心吧，我无所畏惧，所以我有力量。我要像蛇一样狡猾地窥（kuī）伺，等着用毒牙咬你。小子，你会为你给我带来痛苦而后悔的。”

“魔鬼，住嘴，别拿这些凶狠的话语毒化空气了。我已向你宣布了我的决心，我不是胆小鬼，不会在威胁面前屈服的。滚开，我是坚定不移的！”

“那好，我走，但是你得记住，我会在你的新婚之夜来找你的。”

我扑上去大吼：“要想我死，你得先保证你自己的安全。”

我本想抓住他，但是他躲开了，突然离开了屋子。过了一会儿我就见他上了小船。小船像箭一样飞快地射过水面，消失在风浪里。

一切又归于平静。但他的话还在我耳里震响。愤怒燃烧着我，我要追逐那破坏了我的和平的人，把他扔到海里去。我在房里心烦意乱地大步徘徊，在想象里唤起的千百种形象折磨着我，刺痛着我。我为什么不赶上去和他交手，斗一个你死我活呢？我让他走掉了，往大陆方向走掉了。我想象着他下一步要害的人是谁，他那无法满足的复仇欲望要残害的人是谁。于是我又想起了他的话：“我会在你的新婚之夜来找你的。”那么，那一天就是决定我命运的日子。我就要在那个时辰死去，实现他那恶毒的愿望，消除他作恶的念头。这设想并不让我害怕，但一想到我心爱的伊丽莎白，想到她在发现新郎被那么野蛮地夺走时的满面泪痕和无穷悲伤，我的眼泪就簌簌地流了下来——这是我几个月来第一次流泪。我下定了决心，不和敌人来一场殊死的搏斗绝不倒下。

黑夜消失了，太阳从海上升起。我感觉平静了些，如果从激烈的愤怒转入绝望的深渊也能叫平静的话。我离开了屋子，离开前一天晚上对峙的恐怖现场，到海滩上去散步——我几乎把海滩看作了我和我的同胞间不可逾越的障碍。一个想法悄悄进入我的心底：但愿这就是鸿沟。我希望在这光秃秃的岩石上过一辈子。不错，它令人厌倦，但苦难不会在这里突然袭击我。我要是回了家，就会受到袭击，或是眼看着最心爱的人被我所制造的魔鬼攫走后死去。

我在海岛上徘徊,像个离开了全部心爱之人的往来蹀躞的痛苦幽灵。正午，太阳更高了，我在草地上躺下，昏昏沉沉地睡了一觉。前一天晚上我通宵没睡，再加上神经紧张和悲伤流泪，眼睛也发了炎。此时这一觉倒让我清醒了，觉得恢复了自己人的身份。我开始镇静地思考已经发生的事。那魔鬼的话仍像丧钟一样震响在我耳里。虽像是梦，却如现实般清晰而沉重。

太阳已经偏西很远，我仍在海岸边坐着，用一块燕麦饼填塞辘（lù）辘的饥肠。这时我看见一艘渔船在我身边靠了岸，有人给我送来了一个包裹，里面是从日内瓦来的信，还有一封是克莱瓦尔写来的，他要我回去和他在一起，说他在徒然浪费时间。他在伦敦结交的朋友来信建议他回去,继续磋（cuō）商印度之行的有关事宜,出发日期已无法再延后了。由于他回到伦敦之后，马上就要开始印度之行，动身日期比他预计的还要早，他求我和他在一起尽量多过几天。因此，他要我离开我那孤独的海岛，到珀斯和他见面，然后一起南行。这信在一定程度上把我唤回了生活，我决定两天后就离开这个海岛。

但是，在我离开之前，却有一项任务要完成，一想到这个我就心惊胆战：把我的化学器械打包。为此，我还得进入我从事那恐怖任务的房间，去收拾那些我一见就恶心的器械。第二天破晓我鼓起勇气，打开了实验室的门。那个制造了一半就被我掰成几块的“人”，凌乱地躺在地上。我几乎觉得自己曾经把一个活人掰开过。我站定后镇静了一会儿，之后才进入房间。我用颤抖的手把器械搬出来。可我又想起，不能把那些残骸（hái）扔在那里，引起农民们的恐慌和疑虑。于是我就把那些东西也装进一个篮子，压上许多石头放好。我决心当晚把它沉到海里去。随后，我坐在海滩上收拾和清洗我的化学器械。

从魔鬼出现的那个晚上开始，我的心态发生了翻天覆地的变化。过去想起我的诺言，我总怀着阴沉的绝望，只把它看作无论后果如何也必须完成的任务。可现在，我觉得就像从眼睛上撕去了一层膜，第一次能看清楚它了。重新开始那工作的想法再也没有出现过。虽然那魔鬼的威胁一直压在我心头，但我从没想过主动避免这种威胁。我已坚决认定：再制造一个和我已经造出来的魔鬼同样的东西是一种最卑劣、最恐怖的自私行为。我从心底清除了一切能得出其他结论的想法。

半夜两三点，月亮已经升起，我把篮子放上一只小船，开到了海外大约四英里的地方。那地方空荡荡的，几只小船正在往陆地行驶，我把船划开，避开它们。我觉得自己仿佛在从事严重的犯罪勾当，心惊胆战，怕叫人碰见。有一段时间，一直皎洁的月光突然被乌云遮住了，我就利用这阴暗的时刻把篮子扔进了海里。我听到篮子下沉的咕嘟声结束，就把船驶离了那里。天空又阴暗了，空气却清新，虽有刚吹起的西北风送来寒意，却让我觉得清凉又放心。我决定延长在海上逗留的时间，就把船舵固定在一个方向，自己在船底躺下来。云雾遮住了月光，一切都模糊了。我只听见小船的龙骨冲刺水波的吧嗒声，那声音让我安神，我沉沉地睡去了。

我不知道像那样睡了多久，但醒来时发现太阳已升得老高。风大浪急，海浪不断威胁着小船的安全。我发现刮的是西北风，我一定已被吹得离上船时的海岸很远。我努力改变航向，却很快发现，如果我继续这样行驶，小船上马上就会淹满水。

在这样的处境下，我唯一的办法就是顺风行驶。我承认我有些提心吊胆。我没有罗盘，对这地区的地理情况又知道得很少，太阳对我也没有帮助。我有可能被吹进茫茫的大西洋，遭受种种折磨，或者饿死，或者被身边澎湃的浪涛吞噬。我出海的时间已经很长，口渴得异常难受，那是其他苦难的前奏。我望望天空，天上满是大风驱赶着的一波波流云；我望望大海，大海即将成为我的坟墓。“魔鬼，”我叫道，“你的任务已经完成了！”我想到了伊丽莎白，想到了我的父亲，想到了克莱瓦尔——我把他们全都抛下了。那魔鬼还有可能拿他们撒气，来满足他那血腥残忍的欲望。这想法引起了一连串非常恐怖绝望的念头。即使到了此刻，那场景即将在我眼前永远结束时，想起来我也还是不寒而栗。

几个小时就这样过去了。随着太阳逐渐靠近地平线，海风弱成了微风，海浪也平静了下来。可海潮又随之掀起，我感到恶心，把不稳船舵了。这时，我突然见到了一线高起的陆地。

由于长期的疲劳和焦虑，我几乎已是筋疲力尽。可这突然的生机却像暖流一样融进了我的心窝，让我泪流满面。

人的感情是多么反复无常啊！即使痛苦到了极点，我们对生命仍然非常离奇地依恋！我用衣服做了张帆，急急忙忙向陆地驶去。那里看上去很荒凉，满是岩石。在我更靠近时，却一眼就发现了被开垦的迹象。我又在岸边发现了船只，突然意识到我已被送回到文明人身边。我沿着曲折的陆地小心地行驶，远远地看到一座小山顶后面露出一座尖塔。由于我已筋疲力尽，便决定直接向那小镇驶去——在那里容易找到吃的，幸好我身边还有钱。转过小山我看见了一个规整的小镇和海港。我开进了海港，我的心不禁为这次意外脱险快活得狂跳。

我正忙着固定小船和收拾船帆，几个人向我走来。我的出现似乎让他们非常吃惊。但是他们没有向我提供帮助，反倒是低声议论着什么。若是在别的时候，他们这样指手画脚肯定会叫我吃惊，可那时我只注意到他们说的是英语，便也用英语对他们喊话。“好朋友，”我说，“能麻烦你们告诉我这镇子的名字吗？我现在是在什么地方？”

“你马上就会知道的，”一个人回答，声音嘶哑，“说不定你到达的地方并不很对你的胃口呢。你要去什么地方也不会有人给你建议的，我保证。”

我感到非常惊讶，那陌生人对我的问题怎么能给出如此粗暴的回答呢？我又看见他的伙伴们也都怒气冲冲地皱着眉头，不禁有点犯怵。“你的回答为什么这么粗暴？”我问他，“英国人肯定没有这种不礼貌地回答陌生人的习惯。”

“英国人的习惯我不知道，”那人说，“但爱尔兰人倒有个习惯：疾恶如仇。”

对话进行时，我看到聚集的人越来越多，脸上都露出好奇和愤怒的表情。我很烦恼，也在一定程度上警觉起来。我打听去客栈的路，没有人回答。我向前走，他们却跟上来围住了我，而且议论纷纷。这时，一个不怎么善良的人走上前来，拍了拍我的肩膀说：“先生，你必须跟我到柯温先生那儿去一趟，交代一下自己。”

“柯温先生是谁呀？我干吗要交代自己？这不是个自由国家吗？”

“不错，先生，对于诚实人倒是够自由的。柯温先生是地方法官，你得去解释一下一位先生的死。昨天晚上那人被杀死了。”

这回答让我大吃一惊，可我立即镇定下来。我清白无辜，这是很容易证明的。于是我就跟随带路的人走，没有出声。我们来到镇上最好的一幢房屋。我又累又饿，快要趴下了。但周围全是人，我知道必须注意策略，竭尽全力坚持下去，别让他们把我的体力不支当作畏惧或心虚的表现。我丝毫没有想到随后出现的那场灾难——它转瞬间就压倒了我，其恐怖和绝望彻底征服了我对耻辱和死亡的畏惧。

我必须在这里停顿一下。为了恰当地叙述我就要回顾的恐怖事件的细节，我必须鼓起全部的勇气。

第二十一章

我立即被带到了地方法官面前。那是个慈祥的老人，态度平静温和。不过，他打量我时仍然带了几分严厉。然后他转向带我去的几个人，问谁是见证人。

有五六个人站了出来，地方法官指定了一个。那人证明说头天晚上他和他的儿子及妻弟丹尼尔·纽金特一起出海捕鱼。十点左右他们注意到一阵猛烈的北风刮来，便立即把船往港湾里开。月亮还没升起，是个漆黑的夜晚，他们没有在海港上岸，而是按照老习惯往下面两英里处的一个河淀开去。他扛着一部分渔具走在最前面，伙伴们跟在后面不远处。他在沙上走着，脚突然被一个东西绊住，整个儿摔倒在地。他的伙伴上前扶他，手上的灯笼一照，却发现他是摔在一个人身上。那人怎么看都像已经死掉了。他们起初只以为是个淹死的人被海浪冲上了岸。但是仔细一看，却发现那人连衣服都没湿，甚至身体都还没冷。他们立即把他送到附近一个老太婆的农舍里，努力抢救，但是没有成功。那人看来二十五岁左右，是个漂亮的青年，显然是被掐死的，因为他身上没有暴力的痕迹，只是脖子上有指头掐成的瘀（yū）青。

那证词的头一部分完全没有引起我的兴趣，但一提到指头掐成的瘀青，我却想起了我弟弟的死，不禁极度激动起来，手脚发抖，双眼发花，只好往椅子上靠。地方法官用一双敏锐的眼睛观察着我，见我这副样子，他自然认为我心中有鬼。

儿子证实了他父亲的描述。但是让丹尼尔·纽金特作证时，他确切地宣誓说，在他的伙伴摔倒之前，他见到离岸边不远处有只船，船上只有一个人。他能凭依稀的星光判定：那就是我刚才开上岸的船。

一个妇女作证说，她住在海岸附近，大约在听说发现尸体前一小时，她站在家门口等候打鱼的人回家，却看见一只船从后来发现尸体的海岸附近开走，船上只有一个人。

又一个妇女确认说，几个渔人把那尸体搬到她家抢救，尸体还没冷。他们把他放到床上，不断揉搓，丹尼尔还到镇上找过医生，但是已经太晚。

柯温先生又问了几个人关于我上岸的情况。他们都说，因为晚上北风刮得厉害，我很可能在海上闯来闯去，闯了几个小时，只好再回到原来出海的地点附近。他们还注意到，我很可能是从别的地方运来尸体，不认识这海岸；我很可能开进海港，放下了尸体，却不知道离镇子有多远。

柯温先生听完证词，建议把我送到存放尸体的房里去，看看我见到尸体时的反应。我在听见杀人方式时表现出极端的激动，也许正是因为这一点，柯温先生才想到了这个主意。于是我被地方法官和几个人带进了客栈。我不能不为那个多事之夜的离奇巧合惊讶莫名。但是，我知道发现尸体时我还在和我所住的岛上的人谈话，因此对这件事的后果非常坦然。

我进了存放尸体的房间，被带到了棺材旁。我能怎样描述自己见到那尸体时的感受呢？我到现在还惊恐得口干舌燥，一想起那个时刻仍然心惊胆战，痛苦异常。我看见躺在我面前的竟然是失去了生命的克莱瓦尔！这时，地方法官和见证人全都消失了，只像一个记忆里的梦。我倒抽一口气，扑到克莱瓦尔身上大叫："我那杀人机器连你的命也要了吗，我最亲爱的亨利？我已经毁灭了两个人，还有人在等待着自己的命运。可是你，克莱瓦尔，我的朋友，我的恩人……"

我这凡人的身体再也支撑不住我那痛苦，猛烈地抽搐起来，我被带出了房间。

随后我就发起了高烧，在死亡线上挣扎了两个月。后来我听说，我的满口呓语非常恐怖。我说我是杀死威廉、贾斯汀和克莱瓦尔的凶手，有时我又请求照顾我的人帮助我消灭折磨我的魔鬼，有时又痛苦而恐怖地尖声大叫，说魔鬼的手指已掐住了我的脖子。幸好我说的是故乡的话，只有柯温先生能够听懂。但我的手势和痛苦的吼叫已足以把几个见证人吓个半死。

我为什么还不死呀！我比全世界的人都痛苦。我为什么不落入永恒的遗忘，永远休息呀？死亡攫走过许多花季的孩子——他们挚爱的父母的唯一希望，多少新婚的年轻夫妇今天还朝气蓬勃、前程似锦，明天却腐败了，成了坟茔里的蛆虫的食物！啊！打击像旋转着的轮子，转着圈作践我，而我却能经得起这么多打击，我是什么材料做成的呀！

但我注定是要活下去的。两个月后我像从梦里醒来，发现自己躺在监狱里的一张乱七八糟的床上，身边是狱卒、看守、门闩和地牢里的种种狰狞器械。我记得醒来时是早晨，对发生的事已不记得细节，只觉得有某种严重的不幸突然压倒了我。我四面一望，见到铁栅的窗户和污秽的牢房，才突然明白过来，失声痛哭。

我的哭声惊醒了一个靠在我身边椅子上打盹（dǔn）儿的老太婆。她是狱吏的女人，被雇用来做看护。她的表情透露出那个阶级的人的全部恶劣品质。她脸上皱纹粗重，表情凶狠，一副满不在乎、习惯于凶残场面的样子；声音里表现出的也是彻底的冷漠。她用英语对我说话，那声音我生病时好像也听见过。“你现在好点了吧，先生？”她说。

我也用英语回答，声音微弱。“我相信好了点。可就算好了点，我也仍然为活着遭罪感到害怕和遗憾。”

“说到这个嘛，”老太婆回答，“如果你指的是你杀死的那个人的话，我看你倒真是死了好。因为我估计你没有舒坦日子可过了！可这也不关我的事，我是被找来照顾你，让你病好的。我干我的活儿，只求良心上过得去。要是大家都像我这样，那就好了。”

她竟能对刚从死亡边缘挣扎回来的人说出这样麻木不仁的话！我对她厌恶地背过了身子。但是，我感到虚弱，回忆不起已经发生的事情。整个生命对我都像个梦，我常常怀疑它是否现实，因为它从来不曾以现实的力量在我心里呈现过。

随着浮现在我眼前的形象越来越清晰，我也越来越焦躁不安。我周围是重重的黑暗，没有人用关爱的声音温和地安慰过我，没有人用关爱的手臂扶掖过我。医生来了，开了药，老太婆给我准备了药。但医生也是满脸的冷漠，老太婆既冷漠又凶狠。谁会对杀人犯的命运感兴趣呢？除非是靠杀人赚钱的刽（guì）子手。

这就是我最初的想法。但我马上就发现柯温先生对我极为仁慈。他下令给我安排了最好的牢房——虽然也不算好，还给我安排了医生和护士。不错，他很少来看我。虽然他迫切希望减少每个人的痛苦，却也不喜欢听杀人犯的惨叫和发高烧时的胡话。因此，他只是有时来看看病人是否没人管，但待的时间都不长，间隔的时间也很久。

我的身体逐渐复原。有一天，我坐在椅子上，眼睛半睁半闭，面色惨白得像死人一样，阴郁和痛苦压倒了我。我常常想：与其这样活在世上有受不完的罪，倒不如想法子死掉好。有时我觉得倒不如索性认了罪，接受死刑算了，我毕竟还不如可怜的贾斯汀无辜。我正这么想，牢房的门开了，柯温先生走了进来。他脸上表现出同情与关切，拉了一张椅子靠近我坐下，用法语对我说：“我担心你太讨厌这个地方，我能做点什么让你好过一点吗？”

“谢谢你，不过你说的这个问题我并不在乎，这个世界上没有什么能让我好过。”

“我知道一个陌生人的同情对惨遭你这种离奇不幸的人是没有用的。但我希望你马上就能离开这个悲惨的地方，因为已经有可靠的证据否定对你的犯罪指控。”

“我最不关心的就是这个。我被一连串离奇的事件弄成了世界上最痛苦的人。像我这种受到迫害和折磨的人，死去对我有什么不好呢？”

“最近发生的这个偶然事件的确最为不幸，最令人痛苦。你是被某种惊人的巧合冲到海岸边来的——这地方以好客著称。可你马上就被逮捕了，扣上了杀人的罪名。让你见到的第一个东西竟是你朋友的尸体。而他是被一种无法解释的方式杀害的，而且被什么妖魔鬼怪摆在了你的路上。”

柯温先生说这话时，我尽管因为回忆起自己受到的折磨非常激动，却也相当吃惊，因为他似乎掌握了我的许多情况。估计我脸上露出了几分惊诧，因为柯温先生急忙解释说：“你发病后，身上的全部文件都送到了我这里。我检查了文件，希望能找到点材料，然后给你的家人写信，告诉他们你的不幸和疾病。我发现了几封信，其中一封从开头就能看出是你父亲写的。我马上给日内瓦去了信。信发出差不多两个月了。可你目前还在生病——即使此刻也还在发抖，任何形式的激动对你都不利。”

“家中音信全无比最可怕的事件还要糟糕一千倍！告诉我吧，又发生什么杀人事件了？我现在又要哀悼谁了？”

“你全家人都好好的，”柯温先生温和地说，“有个人还来看你了，你的亲人。”

我不知道我这想法是按什么思路来的，但它突然在我心里闪现出来：那杀人犯来嘲笑我的痛苦了，拿克莱瓦尔的死作为新的刺激，拿我寻开心，满足他那地狱般的欲望。我用手遮住眼睛，痛苦地大叫：“啊，让他走，别让他进来！”

柯温先生不安地望着我，见我如此叫喊，他自然会以为我是有罪的。他口气相当严厉地说：“我倒觉得，年轻人，你父亲的出现应该受到你的欢迎，可你却这样极端地抵触。”

“我的父亲！”我叫了起来，五官四肢的肌肉全都放松下来，忧愁转变为了喜悦。我态度的变化让地方法官吃了一惊，他满意了。他也许把我刚才的尖叫看作梦呓复发的表现，于是恢复了一向的慈祥与亲切。他站起身来，带着几个护士走了出去。不一会儿，我父亲进了屋子。

父亲的到来带给我的快乐，是无论什么都没法比拟的。我向父亲伸出手去，叫道：“那么，你是安全的了。伊丽莎白怎么样？欧内斯特怎么样？”

父亲确认了他们也是安全的，让我安静下来，然后进一步谈起了我所关心的话题，驱走了我的绝望。但是他马上就意识到，监狱不是个愉快的地点。“你现在住的是个什么地方呀，儿子！”他望着带有铁栏杆的窗户和简陋的房间，说，“你出去旅游原本是去寻找快乐的。但是某种命定的不幸似乎一直追随着你，可怜的克莱瓦尔——”

我那不幸的被杀害的朋友的名字对我刺激太大，我孱弱的身体吃不消了，流下了眼泪。

“唉，是的，爸爸，”我回答，“某种最可怕的命运悬在了我的头上，我得活下来承受，否则我早就在克莱瓦尔的棺材上死去了。”

我们无法长时间交谈，因为我的健康状况极不稳定，必须小心翼翼地保证我不过于激动。柯温先生进来了，坚持说我不能太劳神，以免精力衰竭。但爸爸在我身边，他像善良的天使一样逐渐恢复了我的健康。

病痛离去之后，一种无法驱散的阴沉而绝望的忧伤仍然笼罩着我。被杀害的克莱瓦尔惨不忍睹的形象一直在我面前浮现。种种回忆使我激动，我的亲友们仍然担心我旧病复发，陷入危险。天呀！他们为什么一定要挽救这么个悲惨可憎的生命呢？我肯定受着宿命的支配，死亡正在向我靠近。很快，啊，非常快，死亡就会消灭我的心跳，把我从痛苦的重压下解放出来。痛苦正在把我往尘埃里送去。正义的判决来临时，我就要沉入长眠了。然而，死亡仍离我十分遥远，虽然赴死的愿望一直在我心里。我往往一坐就是几个小时，一动不动，一言不发，希望出现某种剧变，把我和摧毁我的家伙一起埋葬在废墟里。

法庭的审判日到了。我已在牢房里住了三个月。虽然身体仍然虚弱，随时有旧病复发的危险，我还是得远行一百英里到开庭的地方去。柯温先生将为我辩护并选择见证人，他没有把我的案子送进决定生死的法庭，避免了我以罪犯身份出庭，当众丢脸。大陪审团驳回了对我的起诉，理由是：我到达奥克尼岛时我朋友的尸体早已被发现。被转移后半个月我就被释放了，离开了监狱。

我被解除了杀人的罪名，得到释放，又呼吸到了自由的空气，可以回家乡了。我父亲非常高兴，可我并不尽然。因为在我看来，宫殿的墙壁和牢房的墙壁同样可憎，生命之杯里永远是毒汁。虽然太阳像照耀一切欢乐的人一样也照耀着我，我在四周见到的却是可怕而浓重的黑暗，那是什么光线也射不透的。黑暗里只有两只眼睛在怒视着，闪着光。那有时是濒临死亡的亨利痛苦的眼神，黑眼睛周围是深色的长睫毛；有时却是那魔鬼湿漉漉、雾蒙蒙的眼睛，我在英戈尔斯塔特自己的屋子里第一次见到他时的样子。

父亲努力唤醒我心中的爱，他谈到我马上就要回日内瓦，谈到伊丽莎白和欧内斯特，但是这几个名字只能引起我内心深处的呻吟。我有时也确实会产生对幸福的渴望，带着痛苦的欢乐想起我心爱的表妹，怀着乡愁渴望再见到罗讷河的急流和蓝色的湖水——我幼年时非常喜爱的地方。但是，我却一直感到麻木。置身监狱和置身最美妙的大自然对我没什么区别。除了突然爆发的痛苦与绝望，我的心境没有其他变化。在这种时刻，我常常想结束我所厌弃的生命，他们不得不时时警惕，制止我采取恐怖暴戾的行动。

但是我还有一个责任，想起它就可以压倒我这自私的绝望。我必须毫不延误，立即回到日内瓦，去守护我所深爱的亲友们，并在那里等候那个杀手的出现。只要有机会找到他隐藏的地方，或是他敢于在我跟前露面，向我进攻，我就可以瞄准他，结束那怪物的生命——他那比外表更怪异的虚伪灵魂也是我给予的。由于担心我受不了长途跋涉的辛苦，父亲还想推迟出发的时间。我白天黑夜遭受高烧的折磨，已经虚弱不堪，没有丝毫力气，只算是个骷髅架子，一个活人的影子罢了。

但是我很烦躁，很不耐烦地要求离开爱尔兰，父亲认为最好的办法就是顺从我的心愿。于是我们上了一艘去格雷斯港的船，一路顺风驶离了爱尔兰的海岸。那时已是半夜，我躺在甲板上望着星星，听着波浪拍打。我向黑暗致敬，因为它让爱尔兰从我眼前消失了。在我想到马上就要见到日内瓦时，我的脉搏竟然带着狂喜。往昔似乎变成了一场可怕的梦，但我所坐的船、吹我离开那可恶的爱尔兰的风，以及周围的大海，都强有力地告诉我：此刻并没有幻觉在欺骗我。我的朋友和最亲爱的伙伴克莱瓦尔成了我和我所制造的魔鬼的牺牲品。我在记忆里重新回顾了自己这一生：和全家人一起在日内瓦度过的平静幸福的日子；母亲之死；我离家去英戈尔斯塔特之行。我心惊胆战地回忆起自己匆匆制造出那恐怖的敌人时的狂热干劲。我又想起了那东西最初获得生命的那个晚上。我再也无法继续往下想了。一千种感觉压在我身上，我伤心地哭了起来。

高烧退去后，我养成了一种习惯：每晚都要吃点鸦片酊（dīng）[1]，因为只有靠这种药品，我才能获得活下去所需的睡眠。由于种种不幸往事压得我喘不过气来，我那天用了双倍的剂量，于是睡得非常沉酣。但是，睡眠给我的休息并不能让我摆脱思索和痛苦。我在梦里见到了千百种叫我心惊胆战的东西。快天亮时我被噩梦攫住，觉得那魔鬼掐住了我的脖子，我挣脱不了，耳里还听见呻吟和叫喊。我父亲一直照顾着我。他一发现我不安就叫醒我。可我身边是澎湃的浪涛，头顶是满天的云朵，并没有什么魔鬼。趁着现时与无可抗拒的灾难性未来之间的空隙，我得以苟且偷安。人类的大脑是特别容易因为心安而忘却一切的。

[1] 鸦片酊，一种合成止痛药，服用过量可导致中毒死亡。

第二十二章

航行结束了，我们上岸到了巴黎。我马上就发现自己疲劳过度，必须休息后才能继续旅行。父亲对我的照顾和关切是无微不至的，但他不知道我痛苦的根源，就找出些错误的办法想治疗我这不治之症。他让我到社会上去寻求快乐，可我却厌恶人的面孔——啊，我并不厌恶！他们是我的兄弟、同胞，即使是最可恶的人也圣洁可爱如天使，对我也有吸引力。但我觉得自己并没有权利和他们交往。我把一个魔鬼释放到他们中间，而那东西是以让他们流血、让他们痛苦呻吟为乐的。一旦知道了我这亵渎神灵的行为和我所干出的种种罪恶勾当，他们每一个人都会对我极端憎恶，不把我赶出这个世界绝不罢休。

最后，父亲让了步，不再让我参加社交活动。他努力用种种安排来消除我的绝望。有时他又以为我是因为不得不对杀人的指控作出回答，觉得丢失了尊严，于是又来向我证明自尊的徒劳。

“唉，爸爸呀，”我说，“你对我知道得太少。如果像我这样的可怜虫也有什么自尊的话，人类的感受和情感确实会掉价。可贾斯汀，不幸的、可怜的贾斯汀，却是和我一样清白的人，而她竟遭到了杀人的指控，丢了性命。而我就是……她死亡的原因，她是我杀死的，威廉、贾斯汀和亨利——都是我杀死的。”

我父亲在我坐牢时常听见我说同样的话——那时我就这样控诉过自己。有时他似乎想听听我的解释，可有时他又认为那不过是高烧的产物：我生病时在想象里产生了这种念头，虽然已经痊愈，但这个念头一直留在我脑海里。关于我所制造的魔鬼我保持了沉默，没有进一步解释。我觉得，还是让他们认为我发了疯比较好。这样，我就可以永远锁住自己的舌头了。何况我还不能揭露一个让人听了过于惊恐、满心畏惧和心有余悸的秘密。我渴望同情，但还是强压住自己的欲望，当我想把这一秘密宣之于世界时，我控制住了自己。但我还是会在控制不住时爆发出刚才那些话，对此我不能解释。但这些话是我的真情流露，在某种程度上减轻了我那难以名状的痛苦。

这时，父亲带着极其惶惑的表情说：“我最亲爱的维克多，你这是什么糊涂思想呀？亲爱的孩子，我求你别再说这类疯话了。”

“我没有发疯！”我使劲地大叫，“见证我一举一动的太阳和苍天都可以证明我说的是真话。我就是杀死那几个最清白的人的罪犯。他们是死在我的设计之下的。如果能救他们的命，我愿意流自己的血一千次，一滴一滴地流。但是我办不到，父亲，我真的不能再牺牲整个人类了。”

我最后说的话让父亲相信我确实是神经错乱了。他立即改变了话题，想引开我的思路。他希望尽量抹去我在爱尔兰发生的一切，再也不提那些事，也不让我再谈论自己的不幸。

随着时间的流逝，我平静了一些，虽然痛苦已在我心里定居，但我不再语无伦次地谈起我的罪恶了。只要意识到它们，我觉得就够了。我仍然想向全世界宣布自己的邪恶，却竭尽全力压制了下来，自从我去冰海以来，我的态度还从没有像现在这样镇定和平静。

在我们离开巴黎去瑞士的前几天，我收到了伊丽莎白的信，原文如下。

亲爱的朋友：

收到姑父从巴黎发出的信，我获得了最大的快乐。你已不是在一个可怕的距离之外了，我在半个月之内就可能见到你。我可怜的表哥，我不知道你受了多大的苦！我估计见到你时你会比离开日内瓦时还要消瘦。因为担心，这个冬季我一直过得非常痛苦。可我还是希望在你的脸上看见平静，看见你心里并非完全没有安慰和宁静。

但是，我担心你仍然沉浸在一年前的痛苦之中，这痛苦说不定还会随着时间的流逝而加重。这段时间我不愿打扰你——太多的不幸已压在你心头。但姑父在离开前对我说的一席话使我感到，在我们见面之前必须作点解释。

解释！你可能说,伊丽莎白有什么需要解释的？如果你真说出这话，我的问题就已有了答案，我的全部怀疑也就冰释了。但是，我觉得你和我距离太远，对我的解释你可能既担心又高兴。在可能出现这种情况时，我就不敢把你不在时我常想写信告诉你的话再拖延了——我常常渴望告诉你，却一直没有勇气落笔。

你很清楚，维克多，我俩的结合一直是你父母的安排。那是从我俩幼年时期就开始的。我们年轻时就听说了这事，而且一直被教育要让这事成真。儿童时代我们是亲密的游伴，逐渐长大后，我相信我们是可贵的密友。但是兄妹之情固然深厚，却并没有要求进一步结合。我们之间的关系会不会只是这样的呢？告诉我，最亲爱的维克多，我要求你回答，以我们之间的幸福发誓，告诉我，直截了当地告诉我吧，你是否爱上了别人？

你一直在外面旅行，在英戈尔斯塔特就住了好几年。我向你坦承，朋友，我上个秋天见你那么忧郁，回避所有人，独自躲藏起来，谁都不见，就不禁猜测你可能是不满意我俩的结合，却又不得不信守承诺，满足你父母的愿望。不过，这只是我冒昧的猜测。我向你坦承，我的朋友，我爱你，在我设想的关于未来的虚幻的梦里，你就是我的终身朋友和伴侣。但我向你宣布，如果我俩的婚姻不是出于你的自由选择，它就只能使我永远悲伤，因为我希望看到的是你和我的幸福。即使在目前，当我想到你被最残酷的不幸压倒，面对“信守承诺”一词无话可说时，我也会哭泣。我希望你能恢复过去对爱情与幸福的全部希望。我对你的感情非常无私，如果连我也来阻碍你实现自己的愿望，你的痛苦就会成倍地增加了。啊，维克多，你要相信你的表妹和游伴对你的爱极其真诚，不要因为那种假设而痛苦。你要快乐，我的朋友，如果你能接受我这唯一的请求，你就安心吧，世界上再没有力量能干扰我的平静。

别让这信令你不安。你用不着明天或后天就回信，甚至回了家也不必给我答复——如果答复我让你痛苦的话。关于你的健康情况，姑父会告诉我的。我们见面时，如果我能在你的嘴角上见到一个我的努力所带来的微笑，我也就不需要别的快乐了。

伊丽莎白·拉文查

一七 ×× 年五月十八日于日内瓦

这封信在我记忆里唤醒了一件已经被淡忘的往事——那魔鬼的威胁：“我会在你的新婚之夜来找你的。”这就是他对我的宣判。那天晚上那魔鬼会不会使出浑身解数来摧毁我，把我从就要到手的幸福中拽走，丝毫不让它安慰我的痛苦呢？他已经下定了决心，要在那天晚上以我的死亡攀登他罪行的最高峰。好呀，那就来吧，那一定会是一场生死斗争。

如果他胜利了，我，就永远沉默了，他也无法再在我面前施加任何威力。如果他失败了，我就成自由人了。可是天呀！那是什么样的自由呀！就像一个农民在家人被屠杀，房屋被烧毁，土地被荒芜，自己沦落天涯、无家可归、身无分文、孑（jié）然一身时所享受到的自由一样，那就是我的自由。不过，我还有伊丽莎白，我的宝贝，虽然天平那头还加上了悔恨与罪恶——那是会跟随我直到死亡的。

我亲爱的、甜蜜的伊丽莎白！她的信我读了又读，一种柔情潜入了我的心，悄悄地诉说起天堂般的梦，爱情与欢乐的梦。但是，智慧的苹果已经吃下，天使已拔出武器，要把我从希望的伊甸园里赶走。不过，为了让她幸福，我可以死去，如果那魔鬼将他的威胁付诸实践，死亡就是无法避免的。可我又想了想，婚姻会不会加速我命运的到来呢？我的毁灭几个月前就可能出现。那么，既然那折磨我的家伙怀疑我是由于他的威胁而推迟了婚期，他肯定会用别的办法来报复，说不定会用更可怕的办法。他发过誓要在我的新婚之夜来找我，但是他可以不认为这句话会限制他在我婚礼之前的行动。他在宣布威胁之后立即杀害了克莱瓦尔，似乎是想让我看到：他流血的欲望还没有得到满足。因此我断定：既然我和表妹立即结婚可以使她和父亲高兴，那么，敌人谋害我性命的阴谋就不能推迟我们的婚期，一个小时也不能。

怀着这样的心情，我给伊丽莎白回了信。我的信平静而充满深情。“亲爱的姑娘，”我说，“我担心这世界上留给我们的幸福并不多。但如果我能在某一天享受到幸福，那完全取决于你。赶走你那无意义的担忧吧。我只把自己的生命和追求满足的努力奉献给一个人，那就是你。伊丽莎白，我有一个秘密，一个可怕的秘密，若你知晓定会吓得浑身冰凉。那时你就完全不会为我的痛苦感到意外了，反倒会因为我竟然扛住了它并活了下来感到意外。我要在我们结婚后第二天告诉你这个痛苦而恐怖的故事，我亲爱的表妹，我俩必须完全互相信任。但是在那之前，我要求你不要提起它，甚至不要暗示它。我很认真地要求你这样做，我知道你会同意的。”

伊丽莎白的信到达后一周左右，我们回到了日内瓦。那可爱的姑娘以热烈的深情接待了我。但见到我这消瘦的身子和发烧的面颊时，她已是热泪盈眶。我看出她也变了，身子单薄了些，过去让我迷恋的优美与矫健也差了些。不过，她那温柔和蔼与关切的目光倒更适宜与我这样遭受打击的苦命人往来。

我并没能享有这份平静很久。回忆带来了疯狂，当我想到往日的种种情况时，一种真正的疯狂就会抓住我。有时我怒火满胸，有时我消沉绝望。我什么话也不说，什么人也不见，只呆呆地坐着，一动不动。千百种痛苦压倒了我，让我不知所措。

我呆坐出神时，只有伊丽莎白能唤醒我。我情绪激动、失去控制时，只有她那温和的声音能给我安慰。我陷入麻木、视而不见时，也只有她能用亲人的柔情让我清醒。她和我一起流泪，也为我流泪。我的理智恢复后，她就劝导我，鼓励我随遇而安。是的，不幸的人是可以随遇而安的，可是有罪的人却“安”不下来。悔恨的痛苦毒化了任何忧伤中可能出现的片刻安宁。

我一到家，父亲就谈起了我和伊丽莎白即将举行的婚礼。我一直没有出声。

“那么，你是喜欢上别人了吗？”

“没有，我爱伊丽莎白，想到我俩的结合我就高兴。那就把婚期定下来吧，我将在那一天把自己和自己的生死都奉献给伊丽莎白。”

“亲爱的维克多，别那么说。极度的不幸已落到我们头上，就让我们珍惜现有的一切吧。让我们把对已失去的人的爱转移到活着的人身上。

我们的圈子可能小了些，却也会被亲情和共同承担的不幸团结得更紧密。时间会软化你的失望，而可爱的需要我们关心的新对象又会诞生，取代已被残酷夺走的人。”

这就是父亲给我的教育。但对我说来，那威胁又在记忆里出现了。那魔鬼是什么血腥的事都干得出来的，我几乎应该说他是无法战胜的。他还说过，“我会在你的新婚之夜来找你的。”我应该明白我的命运无法逆转，但死亡对我来说并不是坏事——如果天平上可以不加上伊丽莎白这笔损失的话。于是我带着满意甚至是高兴的表情同意了父亲的建议。只要表妹同意，十天后就可以举行婚礼。我就这样在想象里为命运画了押。

伟大的上帝呀！哪怕我在刹那间想到过我那魔鬼敌人的穷凶极恶，我宁可把自己从祖国流放出去，在全世界无亲无友地漫游，也绝不会同意这桩婚姻！痛苦接踵而至！但是，我似乎是被鬼迷住了心窍，看不见那魔鬼的真正意图。我以为我只需要准备好自己的死亡，却让一个宝贵得多的人丧了命。

婚期逐渐逼近，无论是由于胆小或是出于预感，我都觉得自己的心在往下沉。我用欢欣的外表掩饰了自己的情绪，让父亲脸上露出了微笑和欣喜，却没有逃过伊丽莎白那敏锐的目光——她以平静的满足盼望着我俩的结合，却也有几分畏惧——这是往昔的不幸留下的印记。目前看上去唾手可得的幸福，也有可能立即化作缥缈的幻梦，除了无穷的悔恨，不留下丝毫别的痕迹。

大家都在为婚事作准备，不少人来祝贺，全都是满面笑容。我尽可能把心里的烦躁关锁起来，表面上认真地参与父亲的计划，虽然这一切只能成为我的悲剧的装饰。通过我父亲的努力，奥地利政府已经把伊丽莎白的一部分遗产归还了她。科莫湖岸边的一片产业也归属于她了。大家同意我们婚后就搬到拉文查别墅去,在别墅旁美丽的科莫湖滨度蜜月。

与此同时，我采取一切措施保护自己，防止那魔鬼明目张胆地对我发起攻击。我随身携带了手枪和匕首，提防袭击的阴谋。这些措施使我平静了许多。事实上，随着婚期的逐渐临近，那威胁反倒显得虚幻了，并不足以干扰我的平静。而我所盼望的婚姻的欢乐看来也越发肯定，人们不断地议论，说这桩婚事已不可能受到任何意外干扰。伊丽莎白似乎很高兴，我这平静的面容对稳定她的情绪大有帮助。但是在即将满足我的愿望和命运的那一天，她却非常忧郁。一种不幸的预感压倒了她，说不定她是想到了我答应在婚后告诉她的那个秘密吧。父亲倒是喜出望外，在匆忙的张罗里只把侄女的忧伤看作新娘的娇怯。

婚礼后，一大群人聚集到了父亲家里。大家都同意伊丽莎白和我的旅行从水路开始。那天晚上在埃维昂住，第二天，就继续航行。那是个晴朗的日子，一路顺风，大家兴高采烈地欢送我们开始婚姻之游。

可这已是我平生最后一次感到快乐了。船行迅速，阳光灼热，在欣赏沿途美景的同时，由于高山的遮蔽，我们还能得到相当的荫凉。湖水那面，塞勒夫峰和蒙塔莱格峰遥遥在望，尤为显眼的是那巍然矗立在群山之巅的美丽的勃朗峰，以及似乎要与之争奇斗艳的连绵不断的雪峰。我们沿着湖的另一侧航行时,有时还能见到巍峨的朱拉峰露出的阴暗面。它似乎怀有野心，想脱离故地而去——对妄想奴役它的侵略者，它是一道几乎无法逾越的屏障。

我抓住伊丽莎白的手。“你很忧伤，我的爱，啊！你要是知道我已经经受过的以及还可能经受的磨难，你就会努力让我尝尝摆脱绝望之后的平静与自由。至少在今天，我还能享受片刻的安宁。”

“高兴起来吧，亲爱的维克多，”伊丽莎白回答，“这里没有能让你痛苦的东西，我希望。你务必相信，即使我不是满面笑容，也是心满意足的。有个东西对我悄悄说，不要太相信展现在眼前的东西。但我不会相信这种不祥之声。看看我们的船走得多么快吧，看看那云雾吧，它有时让勃朗峰露出圆顶，有时又遮住它，使美景更加诱人。再看看在这水里嬉游的数不清的鱼吧。湖水清澈见底，每一枚小石头都可以看见。多么幸福的日子呀！整个大自然是多么美妙和宁静呀！”

伊丽莎白就这样把她自己和我的思绪引开,不让我思考忧伤的问题。但她的情绪也起伏不定。她的眼睛里虽然有时会闪出快活的光，可往往随即又陷入呆钝和遐想。

天上的太阳偏了西，我们从德朗斯河经过，看着它在高低不一的峡谷间奔流。阿尔卑斯山在这里更靠近湖面。我们来到了半圆形剧场般的山峦前，它是阿尔卑斯山的东麓。埃维昂峰顶熠耀在环绕着它的森林和一级级升起的峰峦之间。

一直以惊人的速度吹送我们的风，到日落时转成了微风，只掀起微微的涟漪（lián yī）。到我们靠岸时，树林愉快地摇摆着，送来了令人心旷神怡的花香与干草味。我们上岸时，太阳落下了地平线。一踏上河岸，我就感到种种忧虑和恐惧袭来，它们立即抓住了我，抓住了就不肯放手。

第二十三章

上岸时已是八点。我们在湖岸上走了一会儿，享受着即将消失的日光，然后就在客栈里休息，欣赏可爱的湖水、树林和高山景物。高山在黄昏里逐渐暗淡，只保留了黑色的轮廓。

南来的风停了，西来的风却猛烈地刮了起来。月亮已升过天顶，开始偏斜。乌云从月面上掠过，比兀（wù）鹰还快，使月色暗淡。天空忙乱的星月雾霭映进湖里，风起浪涌的湖水更加忙碌了。突然，猛烈的暴风雨袭来了。

那天白天我一直很平静，但是黑夜刚笼罩住景物的轮廓，我心里就涌起了无限的恐惧。我提心吊胆，非常紧张，右手抓着藏在怀里的手枪，每一个声音都会吓我一跳。我决心毫不畏缩地参与这场战斗，拼个你死我活，要死也得赚个高价。

伊丽莎白恐惧而畏怯地观察我很久，见我心烦意乱，目带恐惧，便颤声问道："是什么东西让你激动，亲爱的维克多？你在怕什么呀？"

"啊，别紧张，别紧张，亲爱的，"我回答，"也就是今天晚上而已，然后就平安无事了。只有今天晚上可怕，非常可怕！"

我怀着这样的心情过了一个小时，然后突然想起那场角斗在我妻子眼里会有多么激烈，于是就认真地要求她先睡，等我弄清楚敌人的情况后再去和她一起休息。

于是她就离开了我。我在旅店的走廊里走来走去，徘徊了很久，检查每一个可能隐蔽我对手的角落，但没有见到他的踪迹。于是我开始猜测，会不会有某种偶然事件阻挡了他，使他无法实践诺言了？这时，我却突然听见一声恐怖的尖叫从伊丽莎白的房里传来。一听见尖叫，我马上就明白发生了什么事。我的双臂耷拉下来，每一块肌肉、每一根纤维都瘫软了。我四肢末端麻木，能听见血液在血管里滴答流动的声音。片刻之后，第二声尖叫又传来了。我闯进了房间。

我的天呀！我怎么不当即毙命呀！我现在怎么还在这儿讲述我最美好的希望和世界上最纯洁的人的毁灭呀？她就在那儿，被扔在了床上，头垂了下来，一动不动，没有了生命。苍白的面容和歪扭的五官被头发遮住了一半。现在，不管我往哪儿看，都能看见那幅惨象：没有血色的双臂和瘫软的身躯被凶手扔在她婚礼的“棺材架”上。这样的景象落到我眼里，我还能活下去吗？天呀！生命是顽强的，哪里最仇恨它，它偏偏在那里附着得最紧。刹那间我失去了记忆，摔倒在地，人事不省。

我醒来时发现身边全是客栈的人，脸上都露出屏住呼吸的恐惧。但别人的恐惧在我眼里却成了一种嘲弄，是对我情感的拙劣模仿。我摆脱了这些想法，跑进了伊丽莎白躺着的房间。我的妻子，我的恋人，刚才还那么鲜活、那么可爱、那么尊贵的恋人，就在那里，被移动过了，不是我刚才见到的姿态。现在她的头倒在一条手臂上，一块手帕搭在脸上和手上，我甚至以为她在睡觉。我向她扑了过去，紧紧地抱住了她。但那死亡的瘫软和四肢的冰凉告诉我，我现在拥抱的已不再是我深情挚爱着的伊丽莎白。那魔鬼的指痕就在她脖子上，在她的唇间已感受不到呼吸。

我怀着绝望的痛苦躬身对着她，偶然抬头一看，前不久那窗外还是一片黑暗，现在却有了月亮淡黄的光。那光照进房来，我心头一惊，百叶窗是开着的，我看见了窗外那个无法形容的最狰狞、最恐怖的形象。他面带讥笑，似乎是在嘲弄我，同时伸出手来，指了指我妻子的尸体。我向窗户扑去，从怀里掏出手枪开了一枪，却被他躲开了。他以闪电般的速度跑掉了，跳进了湖水。

枪声把一大群人引进了房间，我指了指他逃走的方向。我们划船跟上去，还撒下了网，但是没有用。我们搜寻了好几个小时，只能空手而归。好些伙伴都认为那个形象来自我的幻觉。上岸后他们又在陆地上搜索——分作几组，在不同方向的树林和藤蔓里寻找。

我想和他们一起搜索，但走出房屋不远，我脑袋就开始发晕，像喝醉了酒一样蹿蹿倒倒。终于，我浑身无力地倒下了。我视力模糊，皮肤干燥，发起高烧，被抬回来放到了床上，几乎意识不到发生了什么事。我双眼在房里扫视，似乎是在寻找什么丢失的东西。

过了一会儿，我站起身来，仿佛出于本能走进了我爱人躺着的房间。几个妇女在围着她啼哭。我向她弯过身子，也跟她们一起伤心地号啕（táo）痛哭。在这整个时间里，我心里没有任何明确的思想，各种念头纷至沓来，我混乱地思索着我这不幸的命运及其原因，脑子里只有一片模糊的惊讶与恐惧。威廉的暴死，贾斯汀的绞刑，克莱瓦尔被杀，然后是我妻子的死。即使到了这时，我也还不知道我最后的亲人有没有惨遭他的毒手，我父亲此刻有可能正在他手下挣扎，欧内斯特也可能倒在了他的脚下。这么一想，我不禁打了个寒噤，一下子清醒了。我站了起来，决心以最快的速度赶回日内瓦去。

弄不到马匹，我只好乘船从湖上走，却又不顺风，而且下起了瓢泼大雨。好在天已经快亮了，我能在黄昏前赶到日内瓦。我雇了几个人划船，自己也拿起了桨，因为我知道，体力劳动能减轻心灵的折磨。但此刻，我所感受到的痛苦太重，而且我极度烦躁，已不能再用力。我放下了桨，双手抱住脑袋，被从心里升起的一个个念头压倒了。如果我抬起头，还是能看见快活时极其熟悉的风景，一天前我还和她一起欣赏过。可现在，她已只剩下影子和回忆了。我的眼泪唰唰直流。雨已经停了一会儿。我看见鱼在水里游，和几小时前一样，那时她也欣赏过。没有什么比骤然降临的剧变更叫人吃不消了。太阳可以重放光芒，云彩可以重新聚集，但在我眼里，这一切都和昨天不一样了。那魔鬼已攫走了我对未来幸福的一切希望，不会有人比我更痛苦了，如此可怕的遭遇在人类历史上也不会再有了。

发生了这样难以承受的事件之后，我为什么还要细说这些琐碎的细节呢？我讲的是个恐怖的故事，已经讲到了恐怖的巅峰。接下来必须讲的在你们看来只是些啰唆话了。你要知道，我的朋友已经一个个地被攫走，只留下一个孤苦伶仃的我，而我的力气也已经耗尽，这恐怖故事的剩余部分只能简短地介绍了。

我回到了日内瓦，父亲和欧内斯特还活着。但父亲听到我带回来的消息后就垮掉了。那杰出的、可敬的老人当时的模样浮现在我眼前，他的目光一直在茫然地游荡，失去了欢乐与爱的色彩，他那比女儿还要亲的伊丽莎白，他那慈祥的心所深爱的侄女，在他可爱者不多的衰年离他而去了。但愿那魔鬼受到所有的诅咒！是他把痛苦带给他的白发，使他陷入极端的痛苦，在颓唐中度过余生。聚集在他身边的种种恐惧已经使他活不下去了。他突然丧失了生存的理由，倒床不起，几天后便死在了我的怀里。

我后来怎样了呢？我不知道。我失去了知觉，控制我的只有锁链和黑暗。有时候我确实也梦见和青年时的朋友一起在开花的草原上和快活的峡谷里漫游，但醒来时却发现自己在牢房里，随之而来的便是忧郁。等我逐渐认识到自己的痛苦和处境后，我又被释放了。他们以为我疯了。根据我后来所知道的，我在单人牢房里被关了好几个月。

不过，自由对我来说是一份没有用的礼物，因为我头脑一清醒就想起报仇。对往日的不幸回忆驱赶着我，我开始思考原因——我所制造的妖怪，那个我释放到世界上来毁灭我的卑鄙可耻的魔鬼。一想到他，一种疯狂的愤怒就抓住了我，我渴望并祈祷能抓住他，给他那受到诅咒的脑袋狠狠一击，以报我的深仇大恨。

我的仇恨并没有长期局限于缥缈的希望。我开始思考抓住他的最佳手段。为达到这个目的，我在被释放后一个月左右去找了城里的一个刑事法官，告诉他我有个案子要上诉，我知道那个家伙杀死了我的家人，要求法官运用他的全部力量追捕凶犯。

地方法官善意地细听了我的叙述。“你放心好了，先生，”他说，“我一定竭尽全力追捕凶犯。”

“谢谢你，”我回答，“那就听听我的控诉吧。故事确实非常离奇，如果没有令人不能不相信的具体事实作为依据，我担心你不会相信我，虽然那些证据本身也很离奇。我的故事前后很连贯，不可能被误以为是一场梦，我也没有胡编乱造的动机。”我对他说话时态度平静，又很有感染力。我已经下定决心要追捕那毁灭者，把他杀死。这个目标抚慰着我的痛苦，让我有了活下去的勇气。我叙述了自己的经历，简短但是坚决、准确，日期清清楚楚，从没有偏离为咒骂或惊叹。

开始时地方法官似乎完全不信，但我讲了下去，他听得更加专注也更感兴趣。我看见他有时紧张得发抖，有时又生动地表现出惊讶，脸上从没有产生怀疑的表情。

我叙述完了，又对他说：“我要控诉的就是这个人。我请求你竭尽全力追捕他，给他惩罚。这是你地方法官的责任。我相信，同时也希望，在这个案子上你不会在执行任务时因为某种情绪而退缩。”

我这话在听话人的脸上带来了相当大的变化。他将信将疑地听完了我这关于精灵和超自然事件的故事。但在我要求他随之采取官方行动时，他那怀疑的表情却又整个地倒冲回来了。好在他的回答很温和：“我很愿意支持你的追捕行动，但你所说的那人却拥有使我无能为力的能耐。一个能在冰碛（qì）的海上行走，能在没有人敢进入的山崖和洞窟里生活的动物，谁敢冒险去追捕呢？何况他犯下罪行已有好几个月，没有谁知道他去了哪里，目前住在什么地方。”

“我毫不怀疑他就在我居住的地方附近。如果他真的躲在阿尔卑斯山里，你们就可以像打岩羚羊一样去捕猎他，把他像猎物一样杀死。但我看出了你的想法。你并不相信我讲的故事，不愿意追捕我的敌人，给予他相应的惩罚。”

说这话时愤怒在我眼里闪光，地方法官害怕了。“你误会了，”他说，“我会努力的，如果我有能力抓住那怪物，我保证给予他应得的惩罚。但是按照你所描述的他的特点，我担心我这想法并不实际。那么，你得有个思想准备：很有可能我们采取了一些措施，结果却仍然使你失望。”

“那不可能，不过，无论我说什么，作用都不大。我的复仇对你并不重要。但我得承认，这是我灵魂里咬啮着我的唯一激情。我一想起自己释放到社会里来的杀人犯还活着，就愤怒得说不出话来。你拒绝了我这正义的请求，我只有最后一个对策：奉献出自己，不管自己是死是活，都要消灭他。”

说这话时我非常激动，浑身发抖，态度里有一种疯狂，一种我相信只有古代烈士才有的傲慢和勇猛。但是，在日内瓦地方法官眼里，我这种情绪高涨非常像发狂，远非出于献身精神或英雄主义。他努力安慰我，像是保姆安慰孩子——他又把我的故事当作高烧梦呓看了。

“哎，”我大叫，“你那自命的智慧是多么愚昧呀！别说了，连你自己都不知道自己说的是什么。”

我满腔愤怒，激动地离开了他的房间，回去思考别的行动办法。

第二十四章

我目前的状态是：一切自觉的思考都被吞噬了，荡然无存了。我大发雷霆，只有报复的意念还能给我力量，使我镇静，也重新铸造了我的感觉，让我开始思考——否则就只有说胡话或死去的份了。

我的第一个决定就是永远离开日内瓦。在我快乐和受人喜爱时，我的故乡是可爱的，但是现在，在我处于逆境时，它却变得可恨了。我给自己准备了一笔钱，又带上母亲的一些珠宝首饰，然后就离开了。

从此，我开始了漫游，这种生活只能随我生命的结束而结束。我去过地球上许多地方，忍受过旅行者在沙漠和蛮荒地区会遇到的一切艰辛。多少次，我在黄沙漠漠的平原上伸直身子躺下，祈祷死亡。但是报复的意念却让我活了下来，我不敢让敌人存活而自己死去。

我离开日内瓦后的第一件事就是寻找线索，好追踪那魔鬼敌人。但我没有明确的计划，在城里转悠了好几个小时，不知道走什么路好。黄昏时我发现自己来到了公墓门口，也就是威廉、伊丽莎白和我父亲长眠的地方。我走了进去，来到刻有他们名字的坟墓前。那时万籁俱寂，只有微风吹拂树叶沙沙响。天差不多已完全黑暗，即使对一个毫不相干的人来说，这时的墓地也显得庄严肃穆。逝者的幽灵似乎就在附近飘荡，投下阴影，笼罩在哀悼者周围，虽然看不见，却能感觉到。

这场面在我心头激起了沉痛的悲伤，随即又变成了愤怒和绝望。他们都死了，而我却还活着，杀害他们的凶手还活着。为了毁灭那凶手，我必须拖着这厌倦的身子活下去。我跪到草地上，用颤抖的嘴唇呼喊：“我向我正跪在其上的神圣土地发誓，向在我身边飘荡的幽灵发誓，向我所感到的深沉而永恒的悲痛发誓，也向你，黑夜和支配了黑夜的神灵发誓：我要追踪那造成这痛苦的魔鬼，直到他或是我在生死之战中死去。为了达到这个目的，我还要保存自己的生命。为了报仇，我还要迎着天上的太阳，踏上绿色的大地。否则这一切早就从我眼前永远消失了。我呼吁你们，死者的灵魂和专管复仇的过往神灵，请你们指引我，帮助我完成我的任务，让那受到诅咒的地狱般的魔鬼深知痛苦之酒的滋味，让他感受到此刻正折磨着我的痛苦。”

我怀着敬畏，郑重其事地祈求。我几乎相信，我被杀害的亲友的灵魂已经听到了我的祈求，并将给我支持。但暴怒却控制了我，不等我说完，我已激愤得无法发出声音来。

可是，我却在这寂静的黑夜里听到了回答：一阵魔鬼式的哈哈大笑。笑声长时间震响在我耳里，震得山鸣谷应。我感到地狱的魔鬼都在围着我笑，嘲弄我。若不是那时我听从了自己的誓言，非得活下去复仇不可，疯狂必然会攫住我，结束我这痛苦的生命。笑声一结束，一个熟悉而可憎的声音出现在靠近我耳朵的地方，以清楚的耳语声说：“我已经满意了，痛苦的可怜虫！你决心活下去，我非常满意。”

我朝声音传来的方向扑去，但是他躲开了。在他以超人的速度奔跑时，大圆盘似的月亮突然升了起来，把他那狰狞扭曲的形象照得清清楚楚。

我赶了上去，想完成这几个月来一直盘踞在我心头的任务……

我依靠一些隐约的线索沿着蜿蜒的罗讷河寻找，但是失败了。蓝色的地中海出现在我眼前。由于一个偶然的机会，我在晚上看见那魔鬼上了一艘开往黑海的船，躲在了船上。我也上了这艘船，他却消失了——不知道是怎么跑掉的。

我在鞑靼（dá dá）和俄罗斯的原野上又找到了他的踪迹，但还是没有抓住他。有时候，一些被那可怕的魔鬼吓坏了的农民会告诉我他所走过的路。有时候，他因为担心我完全丢失了他的踪迹会绝望得自杀，又留下点迹象指引我。雪飘到我头上，我看见了那家伙踩在白色平原上的大脚印。像你们这种刚进入生活，尚未遭到忧患，还不懂得痛苦的人，怎么能体会到我过去和此刻的感受呢？寒冷、匮乏和疲劳是我注定要承受的痛苦里最微不足道的。我受到了魔鬼的诅咒，有个永恒的地狱一直跟随我。不过，也有个善良的天使陪伴着我，为我引路。我抱怨得最厉害时，他就把我从似乎无法克服的困苦里解救出来。有时，饥饿征服了我，我筋疲力尽地倒下了，沙漠里就会出现一份为我准备好的饮食，让我恢复力气，打起精神来。那份饮食确实粗糙，是乡下农夫提供的，但我并不怀疑是精灵们为我准备的——我向他们呼吁过帮助。常发生这样的情况：天空无云，万物干燥，我口渴难忍，却突然出现几片云彩，叫天空阴暗，洒下些雨点，救了我的命。然后，天又晴了。

我尽可能沿着河走，但那魔鬼总回避河流——因为这个国家的人口往往集中在河边，别的地方很少有人住。我常常依靠遇见的野物充饥。我把带的钱分给了村民们，和他们成了朋友。有时我打到猎物，自己留下一部分，就把剩下的送给为我提供柴火和烹调用具的人。

这样的日子我确实很不喜欢，我只有在梦里才能享受到欢乐。啊，受到祝福的睡眠呀！在我最痛苦时，我常常倒地休息，而我的梦却常常使我心花怒放。这种时刻是守护我的精灵们为我提供的。要是没有这种梦，我早就在艰苦里倒下了。是梦境在白天支持我，给我勇气。因为我在梦里见到了我的亲友、妻子，以及我可爱的故乡。我又看见了父亲那慈祥的面孔，听见了伊丽莎白那清脆的声音，看见了健康而青春洋溢的克莱瓦尔。路走厌了，我常常让自己相信那是在梦里。而夜晚来临后，我就能在最亲爱的人的怀抱里享受到现实的欢愉。啊，我对他们的爱是怎样折磨着我呀！我是怎样紧紧地拥抱着他们那亲爱的身子呀！有时，他们在我醒着时还萦绕着我，我就让自己相信他们还活着！这时，我胸中的复仇之火就熄灭了。杀死那魔鬼就像是上天派给我的任务，是一种下意识的、机械的冲动，而不是源自我心头的渴望。

我所追逐的魔鬼有什么感觉，我不可能知道。有时他会在树皮或石头上留下一些符号，给我指示，刺激得我发狂。“我的统治还没有结束，”有一个指示是这样说的，我看得很清楚，“你还活着，还在我的控制之中。跟我来吧，我要去冰雪永不消融的北极。你在那里会感到严寒与霜冻的痛苦，而我却不在乎。如果你走得不算太慢，就可以在这里发现一只死野兔，吃下去你会感觉好点。来吧，我的敌人，我们还得进行一场你死我活的角斗呢。不过，要坚持到那个时间的到来，路还很长，够你受的。”

嘲弄人的魔鬼！我再次发誓要报仇，要把他，那折磨人的魔鬼，献到折磨与死亡的祭坛上去。我是绝不会放弃追赶的，直到他死或是我亡。那时我将多么欢天喜地地与死去的伊丽莎白和朋友们聚首呀。他们此时就在准备着，要对我所经历的辛苦和这朝圣之旅进行补偿！

我继续往北行进，雪越积越厚，天越来越冷，冷得我几乎吃不消了。农民们都钻进小屋去了，只有很少几个结实的汉子，冒险出门来捕捉被饥饿逼出来觅食的动物。河流表面结了冰，鱼也抓不到了。这样，我主要赖以活命的食物就断绝了来源。

我的苦难越是加重，敌人就越是得意。他还留下过这样的话：“作好准备，你的苦难才刚开始呢！用毛皮裹好自己，准备好充足的食物吧。在马上就要开始的旅行里，你的辛苦劳顿将让我这永恒的仇恨得到满足。”

这些嘲弄的话激起了我的勇气和坚韧，我决心不达目的誓不罢休。我一面乞求上天的支持，一面斗志昂扬地在茫茫无边的荒原上坚持行进，直到远处出现的海洋在地平线上形成了最后的边界。啊！它和南方蓝色的海是多么不同呀！冰封雪盖！极度的荒凉和崎岖是它和陆地的差异。当年希腊人站在亚洲的山顶上见到地中海时，高兴得泪流满面，狂喜地欢呼，说他们的苦难终于到了尽头。而我呢，我没有哭，只是跪了下来，衷心感谢我的引导天使，因为他把我安全地引导到了我希望去的地方。我可以在这里和他拼个你死我活了——尽管他还在戏弄我。

在此之前几周我弄到了一架雪橇和一群狗，能以难以想象的速度快速穿越雪地。我不知道那魔鬼是否也有这种便利条件。但是我发现，以前我每天都离他越来越远，而现在却越来越近了，到我见到海洋时，和他只有一天的距离了。我希望赶在他到达海岸前把他截住，因此我再次鼓起勇气往前猛冲。两天后，我来到海岸边一个很蹩脚的小村庄。我向居民打听那魔鬼的踪迹，得到了确切的消息。他们说头天晚上有个巨人样的怪物来了，带了一支长枪和几把手枪，把村里的人全吓跑了，然后就把他们储存的过冬粮食全部抢去，放进了一架雪橇，还抓了一大群受过训练的狗去拉雪橇。他在雪橇上套好狗，当天晚上就继续前进，往海上去了。那个方向没有陆地，吓得要命的村民们非常高兴。他们估计他很快就会因为冰面垮塌而淹死，或是被永恒的冰霜冻死。

听见这消息，我突然感到一阵绝望：他还是逃掉了。我必须开始一场几乎没有尽头的追赶，越过海上那小山一样的冰碛，经受当地人也难以长时间忍受的严寒。我这个生长在阳光普照的宜人气候里的人，在这里很难有存活的希望。但是，一想起那魔鬼可能取得胜利，继续活下去，我的愤怒和复仇情绪就回来了，像狂潮一样冲垮了所有其他情绪。我在略微休息之后，又准备前进。休息时，一个个死者的幽灵就在我身边飘荡，激励我艰苦奋斗，报仇雪恨。

我把我那架陆用雪橇换成了能在崎岖的冰海上行走的雪橇，买了大量的食物，离开了陆地。

我说不清那以后我又走了多久。但我饱尝了艰苦，除了我心里那永恒的怒火,没有力量能激励我忍受如此的艰辛——我要给他正义的惩罚。崎岖的冰山一望无际，常常挡住我的去路，我还常常听见威胁我生命的隆隆的海啸声。但是不久，霜冻又出现了，海上的路又安全了。

以我消耗的食物估计，我已经走了三个礼拜。希望不断增加，又不断在心里消失，常常逼得我流下绝望与悲哀的泪水。事实上，绝望几乎已经征服了我，我很快就要在痛苦面前倒下了。有一次，那些拉着我跑的可怜的动物通过无法想象的艰苦挣扎上了一座冰山的斜坡，到达了绝顶。有条狗累死了，我痛苦地观察眼前那辽阔的冰天雪地，却突然在阴霾的平原上看见了一个黑点。定睛一看，我发出了狂喜的吼叫。我看见的是一架雪橇，上面坐着那熟悉的庞大身影。啊！希望是怎么样地燃烧起来，再次冲进我心里的呀！我眼里噙满热泪，又匆匆擦掉，不让它影响我的视力，遮蔽那魔鬼的身影。然而，热泪还是模糊了我的视线，我终于控制不住冲动，放声痛哭。

但那不是可以蹉跎的时刻。我把死狗解下，不让它拖累伙伴，给狗群饱餐了一顿，又休息了一个小时（这是绝对需要的，虽然我非常不愿意），然后继续前进。那雪橇仍然能够看见——除了偶尔有冰山的冰岩阻挡，它一直在我的视线中。我确实可以看见我在向他逼近。奔跑了两天之后，我看见我的敌人离我不到一英里了，我的心在胸腔里怦怦地跳了起来。

但是现在，在我几乎可以抓到我的敌人时，我的希望却突然消失了。我突然失去了他的踪迹，而且这次的情况比以往任何时候都更令人绝望，因为我听见了海啸的声音。海浪在我脚下澎湃，情况越来越危险。我坚持前进，但是没有办法。风刮了起来，海浪咆哮了起来。冰面像地震一样剧烈地震动起来，发出了一声惊天动地的巨响，破裂了。这一切发生得如此之快，不到几分钟，我和我的敌人之间就出现了一片汹涌澎湃的海。我被留在了一座漂浮的冰山上，那冰山在不断缩小，等待我的只有死亡。

我就这样惊惶不安地度过了好几个小时。有几条狗死去了，痛苦不断累积，我自己也快要倒下了。这时我却看见了你们的船。你们的船还停了下来，给了我获得援助和生命的希望。我没有想到会有船开到辽远的北方来，看见后不禁大吃一惊。我立即拆下了雪橇的一部分，改成了桨，当作工具，把我的冰筏（fá）子向你们的船划来。我已下定了决心，如果你们往南走，我仍然把自己交给海洋，坚决不放弃我的目标。我原打算能说服你们给我一条小船，让我继续追踪敌人。可你们是往北走的，又在我筋疲力尽时把我弄上了船，就在我很可能马上就会因为种种困难而死去之前——我仍然怕死，因为我的任务还没有完成。

啊！我的引导天使什么时候才能指引我到那魔鬼面前，让我获得安宁呀？我太需要安宁了。难道我必须死去，让他活着吗？果真如此的话，那你就向我发誓，华尔顿，绝对不要让他跑掉。你找到他，把他杀死，为我报仇雪恨。我是否敢要求你接过我这追踪之旅，承受我所承受过的种种艰苦呢？不，我没有那么自私。可是，在我死去之后，如果他出现了，如果复仇的神灵把他送到了你面前，你就必须发誓不让他活下去，不让他在我遭受的巨大苦难前幸灾乐祸，继续活下去，加长他黑暗罪行的名单。他很会狡辩，很能叫人信服，有一回他的话还几乎让我信服过。但是，别相信他，他的灵魂就和他的外表一样狰狞，充满了狡诈和魔鬼般的恶毒。别听他的，举起你的剑来，呼喊着威廉、贾斯汀、克莱瓦尔、伊丽莎白、我父亲和不幸的维克多的名字，对准他的心脏捅去！我会在这儿飘荡，指引你捅个正着的。

华尔顿致萨维尔夫人的信（续）

一七 ×× 年八月二十六日

你已经看完了这个离奇恐怖的故事，玛格丽特，你不觉得自己的血液像我一样,因为恐惧而凝固了吗？即使此刻我也能感到血液在凝固呢。他有时由于突如其来的痛苦讲不下去了，有时声音虽然嘶哑，却尖利、吃力地说出充满痛苦的话来。他那双漂亮可爱的眼睛有时因为义愤闪着光，有时却被消沉的烦恼所压倒，在无边的悲恸里失去了光彩。有时他控制好表情和语调，平静地讲述着最恐怖的情节，压制下一切激动的迹象，然后又表现出最疯狂的愤怒，像火山爆发一样尖声咒骂那迫害他的家伙。

他的故事前后连贯，讲述得有如最简单的事实。但我向你坦承，比起他的一再强调，他给我看的费利克斯和莎菲的信以及我们从船上看见的那魔鬼的怪影，倒更使我相信他那故事是真实的。那么，那样一个魔鬼是确实存在的了！我不能怀疑，但是惊讶与赞叹却让我不知所措。有时我设法让弗兰肯斯坦告诉我制造生命的细节，但在这个问题上他却不露一丝风声。

“你疯了吗，朋友？”他说，“你那糊涂的好奇心将把你引向何方？你要给自己和全世界制造这么个魔鬼敌人吗？安静，安静！从我的麻烦里吸取教训，别给自己找麻烦。”

弗兰肯斯坦发现我在记笔记，记他的历史，就要求我给他看。他在很多地方作了修改和补充，主要是补充修改了他的生活以及他与那敌人的谈话。“既然你记下了我的叙述，”他说，“我就不愿把被歪曲过的东西留给后世。”

就这样过了一个礼拜，其间我听到了人们想象中最离奇的故事。我的思想和灵魂都被故事吸引了，也被客人温和而严肃的态度吸引了。我希望能安慰他，但一个遭受过无穷痛苦的人，一个已经没有了希望、不希望得到任何慰藉的人，你还能怎么安慰？啊，不行，他现在能获得的唯一欢乐就是稳定他那破碎的情绪，平静地死去。他只有一种获得安慰的途径，那是孤独与梦呓的产物：他相信自己在梦里和亲友们的谈话才是真实的，并从那交流中获得安慰，以及对复仇的激情。他不相信那些是幻想的产物，不相信梦里的那些人来自一个缥缈的世界。这种信念让他在神情恍惚时有一种郑重感，让我觉得他那些幻觉跟事实一样动人而有趣。

我俩的谈话并不局限于他的历史和不幸。在普通学科的每一个细节上，他都表现出了渊博的知识和快捷颖悟的理解力。他谈起话来雄辩动人。当他谈起悲怆的情节，想唤起怜悯或爱的激情时，我听了也难免流泪。他在这样狼狈的状况下还这么高贵，高贵得像神灵，在得意时会是个什么样的人呀！他似乎意识到自己的价值以及他的毁灭带给我们的巨大损失。

“年轻时，”他说，“我相信自己是注定了要干一番伟大事业的。我感觉深沉，判断问题冷静，有条件取得光辉成就。我意识到自己天性的价值，从中获得动力，而其他人却可能因此而退却。我认为，把可以为同胞做有益事情的才能扔弃到无用的忧伤里是一种犯罪。在我回忆起我已完成的工作时，我不能把自己看作普通的工匠。我创造的毕竟是一个有知觉、有灵性的动物。但是，在我的事业开始时支持过我的这个思想，现在却把我扔进了更深的尘埃里。我的全部设计和希望都已经毫无意义，就像那位追求全能的撒旦一样，我被囚禁在一个永恒的地狱里了。我有生动的想象力，有健全的分析和实践能力，由于这些素质，我才构思出了人，而且制造出了人。即使到了现在，当我想起当年的工作尚在进行，还在做白日梦时的情况，也还意气风发。我那时想入非非，有时为自己的行动力而得意，有时又为那工作的前景而心急如焚。我在幼年时代就怀着雄心壮志，有远大的理想。但现在呢，我已堕落到了什么程度呀！啊，朋友！你要是知道那时候的我，又见到我现在这可怜的样子，你是不会认出我来的。那时绝望极少进入我的心，崇高的未来似乎总在召唤我，直到我终于倒下，永远永远站不起来。”

难道我非得失去这样一个可敬的人吗！我渴望朋友，曾经寻找过爱我、理解我的朋友。看呀，我在这片荒凉的海上找到了这样一个人，可我担心的是：我得到了他，却只是在知道了他的价值后就失去他。我要设法让他与生命和解，但他却抵触这个念头。

“谢谢你，华尔顿，”他说，“谢谢你对一个痛苦的可怜虫表示好意。但在你谈到新的关系和感情时，你认为有谁能代替我已经失去的人呢？哪个男子汉在我眼里能像克莱瓦尔呢？哪个妇女能够是另一个伊丽莎白呢？即使不谈杰出的人品所唤起的强烈感受，单是作为儿童时代的游伴，我们心灵里的某种感觉也是后来的朋友不可能代替的。这些伴侣知道我们幼年时期的脾性，不管以后有了多大的改变，那脾性也是不会改变的。他们能够更加准确地判断我们的行为动机。兄弟之情或是姐妹之义使我们相信对方不会撒谎或搞骗局，除非在早年就有过那种迹象。可是，其他朋友，不管交情有多么深，都有可能引起怀疑，即使你并不愿意。但是，我还是喜欢朋友，友谊之可贵，不仅是因为习惯或交往，更是因为各自的美德。无论我在什么地方，我老是听见伊丽莎白或是克莱瓦尔在我耳边悄悄说话。他们已经死去，在这样的孤独里，只有一种信念能劝说我不死。如果我在从事什么高尚的事业，对于我的同胞有着广泛的用处，我就会活下去，把它完成。但是，我的命运并不如此。我必须跟踪我给了他生命的家伙，把他毁掉。那时候我就完成了我在世界上的任务，就可以死去了。”

九月二日

亲爱的姐姐：

我是在危险的包围之中给你写信的，不知道是否还能见到亲爱的英格兰和住在那里的更亲爱的亲友。我周围全是冰山，无路可逃。冰山威胁着我，每一分钟都可能挤坏我的船。我动员来一起出海的船员们都望着我，希望我有妙招儿，可惜我没有。我们的处境非常恐怖。不过，勇气和希望还没有扔下我。一想起这些人都是因为我才陷入生命危险的，我就觉得异常恐惧。如果我们丢了命，原因就在于我那疯狂的计划。

那么，玛格丽特，你的心情又如何呢？你不会愿意听到我的噩耗的。你只会焦急地等待着我回家。随着岁月一年年过去，失望会一次次出现，你将遭受失望的煎熬。啊，我亲爱的姐姐，你从心底感到的希望落空的折磨，在我看来，竟比我自己的死还要可怕。你是可以幸福的，你有丈夫和可爱的孩子，但愿上天保佑，给你幸福！

我那不幸的客人以最深沉的同情打量着我。他努力用希望充满我的心，谈起话来似乎生命是他极为重视的财富。他提醒我，对于在这片海上进行探索的航海人来说，这类处境是家常便饭。他用乐观的语言鼓舞我，虽然我很难相信他的话。即使是那些水手也感受到了他雄辩的力量。只要他一说话，他们就不再失望，就能受到鼓舞。他们听见他的声音时，就相信这些庞大的冰山只是些鼹鼠的泥堆，在人类的决心面前是会消失的。可这种感觉转瞬即逝，希望久久未至，一天天过去，他们越发绝望，我担心这绝望最终会演变成一场暴动。

九月五日

刚才出现了一个非比寻常的场面。虽然这些信你很可能读不到，可我仍然忍不住要把它记录下来。

我们仍然被冰山围困着，我们的船随时都可能在冰山碰撞时破裂。天冷得要命，我的许多伙伴都已死在了这个荒凉的世界里。弗兰肯斯坦的健康一天比一天恶化，他的眼里还闪着热烈的光，但已是朝不保夕。即使他突然惊醒，做了点什么，也随即落入气息奄奄的状态。

我在上次的信里谈过，我担心船员们可能暴动。今天早上我坐在那里望着我的朋友那没有血色的面孔（他没精打采，双眼微合，手脚瘫软）时，就被五六个水手惊动了。他们要求进入船舱，然后就进来了。他们的领头向我放话，他和几个伙伴被水手们推举为代表，来向我提出要求。这要求按道理我不能拒绝。我们被冰山困住，有可能就逃不掉了。但他们担心的是，如果冰化雪消，出现了自由的通道，我仍然会那么冒失，在他们可能克服困难时，命令他们继续前进，把他们带进新的危险里去。因此，他们坚持：我应该作出庄严的承诺，只要船只自由了，我就立即下令向南航行。

这一番话令我为难。我并没有绝望，也没有一自由就返航的打算。

但是我能拒绝这要求吗？这拒绝合理吗？可能吗？我在犹豫，还没有回答，弗兰肯斯坦却鼓起了劲（他起初没有作声，事实上，他也没有力气参与我们的谈话），因为一时激动，他的眼睛闪出光芒，面颊泛起了红晕。他对那几个人说："你们这是什么意思？你们在要求你们的船长做什么？你们那么轻易就放弃了奋斗目标吗？你们不是把这叫作光荣的远征吗？这远征凭什么光荣？不是因为它一路风平浪静，像在南部的海上一样，而是因为它充满了危险和恐惧，每一次新事故的出现都要求你们坚毅顽强，展示出勇气来。正因为危险和死亡包围着我们的船只，需要你们去面对、去克服，它才成了光荣高尚的事业，你们才成了对人类有贡献的人，你们的名字才会受到崇拜，你们才会成为为了荣誉和人类的利益而面对过死亡的英雄。而现在的你们呢，一想起困难就退缩，或者，一遇见对你们的勇气形成巨大考验的情况就躲闪。你们是被人看作可怜虫却感到心安理得的人，经受不起寒冷和危险的可怜虫。可怜虫们冻坏了，那就回他们温暖的壁炉边去吧。如果是这样，当初为何还要作这些准备？干吗大老远跑来，证明自己是胆小鬼，还拖累你们船长遭受失败的耻辱？啊！还是做男子汉吧，做比男子汉还男子汉的人吧。要坚持你们的目标，做像岩石一样坚定的人！构成这些冰碛的材料是比不上构成你们心胸的材料的，只要你们决定坚持，你们就能够坚持。不要在额上烙下耻辱的印记带回家去，而要以战斗过而且取得过胜利的英雄的身份凯旋，从未在敌人面前临阵脱逃的英雄。"

他说这话时，语调随着不同的思想感情而表现出抑扬顿挫，眼神里充满了崇高的追求和英雄气概。那些人还能不被感动吗？他们几个人彼此张望着，说不出话来。这时我说话了，我让他们回去想想听到的话。如果他们仍然坚持反对意见，我就不再带领他们往北走了。不过，我希望他们经过思考之后能恢复当初的勇气。

他们走掉了，我转身面对我的朋友，但他已经瘫软下来，奄奄一息了。

这事的结局将是如何，我不知道。但我是宁可死也不愿带着没有达到目的的耻辱回家去的。可我担心我的命运就会这样。那些人并无荣誉感与自尊心的支持，是不会心甘情愿承受目前这种艰苦的。

九月七日

事情已成定局：我同意只要我们没有被摧毁，就回航。我的希望就这样被我的懦弱和优柔寡断粉碎了。我失望地回来了，没有探索到什么。要能耐心地承受这种委屈，需要高度的达观。而那，却超出了我的水平。

九月十二日

一切都成了过去，我已在回航英格兰的路上。我已失去了有所作为和获得荣誉的希望。我失去了我的朋友。但是我要努力把这些痛苦情况详细地告诉你，我亲爱的姐姐。在我往英格兰和向你漂来的时候，我是不会泄气的。

九月九日，冰山开始挪动，雷霆一样的轰隆声从辽远处也能听到。四面八方的冰山冰岛都在崩塌，我们的情势极其危险。但是由于我们只能消极地等待，我的注意力还集中在我这不幸的客人身上。他的病越发严重了，只能完全躺在床上。冰山在我们身后崩裂着，又往北方汹涌地奔闯。一道微风从西方吹来，到了九月十一日，往南方去的路已经畅通无阻。水手们看见通往祖国的路得到了保障，爆发出持续的热烈欢呼。正在打盹儿的弗兰肯斯坦被惊醒了，问那叫嚣是怎么回事。“他们在欢呼，”我说，“因为马上就可以回英格兰了。”

“那么，你们真要回去了吗？”

“天呀，是的！这是他们的要求。既然他们不情愿，我也不能把他们往危险里领，我已经非回去不可。”

“你们要是愿意就回去吧，可我不愿意。你们可以放弃自己的目标，我的目标却是上天给的，我不敢放弃。我很衰弱，但是帮助我复仇的精灵会给我足够的力量。”说着他就想从床上爬起来，但那太吃力，他又倒下了，晕死过去。

很久以后他才醒来。我多次觉得他已完全死了，但他终于睁开了眼睛，吃力地呼吸着，说不出话来。医生给了他一点镇静剂，叫我们别惊动他，同时也告诉我，我的朋友肯定已经没有几个小时可活了。

他就这样被宣判了死刑，我只能悲伤地、耐心地接受。我坐在他床边望着他。他合上了双眼，我以为他睡着了，但他随即用微弱的声音叫我，让我去到他身边。他说：“唉，我所依仗的力气没有了，我感到自己马上就要死了。可他，我那敌人，还活着。华尔顿，别以为我到了生命的最后时刻，感到的还是我曾表示过的燃烧着的仇恨和激烈的报复情绪。我觉得我是正确的：我得要我敌人的性命。这几天我一直在回顾过去的行为，觉得自己无可指责。我在激烈的疯狂中制造了一个有理性的动物，因此有义务保证他幸福和愉快——只要我力所能及，那是我的责任。可我还有个更高的责任：对人类负责。这要求我注意更多的问题，因为它包含了多得多的人的欢乐和痛苦。在这种观点的督促下，我拒绝了为我所制造的生灵制造伴侣的要求。因此他才表现出无比的自私、凶残和恶毒。他毁灭了我的亲友——他们都是有杰出才华的人，是快乐和睿智的人。我不知道他这种对报复的渴望会怎样结束。他应该死，因为只要不能使别人痛苦，他自己就痛苦。消灭他是我的责任，但是我失败了。在我受到自私和邪恶的动机支配时，我曾要求过你接手我没有完成的工作。现在，我重新提出这个要求，但这次，我的动机却只是理智和道德。

“可是，我不能要求你为了完成这任务而放弃你的国家和亲友。现在，你既然要回英国，遇见他的机会就很少了。但是，我把这个问题交给你考虑，你可以衡量一下自己的责任。死亡的临近影响了我的想法和判断，我仍然可能被情绪误导，所以，即使是我认为正确的事，我也不敢要求你去做。

“只要他活着，就有可能制造灾难，这令我不安。但从另一方面看，在我时刻盼望着解脱的时候，目前却是我几年来仅有的快活时光。死去的亲人的形象在我面前闪动，我在向他们的怀里扑去。再见了，华尔顿！从宁静中寻求幸福吧，避免高远的志向，即使是看上去纯洁正确的志向，比如在科学和创新领域出人头地之类。不过，我说这些干什么？我自己在这方面遭到了挫折，别人还是可能成功的。”

他的话语声越来越微弱。由于精疲力竭，他沉默下来。大约半小时后，他再次打算说话，但已出不了声。他嘴唇上闪出一个微弱的笑，死去了。

这个光辉的精灵逝去得不是时候，可对此我还有什么可说的呢，玛格丽特？我能说什么话让你理解我这深沉的忧伤呢？我应该说的话都不合适，都太无力。我泪流满面，失望的阴霾笼罩了我的心。但我在往英格兰走，可能在那里找到安慰。

我被打断了。什么声音？此刻已是半夜，有徐徐微风吹拂，甲板上的警卫没有动弹。那声音再次出现，似乎是人的声音，但更沙哑些，来自船舱里弗兰肯斯坦躺着的地点。我必须起来看看。暂时搁笔，姐姐。

伟大的上帝呀！刚才的那一幕太可怕了！我至今想起来还头晕目眩。我几乎不知道自己有没有力气把它详细记载下来。可若是没有最后这惊人的结局，我已记录的故事是不能算完整的。

我进了船舱，我那可敬但不幸的朋友的遗体就在那里，一个我无法用语言形容的身影站在他旁边。那人身材庞大，长相奇丑，严重地歪扭。他的身子弯在棺材上，蓬乱的长发遮住了面孔。他伸出的是一只硕大的手，颜色和质地都像是木乃伊。听见我的脚步声，他停止了悲哀和痛苦的惊叹，向窗户跳去。我从没见过像他那样恐怖的脸，那么狰狞歪扭，令人厌恶。我不自觉地闭上了眼睛，努力回忆我对这破坏者的责任。我吼令他站住。

他站住了，惊讶地望着我，然后向创造了他的人的尸体看了过去。他似乎忘记了我的存在。他的每一个表情和动作似乎都产生于最疯狂的情绪，而且无法控制。

“这也是叫我害的！”他惊叫道，“我害死了他，我的罪恶到达了顶峰，我生命里的一系列痛苦也到达了终点。啊，弗兰肯斯坦，慷慨无私的自我奉献者呀！我此刻再求你原谅还有什么用呢？我毁灭了你所爱的一切，也无可挽救地毁灭了你。啊！他已经冰凉了，不能回答我了。”

他的声音似乎窒息了，我最初的冲动是遵照朋友的临终嘱咐，消灭他的敌人。可这冲动却为一种好奇与同情的混合情绪压制了。我向那巨人走去，不敢抬头看他的脸，他那丑陋之中有某种恐怖的非人间的东西。我想说话，但话语从我嘴唇上消失了。那魔鬼断断续续地发表了一些疯狂的自我谴责。最后，趁他情绪爆发的间隙，我对他说道：“你现在的悔恨只是表面的。如果你在把你的魔鬼式报复推行到极致之前就注意到悔恨的针砭（biān），听从了良心的声音，弗兰肯斯坦现在就有可能还活着。”

“那么你以为，”那魔鬼说，“我那时就没有感到痛苦和悔恨吗？他——”他指着尸体说下去，“他完成那创造时没受过什么苦，啊，还不到我之后在复仇中所感受到的痛苦的万分之一。催促我前进的是一种可怕的自私，悔恨毒害着我的心。你以为克莱瓦尔的呻吟在我耳里就是音乐吗？我的心是能感受到爱和同情的，在它被痛苦扭曲成邪恶和仇恨时，我因为那剧烈变化而感到的痛苦，是你无法想象的。

“杀死克莱瓦尔后，我回到了瑞士。我颓唐了，连心都碎了。我曾怜悯过弗兰肯斯坦，之后怜悯转变成了厌恶。我厌恶自己，但是，在我发现他，我的生命和我生命里无法描述的痛苦的制造者，居然敢于渴望幸福，在他把灾祸和绝望聚集到我身上，永远堵塞了我通向快乐的道路时，居然敢在感情和爱恋中寻求自己的快乐，无可奈何的嫉妒和痛苦的愤懑（mèn）就用无法满足的复仇渴望塞满了我的心。我回忆起我那威胁的话，决定坚决执行。我知道这么做对我自己也是一种惨痛的折磨。但我是冲动的奴隶，而不是冲动的主人。我厌恶那冲动，却不能不服从。那新娘死去时，我并不痛苦。在极度失望的骚乱里，我已抛弃了一切感情，压制下一切痛苦。从那以后，邪恶驱逐了我的善心。我被逼到这种地步，已是别无选择——我只好让自己的天性适应我自愿的选择了。完成这个魔鬼计划成了一种无法满足的激情。现在，这一切都结束了。这就是我杀害的最后一个人！”

起初我还为这痛苦的倾诉所感动，但我想起了弗兰肯斯坦的话：这家伙是很善于言辞，很能打动人的。我的目光再次落到了我朋友那没有生命的遗体上。这时，义愤之火在我心里燃烧起来。“坏蛋！”我说，“你跑到这里来为你造成的罪孽哭诉！太妙了，你把火扔进一座房屋，房屋烧光了，你却坐在废墟上为它哀悼！伪善的魔鬼呀！如果你哀悼的人还活着，他还会成为你复仇的对象，遭到你的迫害。你所感觉到的不是怜悯，你哀悼，只是因为你再也不能在你的迫害对象头上作威作福了。”

“啊，不是的，不是这样的，”那家伙插嘴道，“但是，我表面上的行为动机可能会给你留下这种印象。不过，在我自己痛苦时我并不希望寻求同情。我是永远找不到同情的。我最初追求的同情是对德行的爱，是一种快乐和温馨的感觉，流淌在我整个生命里，也是我希望与别人共有的感觉。但是此刻在我眼里，那感觉已成了泡影，幸福和柔情已化为痛苦和可憎的失望。我应该到什么地方去寻找同情呢？在我非承受痛苦不可的时候，我满足于一个人去承受。而到我死去的时候，记忆中满是厌弃和耻辱也会给我带来异常的满足。曾经有一段时间，我从德行、令名和享乐的幻想里得到过安慰。有一段时间，我还错误地希望能遇见可以原谅我的外形、喜爱我可能展示的优秀品质的人。我曾受过追求荣誉和忠诚的崇高理想的教育。但是现在，罪恶已把我贬低到了比最卑贱的动物还要卑贱的位置。我的罪恶、危害、恶毒和痛苦，已经无人能够比拟。回顾起我可怕的罪行，我简直就不能相信我还是那个脑袋里充满过幻想、追求过崇高与超越的美与善的人。可事实正是这样。堕落的天使变成了恶毒的魔鬼。但是，即使是那位上帝与人类的敌人[1]，在孤独里也还有朋友。而我呢，却只是孤零零的一个人。

“你，你这个把弗兰肯斯坦称作朋友的人，似乎知道我的种种罪行和他的种种不幸。但在他所告诉你的细节里，他却不能一小时一小时、一个月一个月地细讲我所承受过的折磨——我无可奈何地承受过的煎熬。在我摧毁了他的希望时，我并没有满足自己的欲望。我的希望永远是那么强烈和执着。我仍然渴望关爱和友谊，却总是受到蔑视。难道这里面就没有不公平？整个人类都对我犯了罪，我就该被看作唯一的罪人吗？费利克斯把来到他门口的朋友轻蔑地赶走，你们为什么不仇恨他？我救了那孩子，而那乡下人却要杀我，你们怎么不咒骂他？不，他们都是道德高尚、洁白无瑕的人！而我这个被遗弃的受苦人却是个怪胎，活

[1] 魔王撒旦。——译者注

该受人轻蔑、蹂躏（róu lìn）、践踏，被踢来踢去。我现在想起这种不公平，血液都还在沸腾！

“不过，我确实是个坏蛋。我杀过可爱的人，杀过孤苦无告的人。我在天真的人睡觉时掐死了他。人家并没有伤害我或别人，我却抓住他的喉咙，弄死了他。我让制造我的人痛苦，而他是个杰出的人，最值得爱戴和尊敬的人。我让他追逐我，一直追到绝域穷荒的冰原上。而他现在就躺在这里，苍白、冰凉，已经死去。你仇恨我，可你对我的仇恨还比不上我对自己的仇恨呢。我望着我这双干了坏事的手，思量着那颗设计出种种罪行的心，渴望有一天这双手不再让我的眼睛厌恶，我的思想里不再有种种游荡的想象。

“别担心我以后还会干坏事，我的工作差不多已经完成。我的使命已经完成，不再需要你或任何人的死亡——除了我自己的死亡。别以为我会迟迟不愿完成这牺牲。我马上就要坐上载我到这儿来的冰筏，离开你们的船，到地球的最北极去。我要在那里营造自己的火葬柴堆，把我这痛苦的身躯化为灰烬，不给任何好奇的、亵渎神圣的人留下制造像我这样的人的线索。我就要死去了。我不会感到现在还折磨着我的痛苦了，也不会再有不满足的歉然情绪了。唤醒了我生命的人已经死去，到我也不存在时，对我俩的记忆很快就会消失了。我再也不会见到太阳或星星，感到风在我面颊上嬉戏。光线、知觉、意识，这些全都会消失。我一定会在这种状态下找到快乐。若干年前，我第一次看到这世界，感受到了夏季令人愉悦的温暖，听到了树叶的沙沙声与鸟儿的啼鸣。那就是我的一切。我应该为死亡而哭泣，可死亡却是我现在唯一的安慰。由于罪行的污染，由于最沉痛的悔恨，除了死亡，我还能在哪里找到安宁呢？

“再见吧！我向你告别，也向我这双眼睛所能见到的人告别。再见吧，弗兰肯斯坦！如果你还活着，还有报复我的欲望，与其让我毁灭，还不如让我活着。可事实并不如此。你一定要让我毁灭，为的是不让我造成更大的祸害。若你在天有灵，知道我的创伤之深，一定不会那么想要取走我的性命。你虽是备受摧残，我的痛苦却比你的还要惨痛。因为我伤口里这根沉痛的悔恨的刺，永远不会停止对我的折磨，直到死亡让伤口愈合。”

“但是很快，”他怀着悲凉而庄严的感情叫道，“我就要死去了。我现在能感觉到的东西马上就会感觉不到了。这种火烧一样的痛苦马上就要消失了。我就要豪迈地爬上火葬柴堆，在折磨我的火舌上以苦为乐。那熊熊的火光将渐渐熄灭，我的尸灰将随风吹进海里。我的精神将宁静地睡去，即使它还在思考，想的也绝不是这些了。再见吧！”

说着他从船舱的窗户跳出，落在紧靠在船边的冰筏上。他立即被海浪带走了，消失在远方的黑暗里。

译后记

本书是英国著名诗人 P.B. 雪莱（Percy Bysshe Shelley）的夫人玛丽·伍·雪莱（Mary Wolfstonecraft Shelley）的名作，也是她的代表作。

玛丽·雪莱出身于书香门第。父亲是哲学家，母亲是激进的女权主义者。不幸的是，她的母亲在生下她后不久就死去了。没有了母爱的玛丽从小就喜欢做白日梦。她宣称自己的童年是在读书和编造故事中度过的。她最喜欢的消遣就是“建造空中楼阁”。本书《科学怪人》也许就可以算是她郑重其事地建造的一座“空中楼阁”！

玛丽·雪莱写作本书时正值科学和技术蓬勃发展的年代。《科学怪人》匿名出版于一八一八年。那时轮船萨万纳号已完成了横跨大西洋的航行；早期的蒸汽火车已经扑哧扑哧地行驶在铁轨上；兰开夏郡的棉纺厂使用纺花机已经多年；用煤气灯照明也已普及。总而言之，现代科学已大张旗鼓地渗入了人类的生活。特别值得注意的是：伽伐尼的追随者关于电流的实验已经成功，电气化世界的前景已露出了端倪。这就是本书主人公弗兰肯斯坦雄心勃勃，想要制造人的生命的科学背景和历史背景。

《科学怪人》写成于作者的青年时期。她和她的丈夫，著名诗人

P.B. 雪莱最初是无视社会舆论私奔离开了英国，然后才成婚的。那是在一八一四年。他俩婚后有过一个儿子，可惜早夭。偏偏一八二二年雪莱在湖上泛舟时又遇见突发的风暴，溺水死去，留下了玛丽孤身一人。她与诗人在一起只度过了八年的幸福日子。

一八一六年对于玛丽·伍·雪莱是至关重要的一年。一月，儿子威廉出生。那时她就开始了《科学怪人》的写作，第二年完成，随即于一八一八年出版。当时的评论家就认为《科学怪人》是一部杰出的作品，给了它崇高的评价。丈夫死后，玛丽·雪莱长期靠写作为生，还发表了许多小说，直到一八五一年去世。

虽然玛丽·雪莱的声望长期以来在拜伦与雪莱这对光芒四射的双子星座身边显得暗淡，但《科学怪人》的问世却为她赢得了巨大的声誉。对此她自己也感到意外。她说："真奇妙，我发现自己成名了！"她这颗星星也辉煌起来，闪出了耀眼的光芒。

《科学怪人》出版后不久就被改编为歌剧，在英国歌剧院演出。有记录的演出就多达二十三次，实际演出了多少场就不知道了。

这本小说还有个标题是"当代的普罗米修斯"。普罗米修斯是希腊神话里的先知，从奥林匹斯山上偷来了火，送给人类，让人类获得了光明与温暖，却因此遭到天帝宙斯的残酷惩罚，被锁在高山之巅的巨石上，让老鹰每天啄食他的肝脏，给他难堪的折磨。在本书里，普罗米修斯是对男主角弗兰肯斯坦的暗喻。弗兰肯斯坦也是一个"先知"，因为用生理学技术制造出了第一个人造人而受到种种离奇难堪的折磨。

故事里有两个十分诡异的情节：一、折磨弗兰肯斯坦的不是别人，而是他自己制造出来的人，一个奇形怪状的"魔鬼"；二、那"魔鬼"其实具有人的良知与一切善良的禀性，而且急于与人类友好地交往。可是，由于他个子巨大，长相又极为狰狞，总是被人误会，遭到殴打、驱逐，甚至枪击，生活得十分狼狈，终于在折磨死了自己的制造者后，逃到北极的冰原上，点燃火葬堆把自己烧死了。

文学史界一般认为《科学怪人》是世界文学史上最早的科幻小说，而玛丽·伍·雪莱则是科幻小说的鼻祖。

继《科学怪人》之后出现的著名科幻小说有R.L.斯蒂芬森在一八八六年出版的长篇小说《化身博士》，然后是爱伦·坡及霍桑的某些短篇小说。在十九世纪六七十年代则是法国作家儒勒·凡尔纳的《气球上的五星期》（一八六三年）、《八十天环游地球》（一八六四年）、《海底两万里》（一八六九年）和《地心游记》（一八七三年）。二十多年后，英国的威尔士出版了《莫罗博士的海岛》（一八九六年）和《星球大战》（一八九八年）。又是二十年过去，美国的雨果·根斯巴克在一九二六年创办了第一家科幻小说杂志《惊人的故事》（*Amazing stories*）。随后，科幻杂志越办越多，不但美国有，英国和苏联也都有了，还陆续设立了多个科幻作品奖项，科幻作品日益繁荣。

科幻小说反映了现代人类对未来时代的奇思异想。而到科幻小说转化为电影和电视剧之后，科学幻想更是进入了千家万户。它对科学发展的影响之深远有时是连科幻作品名家也想象不到的。

举个例子说，在登月、火星探测、宇宙航行的今天回顾历史，我们难免惊讶地发现，宇宙航行从幻想到现实曾遭受过多少科学家的误解和抵制。奥尔迪斯在他的皇皇巨著《欢乐亿万年》（*Trillion Year Spree*）里曾提到：直到一九五六年，英国的某个皇家天文学家还在宣布“星际旅行的未来全是胡吹”，可就在他说那话的第二年，一九五七年的十月，第一颗人造地球卫星便进入了宇航轨道，杂志上多年的热门话题变成了现实。你看，怀疑的人竟然是英国皇家天文学家！可见人的思想是多么难以开拓启动。因此有人相信，“使火箭升空的是思想”。而科幻小说对于启发人类的思想、拓展人类的视野确实作出过不可磨灭的贡献。

从另一个角度看，《科学怪人》又是著名的哥特小说。“哥特小说”的英语是Gothic novel。从语义看，它来自有关中世纪哥特人生活的传说。据说那时的哥特人居住在古堡或废墟里，那里有流血的雉堞、阴暗的地道，地道里还有翻板、暗门，阴森恐怖，仿佛有幽灵出没。

十八世纪九十年代是哥特小说最为繁荣的时期。以后有时冷清，有时繁荣。一般认为，贺瑞斯·华尔泊的《奥伦托城堡》（一七九四年）是哥特小说的鼻祖。然后是阿尔穆·拉德克利夫的《武朵尔伏》（一七九四年）和《意大利人》（一七九七年）。值得我们注意的是，一七九六年在德国出版，然后译介到英国的马修·格利高利的《僧侣》，以及与之同时译介的某些哥特小说因为引起了玛丽·雪莱的兴趣，直接催生了本书《科学怪人》。

孙法理

作者简介

玛丽·雪莱（1797—1851）

英国小说家，诗人雪莱的妻子。她创作的《科学怪人》（一译《弗兰肯斯坦》）是文学史上第一部科幻小说，被翻译成100多种语言，在“文学传说中最重要的一百名人物”中名列第三十三。

绘者简介

艾琳娜·奥德里奥佐拉

西班牙插画家。获得布拉迪斯拉发国际插画双年展金苹果奖、西班牙国家插画奖、青少年儿童读物最佳插画奖、林格伦文学奖、韩国CJ图画书奖。在波隆纳儿童书展代表西班牙展出。

译者简介

孙法理（1927—2021）

翻译家。任西南师范大学外语系教授、硕士生导师，四川省外国文学学会副会长。翻译有《苔丝》《双城记》等。